La belle scandaleuse

Patricia Cabot

La belle scandaleuse

Traduit de l'américain par Nicole Ménage

J'AI LU

Titre original :

A LITTLE SCANDAL
St. Martin's Paperbacks edition,
published by St. Martin's Press, New York

À Benjamin

Première partie

1

Londres, avril 1870

— Je te dis que je n'y vais pas ! Lâche-moi ! s'écria-t-elle en se tortillant pour essayer de se dégager.

Il était las de la raisonner. Parfois, il avait l'impression qu'il ne faisait que cela depuis dix-sept ans : la raisonner.

— Tu y vas.

Sa voix profonde avait pris une intonation si menaçante que le valet de pied qui attendait près du cabriolet se redressa en roulant les yeux, effaré.

— Non ! cria-t-elle en se démenant de plus belle.

Elle était agile comme un chat, et il dut saisir son bras gainé de soie pour l'empêcher de s'échapper.

— Je t'ai demandé de me lâcher !

Il soupira. Bon. Il aurait dû se douter qu'ils en arriveraient là. Une heure plus tôt, il refaisait son nœud de cravate devant la glace – Duncan était un valet exemplaire mais il devenait têtu avec l'âge, et totalement réfractaire aux changements subtils de la mode masculine, si bien que James était chaque fois obligé de défaire secrètement le travail de son valet qui s'acharnait à nouer sa cravate comme il y a vingt ans – quand Mlle Pitt avait fait irruption dans le salon dans un état d'agitation extrême.

— Milord… avait-elle sangloté, ses grosses joues striées de larmes. Elle est insupportable ! Insupportable, vous m'entendez ? Personne, *personne* ne peut tolérer d'être traité de cette manière… C'est au-dessus de mes forces…

Sur ce, une main sur la bouche, Mlle Pitt avait quitté la pièce aussi soudainement qu'elle y était entrée.

James en avait déduit que Mlle Pitt venait de lui donner sa démission. Accablé, il avait reporté son attention sur son nœud de cravate, mais sans grande conviction car il n'avait plus besoin de soigner son apparence avec une attention particulière. Contrairement à ce qu'il avait prévu, il allait devoir escorter lui-même Isabel au cotillon de lady Peagrove, au lieu de passer la soirée avec l'inimitable Sara Woodhart.

Que le diable les emporte toutes !

Voilà maintenant que la cause de tous ses maux se contorsionnait en essayant de le mordre – oui, de le *mordre* – pour se libérer. Pourvu qu'aucun de ses voisins ne soit derrière ses carreaux ! Ce genre de scène était on ne peut plus embarrassante. Ce n'était pas la même chose autrefois, quand Isabel était plus jeune et plus petite, mais aujourd'hui…

Aujourd'hui, il aspirait de plus en plus souvent à s'installer confortablement dans sa bibliothèque avec un cigare, devant un bon feu de cheminée.

Oui, davantage encore qu'à la compagnie de l'incomparable Mme Woodhart.

Doux Jésus ! Quelle horreur ! Était-ce donc vrai ? Il se faisait vieux ? Duncan le lui avait fait remarquer à maintes occasions. Pas d'une manière explicite, bien sûr. Un bon valet ne laissait jamais entendre que son maître n'était plus dans la fleur de l'âge. Mais, l'autre matin, ce coquin avait eu le toupet de lui présenter un gilet en *flanelle*. En flanelle, rien que ça ! Comme si James n'avait pas trente-six, mais soixante-seize ans. Comme s'il était un infirme, et pas l'homme fringant dont les femmes les plus séduisantes de Londres, y compris la très avisée Mme Woodhart, recherchaient la compagnie. Toujours est-il que ce jour-là, James avait reçu une bonne leçon.

C'était au tour d'Isabel d'en recevoir une à présent. Et il ne plaisantait pas. D'autant que c'était pour son bien.

— Et moi, je dis que tu y vas, trancha-t-il.

Sur ce, il se pencha et, avec l'habileté due à une longue pratique, il la renversa sur son épaule et la souleva comme un sac de farine.

Isabel poussa un hurlement tellement strident qu'il sembla déchirer l'épais brouillard qui s'était abattu sur Park Lane – et vraisemblablement sur Londres tout entier, avec la chance qu'il avait. Avec le ralentissement que le brouillard entraînait sur la circulation, ils allaient mettre des heures pour arriver chez les Peagrove. Comme si l'hystérie d'Isabel ne suffisait pas ! Que pouvait-il endurer de pire ? Une balle dans la tête, ou peut-être un couteau dans le cœur.

Il en était là de ses réflexions lorsque la deuxième éventualité parut se réaliser. À la différence que, au lieu d'une lame, c'est la pointe d'un parapluie qu'une intruse surgie de nulle part, en l'occurrence du brouillard, pointa sur lui dans la région du cœur.

— Je vous demande pardon, madame, dit-il à la propriétaire du parapluie, se félicitant de s'exprimer calmement, lui qui avait la réputation d'avoir le sang chaud. Si vous vouliez bien baisser cette… chose ? Elle entrave ma progression vers la voiture qui m'attend.

— Un pas de plus et je risque de réduire dangereusement vos chances d'engendrer un héritier, rétorqua la propriétaire du parapluie avec une voix étonnamment grave pour une personne aussi maigrichonne.

James regarda son valet de pied. Était-ce son imagination ou était-il interpellé sur le pas de sa porte par une parfaite inconnue ? Pire, une parfaite inconnue qui se révélait être une jeune femme… exactement le genre de jeune femme que James évitait soigneusement dans les réunions mondaines.

Qui l'en blâmerait, d'ailleurs ? La plupart du temps, quand il entamait une conversation avec ce genre de créature, la mère, en général couverte de bijoux et poudrée à l'envie, surgissait soudain d'on ne sait où pour récupérer poliment mais fermement sa petite chérie et s'empresser de l'éloigner de lui.

Cette fois, aucune mère n'était en vue. Cette jeune femme était seule. Ce qui était pure folie par une nuit aussi lugubre. Où était son chaperon ? Une personne si jeune devrait assurément en avoir un, ne serait-ce que pour l'empêcher de menacer les gens avec la pointe d'un parapluie.

Bon. Si elle avait été un homme, James l'aurait simplement terrassé d'un coup de poing avant d'enjamber son corps inerte pour continuer son chemin. Si nécessaire, il se serait fait un plaisir de lui loger une balle entre les deux yeux.

Mais, loin d'être un homme, elle était un tout petit bout de femme. Il lui aurait suffi de tendre le bras pour la soulever et l'écarter de son chemin, sans le moindre effort. Non, poser les mains sur une femme, surtout quand elle était si jeune, avait tendance à entraîner toute sorte de complications. Qu'était-il censé faire ?

Perry, que James appela à l'aide du regard, ne lui fut d'aucun secours. Lui aussi fixait l'inconnue, les yeux exorbités. Nullement à cause du parapluie qui menaçait son maître, mais à la vue des chevilles d'une finesse extrême qui apparaissaient sous la robe, dont le bas se relevait à cause de la position d'escrime qu'elle avait adoptée.

L'imbécile ! James veillerait à ce qu'il soit chassé dès le lendemain.

— Posez-la par terre, exigea la jeune femme. Tout de suite.

— Écoutez... commença-t-il d'un ton beaucoup plus conciliant que les sentiments qui l'agitaient. Inutile de me piquer avec ce truc. Figurez-vous que je suis...

— Je m'en moque comme de l'an quarante, l'interrompit-elle avec vivacité. Vous allez poser cette fille par terre et vous estimer heureux que je n'appelle pas un agent de police. Ce qui est d'ailleurs loin d'être exclu. Je n'ai jamais rien vu d'aussi scandaleux de toute ma vie. Un homme abusant d'une jeune fille qui doit avoir à peine la moitié de son âge !

— *Abusant !* répéta James en manquant lâcher son fardeau sous l'effet de la surprise. Comment osez-vous suggérer une chose pareille ? Pensez-vous vraiment que...

À sa grande consternation, Isabel, qui observait un silence suspect depuis que cette mégère le menaçait, leva la tête sous son capuchon et se mit à gémir :

— S'il vous plaît, mademoiselle, aidez-moi. Il me fait affreusement mal...

La pointe du parapluie appuya davantage juste au-dessus du revers de sa veste, précisément en haut du cœur. La jeune personne tourna la tête vers le valet :

— Et toi, ne reste pas planté là à ne rien faire, crétin ignorant. Cours chercher un agent !

Perry en demeura bouche bée. Sous l'œil exaspéré de James, le visage du garçon se tordit dans tous les sens comme s'il réfléchissait, partagé entre la loyauté envers son maître et le désir de ne pas froisser l'inconnue.

— M... mais, commença à bégayer l'imbécile. Si je fais ça, il va me renvoyer, mademoiselle.

— Te renvoyer ? répéta-t-elle en écarquillant ses yeux gris déjà démesurément grands. À choisir, que préfères-tu ? Être renvoyé ou bien jeté en prison pour complicité de viol et intimidation ?

— C'est que, mademoiselle... geignit Perry.

Isabel, qui jusqu'ici était parvenue à se contrôler, se mit à trembler sur l'épaule de James, de plus en plus fort. Les baleines du corset furent incapables de contenir les violents spasmes qui la secouèrent quand elle éclata de rire.

Bien entendu, la demoiselle au parapluie prit ce déchaînement d'hilarité pour des sanglots. James la vit pâlir sous sa coiffe. Fulminant, elle replia le bras dans l'intention évidente de prendre son élan pour l'embrocher purement et simplement.

La goutte qui fait déborder le vase, décida James.

— Écoutez, dit-il en faisant glisser Isabel de son épaule pour la poser sur ses jambes à côté de lui – sans la lâcher pour autant, il n'était pas fou, car elle était capable de s'enfuir dans la nuit, comme elle l'avait déjà fait ces derniers temps. Bien que j'ignore comment nous avons pu en arriver à une situation aussi grotesque, qui plus est sur le pas de ma porte, permettez-moi de vous assurer qu'il n'y a rien de plus respectable. Il se trouve que cette jeune fille est ma fille.

L'ombrelle ne frémit pas d'un pouce. Ni même d'un demi-pouce.

— À d'autres, jeta l'inconnue, intraitable.

James regarda autour de lui à la recherche d'un projectile quelconque. Il se sentait au bord de l'apoplexie. Qu'avait-il fait au bon Dieu pour mériter ça ? Tout ce qu'il voulait, c'était marier Isabel à un jeune homme convenable, qui ne la battrait pas et ne dilapiderait la dot qu'il lui avait constituée. Il voulait être libre de passer une soirée tranquille avec une femme agréable comme Sara Woodhart. Ou avec un livre. Était-ce trop demander à la vie ?

Apparemment oui, tant que des cinglées se promèneraient dans Londres armées de parapluies pointus.

C'est alors que Perry ouvrit la bouche et prononça, sans doute pour la première fois de son existence, quelque chose de sensé :

— Euh… mademoiselle ? La… jeune fille… est *vraiment* sa fille.

Incapable de se contenir plus longtemps, Isabel lâcha prise et son rire perlé s'éleva sans retenue, résonnant dans toute la rue.

— Oh, s'écria-t-elle gaiement, je suis désolée ! Mais c'était tellement drôle de vous voir menacer papa avec votre parapluie ! Je n'ai pas pu m'en empêcher.

Cette fois, le parapluie en question vacilla.

— Si cet homme est votre père, pourquoi criiez-vous de la sorte, pour l'amour du Ciel ? articula la jeune femme sous une frange de cheveux blonds et des sourcils arrondis par l'incompréhension.

— Pourquoi ? répéta Isabel en roulant les yeux comme si la réponse à cette question était l'évidence même. Parce qu'il veut m'obliger à aller au cotillon des Peagrove.

À la vive stupeur de James, la jeune femme – cette parfaite inconnue totalement dérangée – accepta l'explication comme si elle compatissait sincèrement. Abasourdi, il la regarda baisser lentement son parapluie jusqu'à ce que la pointe touche le sol.

— Dieu du ciel, il ne peut tout de même pas vous emmener *là-bas* !

Isabel tira la manche de James avec force.

— Tu vois, papa ? Je te l'avais dit.

James avait à présent la certitude qu'il allait succomber d'un instant à l'autre à une attaque. Ce qui lui arrivait dépassait l'entendement. Quelques minutes plus tôt, cette femme menaçait d'appeler la police, et voilà qu'elle discutait maintenant tranquillement de divertissements mondains avec sa fille, comme si elles papotaient dans la boutique d'un chapelier, mais certainement pas au milieu de Park Lane à neuf heures du soir, par une nuit de printemps envahie d'un brouillard à couper au couteau.

— C'est une bousculade insensée, affirmait la folle. Lady Peagrove invite deux fois plus de monde que sa maison peut en contenir. Et on n'y rencontre que des pique-assiette et des cousins de province.

— Je le *savais,* martela Isabel en tapant du pied sur le tapis que Perry avait déroulé pour que sa traîne ne soit pas salie par la boue quand elle monterait dans l'attelage. Je n'ai cessé de le lui répéter, mais il n'a rien voulu entendre.

Ayant la très nette impression que l'on parlait de lui comme s'il n'était pas là, James se sentait plus exaspéré que jamais.

— Il n'écoute que Mlle Pitt, continuait Isabel. Et Mlle Pitt est sottement persuadée que c'est chez les Peagrove qu'il faut aller.

— Qui est Mlle Pitt ? demanda l'inconnue.

Avant que James ait pu placer un mot, sa fille répondit :

— Ma dame de compagnie, ou mon chaperon si vous préférez. Du moins l'était-elle, parce qu'elle a démissionné il n'y a pas une heure.

— Un chaperon ? Pourquoi diable devez-vous vous encombrer d'un chaperon ?

— Parce que sa mère est morte, si vous voulez tout savoir, glissa James avec aigreur. À présent, madame, si vous voulez bien nous excuser…

— Pas si vite ! intervint Isabel. Ce n'est pas ça du tout, papa. Maman est morte, oui, mais s'il m'affuble d'un chaperon c'est parce qu'il ne prend jamais la peine de m'emmener nulle part, ajouta-t-elle à l'adresse de l'inconnue. Il veut passer tout son temps avec Mme Woodhart…

La main de James se crispa sur le bras d'Isabel.

— Perry, la portière s'il te plaît.

Le valet, qui écoutait la conversation avec beaucoup plus d'attention qu'il n'en avait jamais porté aux instructions de James, sursauta violemment :

— Mm… milord ?

James se demanda si lui envoyer son pied aux fesses le ferait passer pour une brute. Oui, sûrement.

— La portière, gronda-t-il. De la voiture. Ouvre-la. Tout de suite.

Le malheureux valet s'empressa d'obéir. Pendant ce temps, à la grande fureur de James, Isabel continuait de jacasser.

— Oh, je me suis évertuée à leur expliquer que c'était chez dame Ashford qu'il fallait aller, mais croyez-vous qu'ils m'écoutaient ? Pensez-vous ! Pas étonnant que j'aie manqué de respect à Mlle Pitt. Quand personne ne tient compte de ce que je dis…

— C'est le bal de dame Ashford, ce soir ? répliqua la jeune femme en s'appuyant nonchalamment sur son parapluie, comme s'il s'était agi d'un maillet de croquet et qu'ils se trouvaient sur une pelouse à jouer entre amis. Dans ce cas, vous ne pouvez pas le manquer.

— Oui, mais ils s'acharnent à m'éloigner de l'homme que j'aime…

— Dans la voiture ! l'interrompit froidement James.

Il était fier de lui. Il ne l'avait pas encore mise dans la voiture de force, comme cela avait été sa première impulsion. Il apprenait à dominer ses colères, et Dieu sait que cela n'était pas facile depuis quelques semaines. Mais il y parvenait tant bien que mal. S'il pouvait se débarrasser aussi de cette pipelette et de son parapluie sans qu'une goutte de sang soit versée, il aurait remporté une nouvelle victoire.

— Mais, papa, tu as entendu cette jeune dame. Le cotillon des Peagrove n'est pas...

— *Monte dans la voiture !*

Isabel tenta de reculer, mais il fut plus rapide. En un éclair, il la saisit, la souleva et la mit dans le cabriolet – gentiment. Même la mégère au parapluie n'aurait pu dire le contraire.

Dès que les derniers centimètres de traîne eurent disparu à l'intérieur de l'habitacle, il se tourna vers la jeune femme ahurie.

— Bonsoir, lui dit-il.

Sur ce, il s'engouffra à son tour dans la voiture, aboyant au cocher de se mettre en route, ce que ce dernier s'empressa de faire.

Assise en face de lui, Isabel avait repris contenance.

— Vraiment, papa, tu n'avais pas besoin de te conduire aussi grossièrement !

— Grossièrement ! répéta-t-il avec un rire sans joie. C'est la meilleure ! Et je suppose que tu as trouvé tout à fait courtois qu'une parfaite inconnue pointe son parapluie sur moi, en menaçant d'appeler la police comme si j'étais un criminel évadé de prison ?

— Elle n'est pas une parfaite inconnue, répondit Isabel en arrangeant les kilomètres de satin blanc de sa jupe. C'est Mlle Mayhew. Je l'ai déjà rencontrée une ou deux fois.

— Seigneur Dieu ! Cette créature habite Park Lane ? Je ne connais aucun Mayhew. Chez qui travaille-t-elle ?

— Chez les Sledge. Elle est la gouvernante de tous leurs fichus garnements.

— Oh, murmura-t-il, quelque peu radouci.

Il ne s'étonnait plus de ne pas l'avoir reconnue. En tout cas, il pouvait se réjouir d'une chose : cette femme n'était qu'une domestique, elle n'irait pas crier dans tout le voisinage que James Traherne, troisième marquis de Wingate, n'avait aucune autorité sur sa tête de mule de fille.

Et si elle s'y risquait, personne ne donnerait foi à ses propos.

Puis il demanda avec une certaine indignation :

— Mais si tu l'avais déjà vue, comment pouvait-elle ignorer que tu étais ma fille et s'imaginer que j'étais sur le point de t'enlever ?

— Elle commence à peine à travailler ici, expliqua Isabel en tirant sur ses gants. Où aurait-elle pu te voir ? Certainement pas à l'église, étant donné que tu rentres juste avant l'aube la plupart du temps, le samedi soir.

James scruta son visage éclairé par la petite lampe à huile. Ce ton familier n'était pas de mise dans la bouche d'une fille qui s'adresse à son père. Il s'était probablement marié trop jeune. Son père l'avait prévenu. Les filles de ceux qui n'avaient convolé qu'après avoir largement dépassé les vingt ans, ne leur parlaient pas de cette manière. Ou tout au moins le supposait-il, car il n'en comptait pas beaucoup parmi ses relations, sans doute à cause de son passé plein de vicissitudes et de la réputation qui en découlait.

Mais s'il avait eu plus d'amis hommes, leurs filles auraient sûrement été dociles et délicates, comme l'enfant de ses rêves – et non comme la créature rebelle sortie de l'onéreux séminaire pour jeunes filles il y a un mois et demi, qui lui répondait très impoliment.

— Isabel, dit-il aussi calmement que possible, qu'as-tu fait à Mlle Pitt ?

Elle se plongea dans la contemplation du toit.

— Si cette voiture s'arrête devant chez les Peagrove, je me sauve en courant. Tu es prévenu.

— Isabel, répéta-t-il avec une patience admirable, Mlle Pitt est la cinquième dame de compagnie que j'engage pour toi en cinq semaines. Pourrais-tu me dire ce que tu lui reproches ? Elle m'a été chaudement recommandée par lady Chittenhouse...

— Lady Chittenhouse ! Que connaît-elle ? Aucune de ses filles n'a jamais eu besoin d'un chaperon. Pas un homme sain d'esprit ne s'aviserait de les approcher. Je n'ai jamais rencontré des créatures aussi repoussantes. On dirait qu'elles ignorent ce qu'est un morceau de savon. Je serais surprise qu'elles parviennent à se marier.

James ignora ce commentaire.

— Lady Chittenhouse a écrit une lettre de recommandation très élogieuse sur Mlle Pitt.

— Vraiment ? Et a-t-elle mentionné dans cette lettre que Mlle Pitt est non seulement ennuyeuse à mourir, avec ses jacasseries interminables sur ses précieuses nièces et neveux, mais qu'elle a une fâcheuse tendance à postillonner quand elle parle ? Particulièrement quand elle essaie de corriger ce qu'elle appelle mes manières extravagantes ?

— Si tu trouvais Mlle Pitt si repoussante, pourquoi ne m'as-tu pas demandé d'engager quelqu'un d'autre ? s'enquit James aussi gentiment que possible, vu qu'il avait envie de l'étrangler.

— Parce que tu aurais trouvé quelqu'un de pire, rétorqua Isabel en regardant les rues noyées dans le brouillard, à travers la vitre de la portière. Et que je n'ai pas le privilège d'assister aux entretiens d'embauche.

Son ton sciemment désinvolte le fit sourire.

— Et qui choisirais-tu, Isabel ? Quelqu'un comme cette Mlle Mayhew, je présume ?

— Que lui reproches-tu ? Elle est plus agréable à regarder que l'horrible Mlle Pitt, en tout cas.

— Tu n'as pas besoin de quelqu'un d'agréable à regarder, mais d'une personne sérieuse, capable de t'empêcher de courir après ce misérable Saunders...

À l'instant où il prononçait ces paroles, il comprit qu'il avait commis une erreur.

— Geoffrey n'est pas un misérable ! explosa-t-elle. Tu le saurais si tu prenais seulement quelques minutes pour faire sa connaissance !

James leva les yeux au ciel et regarda à son tour par la fenêtre. Malheureusement, ils étaient déjà bloqués dans la circulation, et la voiture était maintenant assaillie par des vendeuses de rubans, des mendiants, des prostituées... la racaille habituelle qui hantait les rues de Londres, la nuit. Les vitres étaient levées, mais ils tendaient leurs mains sales et usées par le travail et la misère. James ne put retenir un soupir. Ce n'était pas du tout ainsi qu'il avait envisagé de passer la soirée. En ce moment, il devrait être dans sa loge, au théâtre. À présent, il aurait de la chance s'il parvenait à atteindre l'entrée des artistes pour intercepter Sara parmi la foule de ses admirateurs venus rendre hommage à son talent...

Du moins était-ce ce qu'elle aimait croire, car James savait bien que ce n'était pas pour louer ses dons d'actrice qu'ils se pressaient autour d'elle, mais pour tout autre chose...

— Je n'ai pas besoin de faire la connaissance de M. Saunders, Isabel. Je n'ignore rien en ce qui le concerne, et je peux te dire que si ce faquin s'avise de franchir le seuil de notre porte, il ressortira aussitôt avec du plomb dans l'aile !

— Papa ! s'écria Isabel dans un sanglot. Si tu voulais bien m'écouter...

— J'ai suffisamment entendu tes balivernes à propos de Geoffrey Saunders. Je te prie de ne plus mentionner ce nom en ma présence.

Voilà qui lui semblait suffisamment menaçant et dissuasif. C'est ainsi qu'un père devait parler à sa fille : sans mâcher ses mots.

— Et à présent, nous allons chez les Peagrove, puisque je crois savoir que M. Saunders n'y a pas été invité, crut-il bon d'ajouter.

Isabel émit un second sanglot, plus fort que le premier, et déclara d'une voix pathétique :

— Tu veux dire que *tu* vas chez les Peagrove ! Moi, je vais chez dame Ashford !

Et avant que James comprenne ce qui lui arrivait, Isabel se jeta sur la portière, l'ouvrit d'une poussée et, avec un style que Sara Woodhart lui aurait envié, se précipita dehors.

Son père se retrouva soudain très seul dans le cabriolet. Que Dieu le préserve des jeunes femmes amoureuses ! Décidément, ce n'était pas ainsi qu'il avait prévu de passer la soirée…

Il rajusta son chapeau sur sa tête, s'élança à son tour par la portière restée ouverte et courut derrière son enfant dans la rue encombrée.

2

Lorsque Kate Mayhew entra dans la cuisine où brûlait un grand feu de cheminée, Posie, l'une des domestiques, la rejoignit dans un froufrou de jupons.

— Oh, mademoiselle ! s'écria-t-elle sans lui laisser le temps de refermer la porte. Vous ne devinerez jamais !

— Henry a mis un autre serpent dans la poche de la robe de chambre de son père, suggéra Kate en enlevant ses gants avant de déboutonner sa pelisse.

— Non...

— Jonathan a encore prononcé ce mot en présence de sa mère.

— Quel mot, mademoiselle ?

— Vous savez bien, celui qui commence par la lettre *m*.

— Oh, non, mademoiselle. Rien de tel. Quelqu'un vous attend au salon.

— J'espère qu'il s'agit de M. le comte, dit-elle en ôtant sa coiffe qu'elle suspendit à un crochet près de la porte. Il devait me retrouver au concert et j'ai passé une heure à le chercher partout.

— Il s'est trompé d'église, expliqua Posie en trottinant derrière Kate qui se déplaçait dans la cuisine. Le maître ne sait plus à quel saint se vouer ! Il va finir par trouer le plancher, à force d'aller et venir devant la porte du salon.

Kate s'arrêta devant le miroir placé au bas de l'escalier à l'intention des domestiques, afin qu'elles puissent rajuster leur coiffe avant de franchir la porte matelassée qui donnait accès au reste de la maison. Elle essaya sans grand succès de dégager la mèche de cheveux qui lui tombait sur le front en la faisant bouffer. L'air frais du printemps avait rosi ses joues. Inutile de les pincer pour rehausser leur couleur. En revanche, son nez brillait et elle dut y appliquer une touche de farine.

— Pauvre Freddy, dit-elle. Depuis combien de temps est-il là ?

— Vous veniez de partir quand il est arrivé, répondit Posie en la regardant dans le miroir.

Kate soupira.

— Oh là là… Mme Sledge est fâchée ?

— Bien sûr que non ! Quand ses amies du club de couture lui demanderont demain à qui était la voiture garée devant la maison, elle sera fière comme un paon de leur annoncer qu'elle appartenait au comte de Palmer.

— Venu rendre visite à la gouvernante de ses enfants ? glissa Kate en redressant le camée qui fermait le col en dentelle de son chemisier.

— Elle ne leur dira pas ça, mais leur laissera penser que c'est *elle* qu'il honorait de sa visite…

La porte matelassée s'ouvrit brusquement et Phillips, le majordome, apparut en haut des marches. Posie eut tout juste le temps de se précipiter derrière la grande table en bois et de se mettre à polir assidûment l'une des casseroles en cuivre qui s'y trouvait.

En revanche, Kate fut moins chanceuse. Elle n'avait rien à faire au sous-sol, selon celui qu'elles avaient surnommé Grincheux.

— Mademoiselle Mayhew, lança-t-il effrontément tout en descendant l'étroit escalier. Je crois vous avoir déjà fait remarquer que vous n'êtes nullement tenue d'emprunter l'entrée de service. En tant que gouvernante des enfants, vous êtes habilitée à utiliser l'entrée principale.

Kate faillit rétorquer que la première présentait l'avantage non négligeable de lui éviter de tomber nez à nez avec lui, la plupart du temps. Estimant plus prudent de ne pas exprimer cet avis à voix haute, elle s'aperçut que Phillips se contenait difficilement.

— Si vous l'aviez fait, vous auriez pu constater que M. le comte de Palmer vous attend depuis près de deux heures dans le grand salon.

— Oh, monsieur Phillips, je suis *vraiment* désolée. Lord Palmer devait me retrouver à un concert, ce soir, mais nous nous sommes manqués et…

— À l'avenir, mademoiselle Mayhew, continua l'homme avec une raideur d'automate, lorsque vous inviterez des personnes titrées dans cette maison, je vous saurai gré de m'en informer afin que je puisse décanter le cognac qui convient suffisamment à l'avance.

Il semblait vraiment furieux. Fou de rage d'avoir dû servir un cognac de qualité secondaire à un comte. Un majordome du standing de Phillips risquait de ne jamais s'en remettre.

Pas plus qu'il ne pardonnerait à Kate. Tout espoir d'entente entre eux était définitivement compromis. D'autant que la jeune femme n'en était pas à son premier méfait. Elle avait commencé par emmener son chat avec elle, ce qui constituait aux yeux de Phillips une offense impardonnable. Mais, non contente d'avoir introduit dans la maison une créature répugnante, tout juste bonne selon lui à chasser les rats dans les sous-sols, elle osait à présent l'humilier.

Peut-être serait-il plus sage qu'elle se mette en quête d'un autre emploi.

— Honnêtement, monsieur Phillips, si j'avais pu deviner que…

— Ce n'est pas à moi que vous devez des excuses, mademoiselle Mayhew, mais au maître qui ne savait plus comment divertir le comte pendant que vous vous promeniez.

Elle fronça les sourcils. Ce n'était pas sa faute, après tout, si Freddy était étourdi au point de ne pouvoir retenir une adresse et qu'il décidait ensuite de l'attendre dans le salon des Sledge. Et comment Phillips osait-il lui reprocher d'être sortie puisqu'elle n'était pas de service, ce soir ? Elle avait tout de même le droit de profiter de sa soirée de liberté…

Mais il ne servait à rien d'essayer de discuter avec le Grincheux.

Soulevant ses jupes, Kate s'engagea dans l'escalier et frôla le majordome sans s'arrêter.

Effectivement, Sledge arpentait l'épais tapis d'Orient devant la porte du salon, au risque d'y creuser un trou. Dès qu'il la vit, il accourut.

— Oh, mademoiselle Mayhew, vous voilà enfin ! Le comte… le comte de Palmer est là. Il vous attend. Je lui ai apporté le journal du jour, que je n'avais pas jeté, heureusement. Cela l'a aidé à patienter, je crois.

Kate sourit à son employeur. Ce n'était pas un mauvais homme, mais il était assommant. Il avait épousé une cousine très laide sans se douter qu'un jour elle hériterait d'une fortune qui lui permettait aujourd'hui de s'offrir une gouvernante à plein temps et d'entretenir de nombreux missionnaires et des centaines d'indigènes en Papouasie-Nouvelle-Guinée.

— Croyez-vous que le comte serait intéressé par les brochures du révérend Billings sur la mission, mademoiselle Mayhew ? J'ai remarqué que les jeunes gens les plus distingués se soucient rarement des défavorisés. Ils ne pensent qu'à la chasse et au théâtre. Je me demande d'ailleurs si c'est seulement une question d'ignorance. Bien sûr, s'ils ne connaissent pas les terribles conditions de vie des Papous, si personne ne les a sensibilisés sur le sujet…

— Je suis d'accord avec vous, monsieur Sledge. Je lui en parlerai. Je suis sûre qu'il sera captivé.

M. Sledge, d'ordinaire très pâle, rougit de plaisir.

— Vraiment, mademoiselle Mayhew ? Vous le pensez vraiment ?

— Absolument, affirma Kate en lui prenant le bras et en l'obligeant à s'écarter du seuil du salon. Vous et Mme Sledge devriez remettre un paquet de brochures à Freddy – je veux dire, à M. le comte – pour qu'il les lise ce soir, et à sa prochaine visite vous pourrez l'interroger sur leur contenu.

M. Sledge en eut le souffle coupé.

— Quelle idée formidable ! s'exclama-t-il. Je vais en parler immédiatement à Mme Sledge. Nous en avons tout un tas de nouvelles, notamment sur les conditions déplorables dans lesquelles les femmes papous mettent leurs enfants au monde, et sur le travail admirable que le révérend Billings a accompli pour améliorer les choses...

— Oh, M. le comte sera très intéressé, n'en doutez pas.

M. Sledge s'éloigna en se frottant les mains, et Kate retint un éclat de rire en ouvrant la porte du salon.

— Eh bien, Freddy, je vous ai mis dans de beaux draps ! M. Sledge est parti chercher ses précieuses brochures.

L'homme de haute taille, aux cheveux blonds, se détourna de l'âtre avec un air coupable, et elle ne tarda pas à comprendre pourquoi. Il avait fait bon usage du journal de son employeur en le transformant en boulettes de papier qu'il lançait dans le feu. Il avait épuisé les pages mondaines et s'attaquait à la partie financière quand elle avait fait irruption dans la pièce.

Kate secoua la tête.

— Vraiment, Freddy ! Vous êtes pire que Jonathan Sledge qui n'a que cinq ans.

Freddy Bishop, neuvième comte de Palmer, releva le menton.

— Il a bien fallu que je m'occupe en vous attendant, Katie.

— Et il ne vous est pas venu à l'esprit de lire ce journal, plutôt que de le mettre en pièces ? s'étonna-t-elle en se baissant pour tenter vainement de redonner une forme décente à ce qui restait du quotidien.

— Lire cette prose assommante sur les troubles en Inde et tout ce qui s'ensuit ? Quelle barbe ! Qu'est-ce qui vous a retenue, Kate ? Il y a des heures que je vous attends. Je suis allé dans cette église où il ne se donnait aucun concert. Seule la femme du vicaire, une créature acariâtre occupée à enlever des vieilles affiches des murs, se trouvait là. Elle m'a répondu fort désagréablement quand je lui ai demandé l'heure du concert de Mahler. Elle ressemblait à un morceau de bois mort.

— Vous vous êtes encore trompé d'église, et il s'agissait de Chopin, pas de Mahler, rectifia Kate en se laissant tomber dans un fauteuil. La *Polonaise* était très réussie.

— Je m'en tape, de la *Polonaise,* jura le comte de Palmer.

— Freddy ! feignit de s'offusquer Kate en riant.

— Je m'en moque, corrigea-t-il en s'installant à son tour dans un fauteuil. J'ai raté le concert, et maintenant il est trop tard pour que je vous emmène dîner. Les Sledge, ces sinistres andouilles, vont se retirer et vous allez devoir en faire autant. Vous n'aurez pas une nouvelle soirée de liberté avant une semaine, alors la *Polonaise,* vous comprenez, qu'est-ce que je m'en tape !

Kate rit de nouveau.

— Ne vous en prenez qu'à vous-même. Si vous aviez pris la peine de noter l'adresse, vous l'auriez peut-être gardée en mémoire.

Le comte changea de ton en enchaînant avec humour :

— Si vous cessiez de jouer les têtes de mules et acceptiez de m'épouser, je n'aurais pas besoin d'écrire des adresses, puisque vous seriez toujours là pour me les rappeler.

Elle fit la moue.

— Vous êtes sur la bonne voie. Je ne crois pas qu'il existe une seule Londonienne capable de résister à un homme qui la traite de tête de mule.

Freddy tira sur son épaisse moustache dorée.

— Pourquoi êtes-vous si entêtée, Kate ?

— Je ne suis pas entêtée, Freddy. Je vous aime, mais pas comme une femme doit aimer son mari. Je veux dire que... je ne suis pas amoureuse de vous.

— Qu'en savez-vous ? Vous n'êtes jamais tombée amoureuse auparavant.

— Non, admit-elle. Mais j'ai lu des livres et...

— Oh, vous et vos livres !

— Vous devriez essayer d'en lire un, cela pourrait vous plaire.

— J'en doute. Et quel rapport avec le fait que vous soyez ou non amoureuse de moi ? Aimer, cela s'apprend aussi, dit-il avec feu. Vous apprenez vite, il paraît. On raconte que vous exercez vos fonctions de gouvernante avec une efficacité redoutable.

— Qui raconte cela ? s'indigna Kate.

Le comte chassa cette question d'un geste.

— Je sais me faire aimer, vous savez. Virginia Chittenhouse était folle de moi, le printemps dernier. Elle a versé toutes les larmes de son corps quand je lui ai annoncé que mon cœur était à vous à jamais, même si vous n'avez plus un sou et qu'avec les années, votre caractère devient acerbe.

— Vous n'auriez pas dû éconduire Virginia Chittenhouse, répliqua Kate avec aplomb. Elle n'a pas du tout le caractère acerbe, elle, et elle vient d'hériter de cinquante mille livres.

Le comte de Palmer se redressa brusquement.

— Je me fiche de cinquante mille livres. C'est vous que je veux, Katherine Mayhew !

Kate plissa les yeux avec un air suspicieux.

— Combien de verres de cognac avez-vous ingurgités en m'attendant, Freddy ?

— Vous allez renoncer à votre métier de gouvernante immédiatement et vous enfuir avec moi à Paris.

— Seigneur ! Nous en viendrions aux mains bien avant d'atteindre Calais. J'espère vraiment que vous êtes ivre. C'est la seule explication logique à votre conduite extravagante.

Vaincu, le comte se laissa aller contre le dossier.

— Je ne suis pas ivre. Je me suis seulement ennuyé à mourir en vous attendant. Ce nigaud de Sledge n'a cessé de venir me demander toutes les cinq minutes si j'avais besoin de quelque chose. Et il a essayé de me parler de ses poupons néo-guinéens.

— Papous néo-guinéens, corrigea-t-elle en souriant.

— Bon, oui, peu importe. Où *étiez-vous,* Kate ? Le concert devait se terminer à neuf heures.

— Je suis rentrée en omnibus, voyez-vous, car au cas où vous l'auriez oublié, je n'ai pu emprunter votre voiture puisque vous avez brillé par votre absence.

Elle lui jeta un regard réprobateur, cherchant un moyen d'échapper à une nouvelle proposition de mariage.

— Oh, j'allais oublier, ajouta-t-elle. J'ai assisté à une scène extraordinaire, en rentrant. C'était tout près, sur Park Lane. Un homme a fait basculer une jeune fille sur son épaule et a tenté de la jeter dans un cabriolet.

Le comte de Palmer s'agita dans son fauteuil et son visage se rembrunit.

— Qu'êtes-vous en train d'inventer pour vous dérober au sujet du mariage ? Je ne suis pas dupe, Kate. Cette fois, je suis totalement déterminé. J'en ai même parlé à ma mère. Elle m'a répondu que si je tenais à me ridiculiser, elle ne pouvait rien pour moi.

Kate poursuivit comme si elle n'avait rien entendu :

— Je vous jure que je dis la vérité. Je n'en revenais pas. J'ai dû menacer l'homme avec la pointe de mon parapluie pour qu'il se résigne à reposer la jeune fille par terre.

Freddy cligna des yeux.

— Était-ce un Oriental ?

— Mais non ! Quelle idée ! C'était un gentleman, du moins l'a-t-il affirmé. D'après l'habit de soirée qu'il portait et le laquais qui l'accompagnait, il en avait l'air, en tout cas. Il était grand, très large d'épaules, des cheveux noirs indisciplinés, brun de peau…

— Un Oriental ! s'obstina Freddy.

— Non, Freddy, il n'était pas oriental, le détrompa-t-elle patiemment.

— Comment pouvez-vous l'affirmer ?

— Il s'exprimait dans un anglais irréprochable, sans l'ombre d'un accent, et son laquais l'appelait « milord ». Il avait les yeux verts les plus extraordinaires que j'aie jamais vus. Les Orientaux ont les yeux sombres, si je ne me trompe. Les siens étaient clairs et luisaient comme ceux d'un chat.

— On dirait que vous l'avez bien détaillé, remarqua Freddy en se raidissant.

— Évidemment ! Il se tenait à deux pas de moi. Je l'ai très bien vu, malgré l'épais brouillard. De plus, il était éclairé par les lumières de la maison.

— Quelle maison ?

— Le deuxième en partant d'ici, un peu plus bas sur la gauche.

Le comte de Palmer se détendit aussitôt.

— Oh, c'est *Traherne*.

— Pardon ?

— Traherne. Il s'est installé chez le vieux Kellogg pour la saison, la première de sa fille.

— Oui. La jeune personne qu'il traitait de manière aussi abusive s'est avérée être sa fille. Une forte tête, à première vue.

— Elle s'appelle Isabel, dit Freddy en réprimant un bâillement. D'après la rumeur, elle ne se soucie pas plus des convenances que son père. Elle s'est donnée en spectacle à l'opéra, l'autre soir, en se jetant au cou d'un jeune sans le sou. C'était extrêmement embarrassant, même pour un observateur blasé comme moi. Je comprends que Traherne la traite un peu rudement.

— Je n'ai jamais entendu parler de lord Traherne. Il est vrai que je n'ai plus aucune vie mondaine depuis un certain temps, mais…

— Pas Traherne. Wingate. James Traherne est le second marquis de Wingate. Ou le troisième, je ne sais plus…

— Wingate ? Ce nom m'est familier.

— Et pour cause. Il a été au centre d'un fameux scandale… quoique vous deviez être à l'école, à l'époque. J'étais moi-même encore à Eton. Vos parents et les miens en parlaient, un jour au déjeuner. Des choses pareilles font forcément l'objet de…

— Quelles choses ?

Kate n'avait jamais été friande de ragots, encore moins depuis qu'elle en avait elle-même fait les frais. Mais les yeux verts du marquis l'avaient frappée…

— Le divorce des Wingate. On n'a parlé que de cela pendant des mois, il a fait la une des journaux… Ce n'est pas que je les lise, mais on ne peut s'empêcher de parcourir les gros titres quand on les déchire page par page...

— Un divorce, dites-vous ? Non, vous devez vous tromper. La jeune fille, Isabel, m'a dit que sa mère était morte.

— Oui, c'est vrai. Morte sans un sou sur le Continent, après que Traherne l'eut traînée devant les tribunaux avec son amant.

— Son amant ? releva-t-elle, incapable de dissimuler son intérêt. Freddy ! insista-t-elle comme il se taisait. Continuez, voulez-vous ?

— Oh oui, un vrai scandale, reprit-il plaisamment. Ils s'étaient mariés beaucoup trop jeunes. Traherne avait épousé la fille unique du duc de Wallace, un mariage d'amour. Elle s'appelait Elizabeth, si mes souvenirs sont bons. Bref, ce fut un amour à sens unique, semble-t-il. À peine un an après la naissance d'Isabel, Traherne surprit sa femme dans les bras d'un poète irlandais, lors d'un bal dans sa propre maison. Le marquis balança son rival à travers l'une des fenêtres du deuxième étage et, dès le lendemain, il était chez son avocat.

— Seigneur ! Est-il mort ?

— Traherne ? Bien sûr que non. Je suis sûr que c'est lui que vous avez vu, ce soir. Il ne sort plus beaucoup, et c'est compréhensible. Aucune hôtesse convenable ne le convie plus à sa table. Je suppose toutefois qu'il va devoir faire son retour dans le monde s'il veut marier sa mégère de fille.

Kate prit une longue inspiration. Ses relations déjà anciennes avec le comte de Palmer lui avaient forgé une patience à toute épreuve.

— Je voulais dire, est-ce que l'amant de sa femme est mort, après que lord Wingate l'eut jeté par la fenêtre ?

— Oh, non. Pas du tout. Il s'en est remis et a épousé Elizabeth, une fois le divorce prononcé. Bien sûr, ils ont dû quitter définitivement l'Angleterre. Personne ne voulait plus d'eux après cette histoire, pas même leur famille.

— Et l'enfant ?

— Isabel ? Eh bien, Traherne l'a élevée. Jamais il n'aurait laissé sa femme, enfin son ex-femme, s'en charger. Je doute qu'elle ait jamais revu sa fille, d'ailleurs. Je me souviens que peu de temps après, le vieux Wallace – le père d'Elizabeth – a voulu rendre visite à sa petite-fille, mais Traherne le lui a interdit. Ce n'est guère charitable.

— En effet. Quelle horrible histoire !

— Oh, elle n'est pas finie. Vous ne connaissez pas le pire.

— Je ne tiens pas à l'apprendre, Freddy. Merci.

— Vous avez tort, c'est assez délectable.

— Je n'aime pas les ragots, vous le savez. Et encore moins quand ils concernent le beau monde. Je ne trouve rien de plus assommant que les méfaits et les tribulations des gens riches.

Freddy sourit, l'air ravi.

— J'adore discuter avec vous, Katie. Cela me rappelle le bon vieux temps.

— Eh bien, il n'y aura pas de discussion, car il n'y a rien à dire sur les privilégiés qui ont reçu une bonne éducation et se conduisent comme... comme des voyous de bas étage.

— Vous êtes dure avec ce pauvre Traherne. Je crois savoir qu'il ne s'est jamais remis de la trahison de sa femme. Il est devenu un homme amer et replié sur lui-même, très différent de l'être vigoureux qu'il était jadis.

— Il m'a pourtant semblé plein de vigueur, remarqua Kate en pensant à la facilité avec laquelle il avait porté sa fille, qui était loin d'être un petit gabarit comme elle.

— Il ne manque pas de compagnie féminine, en tout cas. Sara Woodhart est sa dernière maîtresse en date. Je l'ai vue dans *Macbeth* le mois dernier.

Kate chassa de ses pensées la silhouette athlétique du marquis.

— Oui, sa fille a évoqué une certaine Mme Woodhart, qu'elle lui reprochait d'avoir envie de voir plutôt que de l'emmener au bal...

— Traherne a engagé je ne sais combien de dames de compagnie pour veiller sur elle, sans grand succès.

— Il devrait se remarier. Cela lui reviendrait moins cher, au bout du compte. Et je suis sûre qu'en ces années de pénurie mondaine il trouverait une femme assez stupide - ou cupide - pour fermer les yeux sur ses penchants pour les actrices.

— Vous oubliez qu'il ne veut plus entendre parler de mariage. Tout le monde le sait. Il dit que le mariage a ruiné sa vie, et qu'il n'est pas près de se laisser prendre une deuxième fois.

— Très original, commenta Kate. Un noble riche et séduisant qui jure de ne plus se laisser passer la bague au doigt ! Tous les meilleurs partis de Londres ne doivent plus savoir comment l'en dissuader.

Le sourire de Freddy s'élargit. Il se pencha vers elle et lui tapota la main.

— Vous voyez ? Ce n'était pas si mal, finalement. Vous avez été parfaite, Kate. Je suis fier de vous.

Elle le regarda un instant sans comprendre, puis se leva brusquement de son fauteuil.

— Ce n'est pas juste, dit-elle en se détournant, le dos très raide tout à coup.

— Pourquoi ? Nous avons agréablement comméré. Je me serais cru revenu au bon vieux temps...

— Arrêtez, jeta-t-elle tout bas. Ce ne sera plus jamais comme au bon vieux temps.

Freddy l'observa avec une curiosité qui se teinta d'inquiétude.

— Katie, ne déterrez pas tous ces...

— Comment pourrait-il en être autrement ? parvint-elle à rétorquer sans trembler.

— Katie, arrêtez...

— Je ne peux pas m'en empêcher. J'y pense sans cesse. L'autre nuit, j'ai même...

— Même quoi ?

— Oh... rien, dit-elle en se retournant vers lui, les yeux un peu trop brillants.

— Kate, insista-t-il avec une sévérité qui contrastait avec son ton jusque-là taquin. Dites-moi.

Incapable d'affronter son regard, elle haussa les épaules.
— Je crois que je l'ai revu.
— Qui ?
— Daniel Craven, laissa-t-elle tomber. Je crois que j'ai vu Daniel Craven.
Elle n'avait pas fini sa phrase que Freddy avait bondi de son fauteuil. Il la rejoignit en deux enjambées et prit ses mains dans les siennes.
— Kate, nous en avons déjà parlé.
— Je sais… je sais, mais je n'y peux rien. Je l'ai *vu*, Freddy.
— Vous avez vu quelqu'un qui lui ressemblait, voilà tout.
— Non.
Kate retira ses mains et se dirigea vers la fenêtre la plus proche. Elle écarta le rideau et regarda sans la voir la rue nimbée de brouillard.
— C'était lui. J'en suis sûre. Et… il m'a suivie.
— Il vous a suivie ? s'écria-t-il en accourant auprès d'elle. Où ?
— Ici, sur Park Lane. J'étais avec les garçons.
— Daniel Craven, répéta-t-il d'un air sceptique. Personne ne l'a croisé à Londres depuis sept ans et il est venu vous suivre ici, dans cette rue ?
— Je sais, cela paraît absurde, admit Kate en laissant retomber le rideau et en retournant près du feu. Vous pensez que je suis folle ? Je le suis peut-être, remarquez…
— Ce n'est pas que je ne vous crois pas, Kate, dit-il en la suivant. C'est seulement que…
— Que, quoi ? demanda-t-elle sans le regarder.
— Bon, admettons qu'il s'agisse bien de Daniel Craven. Vous ne continuez tout de même pas de penser qu'il a quelque chose à voir avec la mort de vos parents ? Je croyais que la question était tranchée. Qu'êtes-vous en train d'imaginer ? Que sept ans après, il est revenu pour en finir avec vous ?
Elle releva la tête avec détermination.
— Oui, c'est ce que je pense. Désolée que vous trouviez cela affligeant.

— Ah non, Kate ! Ne me regardez pas comme ça. Je ferais n'importe quoi pour vous, vous le savez, mais toutes ces bêtises qui ont été dites sur Daniel...

La jeune femme reprit sa place dans le fauteuil qu'elle avait abandonné. Elle semblait fâchée.

— C'est vrai, Freddy. Ils ont cru que j'avais tout inventé, et j'avais oublié que vous partagiez leur avis.

— Écoutez, vous avez toujours eu beaucoup d'imagination. Ce n'est pas un défaut, d'ailleurs. Je suis sûr que cela vous aide quand vous vous occupez des enfants, mais...

— D'accord, d'accord, je n'ai pas vu Daniel Craven et je ne parlerai plus jamais de lui, l'interrompit-elle. Mais vous, Freddy... vous allez cesser de me demander en mariage. Je ne le supporte pas, vous comprenez ? En dehors du fait que je ne suis pas amoureuse de vous, je ne veux plus jamais rien avoir à faire avec ces gens-là...

— Ces gens-là ? Les gens de la bonne société, je suppose ?

— Je ne leur ai jamais rien trouvé de « bon », personnellement. Aucune gentillesse, aucune considération. Mon Dieu, Freddy, je suis sûre que les Papous de Cyrus Sledge m'auraient manifesté plus de compassion que votre mère – ou que tous ceux qui se prétendaient mes amis et passaient leur temps à parler derrière mon dos, et à me rendre responsable de ce que mon père avait fait.

— Bon sang ! s'exclama le comte en traversant la pièce à son tour, les poings serrés dans ses poches.

Il s'arrêta derrière une table encombrée de cloches de verre protégeant des oiseaux empaillés.

— J'étais venu passer une soirée agréable avec vous, pour vous changer les idées. Comment se fait-il que, quoi que je fasse pour vous aider à oublier ce qui est arrivé à vos parents, nous y revenions toujours ?

Kate se tourna dans son fauteuil pour le regarder. Un petit sourire joua sur ses lèvres.

— Vous vous posez la question ? La réponse est pourtant évidente. Nous sommes dans ce salon parce que je suis seule au monde aujourd'hui, Freddy, et que je n'ose pas aller chez vous par crainte de ce que votre mère pourrait dire. Je suis la preuve vivante que les dieux punissent les enfants pour les péchés des pères...

— Je croyais que vous n'aimiez pas la Bible, la coupa-t-il. Vous avez toujours dit qu'elle comportait trop peu de personnages féminins pour vous intéresser.

— Pour l'amour de Dieu ! C'était une référence à Euripide, pas à la Bible. Vous n'écoutiez donc jamais les cours, à l'école ?

Freddy négligea de répondre.

— J'ai envie de casser quelque chose...

— Dans ce cas, vous feriez mieux de partir. Je ne tiens pas à être renvoyée à cause de vous. Les Sledge sont peut-être ennuyeux, mais ils sont très gentils, ce qui n'était pas le cas de mes précédents employeurs, loin de là.

— Bon sang, répéta Freddy.

La porte s'ouvrit à ce moment-là, et Cyrus Sledge passa la tête dans l'entrebâillement. Il semblait extrêmement nerveux.

— Oh, lord Palmer, dit-il en agitant des brochures. Prenez-en une avant de partir, si vous voulez bien. Je suis sûr qu'un jeune homme comme vous sera intéressé par le triste sort des Papous de Nouvelle-Guinée...

Quand Kate vit l'expression du comte, elle s'empressa d'intervenir.

— Monsieur Sledge, lord Palmer ne se sent pas très bien. Il a une terrible migraine. Une autre fois, peut-être...

— Une migraine ? répéta Cyrus Sledge en observant Freddy, les yeux plissés. Savez-vous comment les Papous de Nouvelle-Guinée soignent le mal de tête, monsieur ? Ils mâchent l'écorce d'un certain arbre, puis crachent les morceaux mastiqués dans un grand pot où ils les laissent fermenter plusieurs jours à la chaleur...

— Kate, gémit le comte.

— Tout va bien, Freddy, le rassura-t-elle en posant une main apaisante sur son bras. Si vous voulez bien m'excuser, monsieur Sledge, je vais raccompagner le comte à la porte.

— Des morceaux mastiqués, Kate... Seigneur !

Il alla droit vers Phillips qui l'attendait avec son chapeau, sa cape et sa canne.

— À la semaine prochaine, d'accord ? Passez me prendre à sept heures et demie, proposa-t-elle.

Freddy hocha la tête.

— Oui, c'est plus sûr que d'essayer de vous retrouver quelque part.

— Je le crois aussi. Vous ne prendrez jamais la peine de noter l'adresse quelque part, de toute façon. Bonne nuit, Freddy. Je veux dire, lord Palmer, rectifia-t-elle en captant le regard de Phillips.

Ce dernier refermait à peine la porte sur le comte que Mme Sledge apparaissait en haut de la balustrade, à l'étage.

— A-t-il emporté les brochures, mon ami ?

— Non, répondit tristement Cyrus.

— Si, monsieur Sledge, ne put s'empêcher d'intervenir Kate, tant ils semblaient déçus. Vous ne m'avez sans doute pas vue, mais j'en avais pris sur le tas que vous avez laissé sur la table, dans l'entrée, et je les ai mises dans sa poche.

— Alors il les trouvera ce soir, quand il se déshabillera ! s'exclama Mme Sledge.

— Et il les lira avant de se coucher, ajouta gaiement son mari. Lorsqu'il s'endormira, monsieur le comte rêvera des Papous de Nouvelle-Guinée. N'est-ce pas, mademoiselle Mayhew ?

— Je ne vois pas de quoi d'autre il pourrait rêver, affirma-t-elle le plus sérieusement du monde.

M. et Mme Sledge se retirèrent dans leur chambre, en se félicitant d'avoir converti un nouvel adepte aux miracles du révérend Billings.

— Mademoiselle Mayhew ? lança Phillips, une fois seul avec la jeune femme.

— Oui, monsieur Phillips ?

— Quand nous avons parlé tout à l'heure, à l'office...

— Oui, monsieur Phillips ? répéta-t-elle d'un air méfiant, doutant que le majordome lui présente des excuses.

— J'ai oublié de mentionner une chose. J'aimerais qu'à l'avenir, vous ayez l'obligeance de garder votre animal enfermé dans votre chambre. Ce matin, j'ai trouvé une boule de poils dans l'une de mes chaussures.

Sur ce, Phillips se retourna et se dirigea vers la porte de service.

Soudain très fatiguée, Kate décida de passer désormais toutes ses soirées cloîtrée dans sa chambre avec un livre.

3

Il était bien plus de minuit lorsque James frappa à la porte de l'appartement de Sara Woodhart, à Dorchester. Pourquoi était-elle si longue à répondre ? Elle quittait rarement le théâtre avant onze heures, elle ne pouvait déjà être au lit. Il sortit sa montre de gousset de la poche de son veston et regarda l'heure à la faible lumière du couloir de l'hôtel.

Bon, d'accord, il était plus de trois heures du matin... mais Sara ne se couchait jamais avant cinq heures. Enfin, c'était lui qui la tenait éveillée jusqu'à l'aube, ces dernières semaines.

Quand la porte s'ouvrit enfin, ce n'est pas le visage poudré, aux pommettes rouges, de sa maîtresse qui apparut, mais celui de sa femme de chambre, net et frais comme ceux des filles de la campagne.

Tout en se frottant les yeux, Lilly manifesta une stupeur que James trouva disproportionnée.

— Milord ! C'est... c'est vous ?

— Oui, Lilly, répondit James en s'efforçant de rester patient. Bien sûr que c'est moi. Qui d'autre attendiez-vous ? Le Père Noël ?

— Oh, non, milord, répliqua la fille en jetant un coup d'œil par-dessus son épaule, dans l'appartement obscur. Pas le Père Noël, non. Mais pas vous non plus. Je ne pensais pas... voir M. le marquis. Pas cette nuit.

— Pourquoi pas cette nuit, Lilly ? Mme Woodhart serait-elle souffrante ?

— Non, monsieur. Mais comme M. le marquis n'est pas venu au théâtre...

— Oui ?

— Eh bien, nous avons pensé que vous ne viendriez pas ce soir, c'est tout.

— Bon, vous vous trompiez, d'accord ? Je suis là. À présent, allez-vous me laisser entrer, Lilly, ou vais-je devoir rester toute la nuit dans ce couloir plein de courants d'air ?

Lilly jeta un nouveau coup d'œil derrière elle.

— Oh, euh... vous pouvez entrer, bien sûr. Mais... c'est que... Mme Woodhart dort, voyez-vous.

— Je m'en doute, Lilly, et je ne crois pas qu'elle m'en voudra si je la réveille.

L'écrin en velours qui se trouvait dans sa poche était l'assurance que Sara ne verrait aucun inconvénient à être tirée du lit au milieu de la nuit. Il avait d'abord prévu de lui offrir le bracelet le mois prochain, pour son anniversaire, puis il avait songé à commander à son bijoutier un collier et des boucles d'oreilles assorties, pour l'occasion. L'expérience lui avait appris que les diamants étaient le chemin le plus sûr vers le cœur des femmes.

— B... bon. Pourriez-vous attendre, monsieur, pendant que je vais voir si je peux la réveiller ? Elle se sentait un peu fatiguée en rentrant. De plus, vous savez combien elle tient à ce que vous la voyiez à son avantage...

— Très bien, Lilly, j'attends. Mais cela dérangerait que j'attende à l'intérieur ?

Lilly acquiesça, mais le fit entrer à contrecœur et n'alluma qu'une seule lampe près du divan, dans lequel James s'installa comme s'il était chez lui. Ce qui était le cas, en fait, puisque c'est lui qui payait le loyer de l'appartement. Et qui avait acheté entre autres ce divan.

Il devrait s'entretenir de Lilly avec Sara. Cela devenait de plus en plus difficile de trouver du personnel compétent. Mlle Pitt n'était qu'un exemple parmi d'autres. Lady Chittenhouse pourrait peut-être lui recommander une femme de chambre. Il n'aurait qu'à prétendre que c'était pour Isabel...

Assis dans la semi-pénombre, James ruminait. La seule pensée de Mlle Pitt le mettait en rage. Tout était la faute de cette femme. Si elle ne lui avait pas donné sa démission, il n'aurait pas passé la nuit à discuter avec Isabel... *Discuter?* Qui essayait-il d'abuser? Il avait passé la majeure partie de son temps à courir après! En sautant de la voiture pour se précipiter derrière elle, il avait atterri dans une flaque immonde, maculant de boue son nouveau pantalon, sans parler de ses chaussures. Ils avaient dû rentrer se changer tous les deux avant d'oser se présenter chez lady Peagrove qui, à son grand dépit, s'était révélée telle que l'insupportable jeune femme au parapluie l'avait décrite. Son salon n'était fréquenté que par des pique-assiette et des cousins de province. Pas un seul parti possible ne l'honorait de sa présence.

Comment laisser sa fille danser avec l'un de ces freluquets, ou pire, songer qu'il puisse l'épouser? Un autre père, qui affichait la même mine maussade, lui avait affirmé que tout ce qui comptait se trouvait chez dame Ashford.

Comment aurait-il pu le deviner? Un homme n'était pas censé savoir ces choses-là, et c'est justement pourquoi il engageait des dames de compagnie. Était-ce sa faute si elles s'étaient toutes avérées plus bêtes les unes que les autres? De plus, l'impression que ce n'était pas d'un chaperon dont il avait besoin pour Isabel, mais d'un coureur de fond, se confirmait. Après l'avoir poursuivie dans tout Piccadilly, il avait fini par la rattraper sur Trafalgar Square, et seulement parce qu'elle s'était arrêtée pour reprendre sa respiration, repérable de loin dans sa robe blanche au milieu des prostituées et des vendeuses de fleurs.

Et comment avait-elle réagi? En éclatant de rire! Comme si cette course harassante n'était qu'une bonne plaisanterie.

Si seulement Mlle Pitt n'avait pas...

Et cette fille. Avec son parapluie. C'était sa faute à elle aussi, car si elle n'avait rien dit sur le cotillon de lady Peagrove...

N'y avait-il pas une loi obligeant les gouvernantes et les dames de compagnie à tenir leur langue ? Peut-être pourrait-il en trouver une qui l'ait perdue, sa langue, lors d'un tragique accident par exemple, celle-ci ayant été malencontreusement coupée…

Mais une dame de compagnie muette ne serait pas d'une grande utilité avec une fille comme Isabel.

Comment en trouver une autre ? En passant une annonce ? Cela prendrait des jours et des jours, où il devrait interroger inlassablement des veuves éplorées et des vieilles filles à la figure pincée. Il lui faudrait aussi vérifier leurs références, ce qui demanderait un temps fou, surtout si elles mentaient.

Or elles mentaient toutes.

Un homme comme lui, dans la fleur de l'âge, avait autre chose à faire que de passer son temps à recruter des chaperons et à surveiller sa fille, qui ne pensait qu'à se sauver pour rejoindre ce misérable de Saunders. Il n'avait absolument plus de loisirs pour lui.

Pas étonnant que Sara soit allée se coucher. Était-il vraiment digne d'être attendu ?

Mais que lui arrivait-il ? Bien sûr qu'il l'était !

Quoique… il ne pouvait s'empêcher de s'étonner qu'elle dorme déjà. Pour autant qu'il sache, les actrices et les chanteuses dormaient rarement avant l'aube et ne se levaient que dans l'après-midi. Sara n'avait jamais fait exception à cette règle. Certes, il l'avait offensée en lui faisant faux bond, et c'était peut-être sa manière de se venger…

C'est alors qu'il remarqua les bottes.

On n'avait même pas pris soin de les cacher. Lilly ignorait peut-être qu'elles étaient là. Posées à l'ombre des grands rideaux qui ornaient la porte-fenêtre, se trouvait une paire de Hessians bien cirées. James n'eut pas besoin de se lever pour s'assurer qu'il s'agissait d'une taille d'homme.

Il soupira.

Encore une infidèle… Il ne manquait plus que ça. S'il n'avait été aussi avisé, il se serait peut-être demandé s'il n'y était pas pour quelque chose. Mais depuis cette funeste nuit où il avait surpris Elizabeth et cette fripouille de O'Shawnessey enlacés, il estimait que les femmes étaient des créatures volages et totalement incapables de s'engager.

Serait-ce possible que le problème vienne de lui ? s'interrogea-t-il néanmoins. On l'avait déjà accusé, par le passé, d'être froid et sans cœur. Et si c'était vrai ?

Sans doute. Cette nuit d'hiver, seize ans auparavant, Elizabeth lui avait arraché le cœur, le piétinant irrémédiablement.

Voilà pourquoi, en cet instant, il ne souffrait pas le moins du monde... malgré la présence de ces bottes.

La porte s'ouvrit soudain et Mme Woodhart fit son entrée, resplendissante dans un négligé diaphane qu'il lui avait offert, ses longs cheveux d'ébène cascadant jusqu'au creux de ses reins.

— Chéri ! s'écria-t-elle de cette voix gutturale qui avait fait d'elle la coqueluche de Londres. Te voilà enfin ! Qu'est-ce qui t'a retenu ?

James observa la ravissante créature qui se tenait dans l'encadrement de la porte, puis les bottes qu'elle ne pouvait voir d'où elle était.

— Isabel, dit-il simplement.

— Oh, non ! Encore ? Qu'a-t-elle fait, cette fois ? Ce n'est pas cet horrible Saunders, j'espère ? Tu sais qu'il a des milliers de livres de dettes ? J'ai appris qu'il jouait. Il n'y a rien de pire qu'un joueur – excepté, peut-être, un joueur qui ne paie pas ses dettes. J'ai hélas l'impression que c'est le cas de notre Saunders.

James se leva.

— Il va falloir que tu te décides à faire quelque chose, continuait Sara.

Comme elle était grande, elle n'eut qu'à relever légèrement la tête pour regarder James dans les yeux. Il fut un temps où il trouvait son petit menton dressé charmant, mais ce soir, le grain de beauté qu'elle se dessinait au coin de la bouche avait coulé, et il remarqua une trace rouge sur sa gorge d'albâtre, dans l'échancrure du négligé.

— Franchement, James, tu la laisses un peu trop agir à sa guise. Tu ne peux tout de même pas lui laisser les rênes. Tu devrais lui montrer que c'est toi qui commandes.

James commença lentement à ôter ses gants, doigt par doigt.

— Le problème avec ces chaperons que tu ne cesses d'engager, c'est qu'elles font les quatre volontés d'Isabel par peur d'être renvoyées, poursuivait Sara sur le même ton posé.

Elle ne cédait jamais à la colère, ni même à la mauvaise humeur. Cela faisait partie de son charme.

— Il faut que tu trouves quelqu'un capable de la tenir en respect.

— Écarte-toi, Sara.

Mme Woodhart sembla revenir brusquement au présent. Elle émit un petit rire timide.

— Oh, James, Lilly ne t'a rien dit ? J'ai un chatouillement dans la gorge, j'ai peur d'avoir pris froid. Je suis allée droit au lit en rentrant, après avoir bu un grand bol de thé au miel. Mieux vaut que tu ne m'approches pas trop, je suis peut-être contagieuse. Le Dr Peters a dit que je devais reposer ma voix, si je veux avoir une chance de jouer demain soir.

James claqua les gants de cuir contre la paume de sa main.

— Écarte-toi. Il y a une chose que j'aimerais faire avant de partir. Ensuite, tu pourras te reposer.

Sara jeta un coup d'œil derrière elle, dans la chambre plongée dans l'obscurité.

— Franchement, James, répliqua-t-elle un peu trop fort. Je ne vois pas pourquoi tu tiens à entrer dans la chambre. Puisque je te dis que je ne suis pas au meilleur de ma forme…

— J'ai laissé quelque chose la dernière fois que je suis venu, dit-il tranquillement.

Sara haussa ses épaules à la tombée parfaite.

— Fais ce que tu veux, après tout, jeta-t-elle sur un ton impliquant qu'il n'aurait que ce qu'il méritait.

— Merci.

En passant devant elle, il capta un effluve de ce parfum qu'elle avait créé avec un chimiste local dans l'intention de le commercialiser sous le nom de « Sara, la plus grande actrice londonienne ». Bizarrement, il rappelait à James celui du chèvrefeuille qui poussait le long de l'écurie quand il était petit garçon. Une fragrance qui ne lui déplaisait pas et n'éveillait aucun souvenir désagréable, mais il se demandait si la note chevaline qui s'en dégageait servait vraiment Sara.

Mise à part la faible lueur rougeoyante du feu qui mourait dans l'âtre, la pièce était plongée dans le noir. Le grand lit à baldaquin était vide, mais les oreillers gardaient l'empreinte visible de deux têtes. Les vêtements de Sara étaient éparpillés sur le sol. Elle n'avait jamais été une femme ordonnée. James ne distingua aucun habit masculin parmi les jarretières, la crinoline et les mules en satin.

Mais il perçut une ombre, à travers la porte-fenêtre donnant sur la terrasse.

— Oh, maman ! s'étrangla Sara derrière lui, lorsqu'il se dirigea dans cette direction et posa une main sur le loquet.

Il ouvrit en grand et découvrit un homme frissonnant dans l'air froid de cette nuit de printemps, un pied dans une jambe de son pantalon, l'autre dehors. Il se figea littéralement quand il vit James, puis lança un rapide coup d'œil derrière lui, dans la rue, plusieurs étages plus bas.

Il déglutit avec peine, bruyamment.

James émit un rire dépourvu d'humour.

— Ne vous inquiétez pas. Je ne vais pas vous jeter par-dessus la rampe.

L'inconnu – un jeune homme âgé de vingt-cinq ans tout au plus – balbutia entre ses lèvres bleuies par le froid :

— V… vous… n'allez… pas…

— L'époque où je balançais des hommes par-dessus les balcons est révolue depuis longtemps.

— Vr… vraiment, milord ?

— Vraiment. La rage naît de la passion, voyez-vous, et rien ne m'inspire plus de passion – et les femmes encore moins – depuis des années. Vous en viendrez là vous aussi, avec le temps.

Le type eut l'air infiniment soulagé.

— Mais ce n'est pas parce que je ne suis pas en colère que je ne demanderai pas réparation, continua James sur le ton de la conversation. Je vous attends demain au lever du jour... oh non, c'est beaucoup trop tôt, dans quelques heures à peine. Disons demain au crépuscule, d'accord ? Au fond du parc. Je vous laisse le choix des armes. Pistolets ou fleurets ?

Le jeune homme était torse nu, et son cœur battait si fort que James avait l'impression de le voir cogner contre ses côtes.

— Oh, monsieur, dit-il en tremblant. Je... si vous vouliez bien...

— Pistolets ? Parfait, trancha James, doutant que son rival soit un grand escrimeur.

Longtemps considéré comme l'un des éléments fondamentaux de l'éducation d'un gentleman, l'art de l'escrime semblait se perdre, ce que James regrettait.

— Trouvez-vous un témoin, je m'occupe du chirurgien. Bonne nuit.

Il rentra dans la chambre où Sara s'était jetée sur le lit et gémissait par à-coups.

— James, je t'en supplie ! s'écria-t-elle en levant vers lui son beau visage baigné de larmes. C'est un malentendu ! Il m'a forcée ! Je l'ai simplement invité à prendre un verre et il en a profité pour... pour abuser de moi.

Il hocha la tête en remettant ses gants. Un instant, il avait songé à s'en servir pour souffleter le jeune homme, mais il n'en avait pas eu le cœur. En revanche, s'il avait eu sa cravache, il se serait fait un plaisir d'en assener quelques coups sur le derrière rebondi de la belle. Elle le méritait bien.

— Je t'en prie, Sara. Les éclats théâtraux te valent sans doute quelques applaudissements sur scène, mais avec moi tu perds ton temps. Si quelqu'un ici a été forcé, c'est sûrement ce pauvre garçon, alors cesse de pleurer et écoute-moi.

— James ! Tu sais bien que je n'aime que toi ! Toi seul, James !

Il soupira.

— Je t'ai demandé de m'écouter, Sara. Le loyer de cet appartement est payé jusqu'à la fin du mois mais le premier, tu devras être partie.

Elle laissa échapper un sanglot et il se dit que, si elle avait mis autant d'intensité dans *Macbeth*, les critiques auraient été meilleures. Car c'était surtout le public qui l'aimait, et bien plus pour son physique que pour ses performances de comédienne.

N'était-ce pas son cas à lui aussi ?

— Tu peux garder les bijoux et la voiture, concéda-t-il en songeant qu'il devenait indulgent avec l'âge.

Ne serait-ce qu'un an plus tôt, il ne lui aurait pas laissé l'attelage.

— Ainsi que les vêtements, les chapeaux et autres colifichets.

Que lui avait-il donné d'autre ? réfléchit-il. Rien, si ses souvenirs étaient bons.

— Bien, conclut-il en la regardant labourer le matelas de ses poings. Bonne nuit, Sara.

Il quitta la chambre et prit le chapeau que lui tendait une Lilly aux yeux écarquillés, qui lui dit, avec une assurance surprenante pour la petite campagnarde qu'elle était :

— Si vous aviez été ici ce soir, milord, plutôt qu'en vadrouille, ça ne serait jamais arrivé. Elle et lui, je veux dire.

Devant ces sages déductions, James haussa les sourcils.

— J'en suis terriblement désolé, Lilly. Mais je n'étais pas en « vadrouille », comme vous dites d'une façon si charmante. Je m'occupais de ma fille.

Elle secoua la tête, visiblement contrariée que son séjour dans cet élégant hôtel soit sur le point de prendre fin.

— On peut engager des gens pour veiller sur les jeunes filles, milord, jeta-t-elle amèrement avant de lui claquer la porte au nez.

Debout devant le battant, à l'entrée de cette suite qu'il payait de sa poche, James réfléchit aux paroles de la domestique. « On peut engager des gens pour veiller sur les jeunes filles. » Il était bien placé pour le savoir. Il ne savait même plus combien de matrones avaient déballé leurs bagages dans la chambre contiguë à celle d'Isabel, pour les refaire quelques jours plus tard – en larmes, la plupart du temps. N'y avait-il donc une seule femme, en Angleterre, avec laquelle sa fille puisse passer plus d'une semaine ? Qui pouvait être susceptible de trouver grâce à ses yeux ?

Il lui avait posé la question en revenant du cotillon des Peagrove, et elle avait répondu sans hésiter :

— Quelqu'un comme Mlle Mayhew !

Soit, décida James. Si c'était Mlle Mayhew qu'elle voulait, eh bien, qu'à cela ne tienne !

4

Kate posa lady Babbie sur son bureau et soupira.

— Que vais-je faire de toi ?

Lady Babbie l'observait en clignant ses grands yeux verts.

— Tu vas nous faire renvoyer, à force de laisser des souris décapitées sur l'oreiller de Phillips et des touffes de poils dans ses chaussures ! Il faut que cela cesse, absolument. Il me rend la vie impossible.

Lady Babbie ouvrit la bouche et bâilla à s'en décrocher la mâchoire, découvrant ses petites dents blanches et pointues et son étroite langue rose.

— Si seulement tu comprenais ce que je te dis...

Des pas se firent entendre derrière la porte de la salle de classe. Kate ayant promis à Phillips de laisser lady Babbie enfermée dans sa chambre, elle attrapa précipitamment la chatte et la cacha sous le bureau, malgré les protestations que celle-ci exprimait en crachant et en grognant.

Heureusement, ce n'était que Posie, haletante d'être montée jusqu'au troisième étage.

— Ouf, dit Kate en extirpant la chatte furieuse de sous le bureau. Ce n'est que vous. Vous m'avez fait peur ! J'étais sûre qu'il s'agissait de Grincheux.

— Mademoiselle, vous ne devinerez jamais... jamais... balbutia Posie en s'appuyant au chambranle, s'efforçant de reprendre son souffle.

Lady Babbie émit un grondement de mauvais augure, et Kate dut la poser par terre pour éviter des représailles.

— Va, vilaine, lança-t-elle affectueusement à l'animal qui s'éloigna d'un air hautain en balançant la queue avec colère. Et tant pis pour toi si M. Phillips te poursuit avec une bassine d'eau, la prochaine fois que tu iras lui rendre visite.

Lady Babbie s'installa près du feu et entreprit une toilette méticuleuse. Kate jeta un coup d'œil à la petite montre accrochée à sa blouse.

— Les garçons sont déjà rentrés de leur leçon d'équitation ? Je pensais qu'ils en avaient encore pour une demi-heure au moins. Je n'ai pas encore demandé leur thé à la cuisine.

— Non, ce ne sont pas les garçons, mademoiselle, dit Posie, ayant enfin recouvré l'usage de la parole. C'est un gentleman qui est là, et il veut vous voir. Il vous attend dans la bibliothèque où Grincheux l'a introduit, puisque madame fait sa réunion sur l'amélioration du sort des Papous dans le grand salon.

— Un gentleman ? s'étonna Kate en dégageant instinctivement ses cheveux de son visage. Que fait donc Freddy ici, en pleine journée ? Il sait bien que je ne suis pas en congé, le mardi.

Posie secoua la tête.

— Non, non, mademoiselle, la détrompa-t-elle, les yeux brillants d'excitation. Ce n'est pas lord Palmer. Pas du tout ! C'est un grand monsieur, très grand, brun, avec des yeux exactement comme ceux de lady Babbie. Je me demande si ce n'est pas cet homme dont vous avez parlé, qui malmenait sa fille dans la rue l'autre soir...

— Quoi ? s'écria Kate. Vous voulez dire, lord Wingate ?

— C'est ça ! répondit Posie en faisant claquer ses doigts. C'est bien ce nom qu'a employé Grincheux, j'avais oublié. Wingate, oui.

— Lord Wingate ? Ici ? Pour me voir, *moi* ?

— Oui, mademoiselle. Il a donné sa carte à Phillips et a demandé si vous étiez là, comme si vous aviez été la maîtresse de maison ! Si vous aviez vu la tête de Grincheux ! enchaîna-t-elle en pouffant. On l'aurait cru au bord d'une attaque ! Il a couru prévenir M. Sledge qui lui a dit : « Eh bien, ne restez pas planté là, Phillips. Qu'attendez-vous pour aller la chercher ! » Vous vous rendez compte ? « Ne restez pas planté là », qu'il a dit au vieux Grincheux. Oui, vous auriez dû voir ça.

— Mon Dieu, murmura Kate en époussetant les poils de chat de sa jupe. Que peut-il bien me vouloir ?

— Vous avez peut-être fait un trou dans son manteau l'autre fois, avec votre pépin, et il veut que vous le remboursiez.

Déjà dans l'escalier, Kate se figea.

— Ne parlez pas de malheur ! Je n'ai pas les moyens de lui racheter un habit. Sa cravate à elle seule vaut plus que ce que je gagne en un an.

Posie lui tapota le bras.

— Ne vous inquiétez pas. Prenez son manteau, nous demanderons à Mme Jennings de le repriser. C'est une fine couturière. Vous vous rappelez comment elle a réparé les paletots des petits, le jour où ils se sont bombardés avec des marrons chauds ? Il n'y verra pas la différence, pour sûr.

Vaguement réconfortée, Kate descendit lentement au premier étage. Elle ne voyait qu'une raison qui ait pu pousser le marquis à venir chez Cyrus Sledge : outragé par les accusations qu'elle lui avait lancées, près d'une semaine plus tôt, il allait exiger son renvoi immédiat. Elle devrait quitter Park Lane sans autre forme de procès.

Mais lorsqu'elle arriva à la porte de la bibliothèque, son employeur l'attendait impatiemment en compagnie de Mme Sledge et de M. Phillips.

— Eh bien, mademoiselle Mayhew ! murmura M. Sledge pour ne pas risquer d'être ente[...]u du marquis. Nous ignorions que vous connaissie[...]ord Wingate !

— Il se trouve que… je…

— Lord Wingate est un homme fortuné, mademoiselle Mayhew, l'interrompit-il [...]ayant vainement de rester digne, malgré son exc[...]n extrême. Il ne jouit pas d'une réputation con[...]le pour devenir un mécène officiel du révérend [...]gs – lord Wingate a un passé mouvementé, vou[...]s pas sans le savoir –, mais il est tellement ric[...] ce qu'il considérerait comme une toute petite [...]n suffirait à pourvoir les

Papous de Nouvelle-Guinée en livres de prières pour l'année à venir !

— Je pense que si lord Wingate est venu faire une donation, c'est vous qu'il aurait souhaité voir, monsieur, pas moi. Peut-être y a-t-il une erreur…

— Il n'y a pas d'erreur, intervint Phillips avec hauteur. C'est vous qu'il a demandée, en vous nommant par votre nom, mademoiselle Mayhew.

Doux Jésus, je suis perdue… se dit Kate.

— Quelle que soit la raison de sa visite, essayez de lui donner ces brochures, reprit M. Sledge en les glissant dans la main de la jeune femme avant de la pousser vers la porte de la bibliothèque. Je crois savoir que lord Wingate est un intellectuel. Il étudie le droit pour se distraire, lit les philosophes et que sais-je encore. Cette lecture devrait l'intéresser.

Avant que Kate ait pu ajouter un mot, Phillips ouvrit la porte en grand.

— Mlle Mayhew, milord.

Et elle se retrouva littéralement propulsée dans la pièce par une main fermement plaquée dans son dos.

Malencontreusement, elle se prit les pieds dans les franges du tapis d'Orient et laissa tomber les brochures. L'homme qui l'attendait en regardant le feu se retourna.

Elle ne l'avait vu que dans la pénombre de la nuit qui adoucissait ses traits taillés à la serpe, mais ici, à l'intérieur, il semblait beaucoup plus impressionnant. Il la dépassait d'une trentaine de centimètres. Ses épaules étaient incroyablement larges, et son regard la perçait avec une intensité alarmante.

Kate s'empressa de baisser les yeux, en espérant qu'il ne remarquerait pas son embarras.

— Vous cherchez un parapluie susceptible de m'embrocher, mademoiselle Mayhew ?

Il s'était informé. Elle tressaillit au son de cette voix pourtant familière, très différente du grondement profond et menaçant de son souvenir. L'amusement avait remplacé l'intonation de reproche… mais elle n'en était pas moins intimidante

— Sachez que je suis aussi adroite avec un tison qu'avec un parapluie, répliqua-t-elle en relevant les yeux.

Si sa témérité le surprit, il n'en laissa rien paraître.

— Merci de me mettre en garde, rétorqua-t-il sèchement. Mais je préférerais sortir de cette maison sans me faire trouer la peau. Savez-vous qui je suis ?

Kate croisa les mains derrière son dos et afficha cet air intimidé qu'elle avait longuement travaillé devant son miroir lorsqu'elle avait compris, après la mort de ses parents, qu'elle ne survivrait que grâce à son intelligence.

— Bien sûr, milord. Vous êtes James Traherne, le marquis de Wingate.

— En effet. Je suppose que vous vous rappelez m'avoir insulté, l'autre soir, en me prêtant je ne sais quels motifs indignes ?

— Oui, milord, je me souviens.

Il leva un sourcil.

— Vous ne vous excusez pas pour autant.

— Je vous prie de m'excuser, milord, si je vous ai offensé. Mais vous aviez l'air suspect et il est naturel que j'en aie tiré certaines conclusions.

— Naturel ? Que vous m'ayez pris pour un… « homme abusant d'une jeune fille », pour reprendre votre expression ? Vous arrive-t-il souvent de croiser de tels individus lors de vos pérégrinations dans le voisinage, mademoiselle Mayhew ?

Kate haussa imperceptiblement les épaules.

— Ce n'est pas moi qui portais une femme hurlante sur mon épaule, monsieur.

— Je vous ai expliqué qu'il s'agissait de ma… rôle un

— Oui, mais pourquoi aurais-je cru s… un fieffé homme qui se comportait à mes yeux c… coquin ?

Lord Wingate s'éclaircit la gorge… pouvoir mettre

— Oui, bien sûr… Bon, pense… de côté, le temps vos suspicions sur ma véritabl… que je vous fasse une propos…

— Une proposition ?

Kate se sentit soulagée. Ce n'était pas après elle qu'il en avait, tout compte fait. Ouf !

— C'est sans doute à M. Sledge que vous voulez parler. C'est lui qui collecte les donations pour le révérend Billings, en vue d'aider les Papous de Nouvelle-Guinée. Voulez-vous que j'aille le chercher, milord ?

— Certainement pas.

Lord Wingate l'observait avec curiosité – une curiosité un peu trop appuyée qui lui donnait envie de baisser les yeux. Elle n'en fit rien. Tout en le détaillant, elle devina des bras musclés sous le tissu souple de la veste, des bras tout à fait capables de précipiter un homme à travers une fenêtre, si l'envie l'en reprenait.

Elle remarqua aussi les sillons profonds qui descendaient vers la bouche, de part et d'autre du nez. Une bouche extrêmement sensuelle, qui semblait avoir gardé les marques d'amertume de ses déboires conjugaux. L'espace d'un instant, elle faillit s'attendrir sur son sort, malgré la façon abominable dont il avait traité sa femme. Mais les hommes comme le marquis de Wingate ne méritaient pas la pitié.

— Je me moque de ces Papous comme de ma première chemise, déclara-t-il, l'arrachant à sa contemplation. Êtes-vous une adepte du révérend Billings, mademoiselle Mayhew ?

Kate ne put retenir un bref éclat de rire.

— Certainement pas ! Il est venu dîner ici une fois, et i[illegible]

[illegible]le s'interrompit, réalisant qu'elle ne pouvait raconter à [illegible]t homme que ce soir-là, après avoir vidé à lui seul u[illegible] bouteille de bordeaux, le révérend Billings avait te[illegible] de la coincer dans le garde-manger pour l'initier a[illegible]tes nuptiaux des Papous de Nouvelle-Guinée. Kate [illegible] flanqué un coup de plat à tarte sur la tête, et il s'é[illegible]fui précipitamment de la maison sans donner la m[illegible] explication à ses bienfaiteurs, qui avaient vu da[illegible] étrange conduite une marque de son génie.

Si lord Wingate remarqua qu'elle n'avait pas achevé sa phrase, il ne lui demanda pas de poursuivre. Il dit au contraire, apparemment soulagé :

— Eh bien, tant mieux. J'espère que vous m'excuserez, mademoiselle Mayhew, de ne pas vous avoir écrit avant de me présenter, mais j'ai cru préférable de vous exposer l'objet de ma visite de vive voix, étant donné notre première rencontre assez peu… conventionnelle.

Son regard la transperça avec un tel impact qu'elle faillit reculer. Heureusement, elle saisit juste à temps le rebord du présentoir en acajou où reposait un atlas.

— Bref, je suis venu vous demander si vous pouviez quitter votre emploi actuel chez les Sledge, pour devenir la dame de compagnie de ma fille, Isabel, que vous connaissez déjà si j'ai bien compris.

Kate cligna les paupières et s'appuya un peu plus à son support.

— Je crois pouvoir vous offrir un confort… au moins égal à celui que vous connaissez ici… précisa-t-il en promenant dans la pièce un regard dégoûté.

Quoique richement meublée et bien pourvue en ouvrages classiques, la bibliothèque – la pièce la moins fréquentée de la maison – était exiguë et peu accueillante.

—… et deux fois votre salaire.

Kate en resta bouche bée, elle qui s'efforçait d'apprendre aux enfants des Sledge à ne jamais avoir la bouche ouverte. Ce qui lui arrivait était tout simplement stupéfiant. Extraordinaire. Incroyable.

Quand Freddy l'apprendrait !

— Oh, articula-t-elle. Merci grandement, monsieur, mais… c'est impossible.

Ce fut au tour du marquis d'en rester coi. Il darda sur elle un regard sans aucun doute destiné à la faire se sentir encore plus insignifiante qu'une miette de pain oubliée sur une table. Mais, déterminée à ne pas se laisser impressionner, elle releva fièrement le menton.

Ses yeux de chat la brûlaient avec l'intensité d'un brasier incandescent.

— Pourquoi ? s'enquit-il lentement, avec une patience qui contrastait avec son expression.

Kate ne put s'empêcher de poser sa main libre sur son cœur, comme pour se protéger de ce regard trop aiguisé, puis sur le camée qui fermait son col. Mais ce geste n'avait pas la moindre chance de la préserver de quoi que ce soit.

Bien entendu, elle ne pouvait lui expliquer la vraie raison de son refus. D'ailleurs, il n'y en avait pas qu'une, mais plusieurs. En dehors du fait qu'il souffrait d'une réputation détestable – n'avait-elle pas appris que, quelques jours plus tôt, il avait presque tué un homme au cours d'un duel au pistolet dans Hyde Park, en rapport avec Sara Woodhart ? – il était l'être le plus physiquement intimidant qu'elle eût jamais vu.

Indéniablement attirant, il n'était pas pour autant à proprement parler séduisant. Freddy était beaucoup plus beau que lui, par exemple, avec ses cheveux blonds et ses fossettes. Le type même de l'Anglais parfait, aussi bien pour l'apparence que pour le caractère écervelé. James Traherne, lui, avait quelque chose d'un Gitan : des traits rudes qui n'avaient rien d'irrégulier mais semblaient avoir été façonnés sans la moindre intention de plaire. Un visage captivant, doté d'une pointe de férocité, de cruauté.

— Je ne… peux pas, c'est tout.

— Et à nouveau je vous demande : *pourquoi* ?

Ne pouvait-il se contenter de ce « non » ? s'étonna-t-elle, à la fois irritée et intriguée. Elle comprit alors que lord Wingate n'était pas homme à s'entendre refuser quoi que ce soit. Que le diable l'emporte ! Qu'allait-elle faire ?

Elle prit une longue inspiration, mais le marquis la devança :

— Quel est votre salaire annuel, mademoiselle Mayhew ?

Cette question éveilla en elle une lueur d'espoir. La solution était simple : il lui suffisait d'être trop chère pour lui.

— Une centaine de livres par an, répliqua-t-elle, avançant une somme outrageusement élevée.

— Parfait, répondit-il calmement. Je vous offre le double.

5

L'espace d'un instant, James crut qu'elle allait s'évanouir. Elle s'agrippait si fort au présentoir de l'atlas que les jointures de ses doigts étaient blanches, aussi blanches que son visage quand elle était entrée dans la pièce. Elle avait repris un peu de couleur au fur et à mesure qu'ils parlaient, mais à présent, de nouveau pâle comme un linge, elle murmura :

— Deux cents livres ? *Deux cents livres ?*

— Oui, dit fermement James. Cela me semble raisonnable.

Il n'en était rien, bien sûr. Il payait Mlle Pitt trente livres, comme toutes celles qui l'avaient précédée. Cette fille mentait, c'était clair. Il était absolument impossible que ce mollasson geignard de Sledge l'ait engagée à cent livres par an. Non qu'il n'en eût les moyens, mais il n'était pas du genre à dépenser autant pour une chose aussi futile que l'éducation de ses enfants. En revanche, il n'hésiterait pas à donner cette somme les yeux fermés à son missionnaire minable !

En tout cas, pour une raison qui lui échappait – et qu'il n'essaierait pas de connaître car il avait renoncé à comprendre les femmes –, Mlle Mayhew ne voulait pas travailler pour lui. Eh bien, s'il devait la payer deux cents livres par an, qu'à cela ne tienne.

Et il ne regretterait pas cette dépense. Après avoir mené sa petite enquête, il était arrivé à la conclusion que cette personne était la solution idéale à son problème. Moins jeune qu'il ne l'avait cru au premier abord – elle ne devait néanmoins pas avoir plus de vingt-cinq ans –, il se dégageait d'elle une assurance qui ne concordait pas avec son statut social. À l'église, par exemple – car il avait fait l'effort d'y accompagner Isabel, dans le seul but d'observer Mlle Mayhew dans l'exercice de ses fonctions –, il s'était rendu compte qu'auprès d'elle les enfants Sledge, dont l'aîné n'avait pas plus de sept ans, se tenaient parfaitement tranquilles. En se rappelant Isabel au même âge, James ne pouvait que tirer son chapeau à cette gouvernante. Dans la rue, elle répondait toujours courtoisement aux gens qui la saluaient, mais avec une pointe de froideur, une distance qui ne l'auraient pas étonné si elle avait été duchesse. Elle s'habillait sobrement mais joliment, et affichait toujours une netteté irréprochable. Et puis, en l'attaquant avec son parapluie quand elle avait cru Isabel en danger, elle lui avait donné la preuve que, dans son rôle de chaperon, elle serait courageuse et pleine de ressources.

Oui, en dépit de son jeune âge, Katherine Mayhew lui semblait l'employée idéale.

Et il y avait une chose qui avait échappé à son attention, jusqu'au moment où elle était entrée dans la bibliothèque de Cyrus Sledge : elle était incroyablement jolie.

Belle, non. Sa petite taille l'empêchait d'être rangée dans la catégorie des belles femmes, mais Isabel n'avait pas tort quand elle disait que Mlle Mayhew était agréable à regarder. En fait, James avait du mal à détacher ses yeux d'elle. Pourtant, elle n'aurait pas attiré son attention en temps normal. Il préférait les grandes brunes, elle était petite et blonde. Certes, la couleur miel de ses cheveux lui allait bien, et cette frange qui lui tombait sur le front faisait ressortir ses immenses yeux gris frangés de cils plus foncés. Quant à sa tenue de gouvernante, une blouse et une jupe dépourvus d'atours, elle mettait en valeur l'extrême finesse de sa taille et ses proportions idéales, même si elle ne remplissait pas son corsage.

Mais c'était surtout sa bouche que James avait du mal à ignorer. Comme le reste de sa personne, elle était toute petite, telle une bouche d'enfant. Elle n'en était pas moins attirante avec ses lèvres délicieusement incurvées, étonnamment mobiles et expressives. En cet instant, elles étaient entrouvertes tandis qu'elle le fixait avec stupeur. Il aperçut une rangée de petites dents blanches et un bout de langue rose et pointue, vision qu'il trouva charmante…

Il se demanda soudain s'il n'était pas très fatigué. Jamais, jusqu'ici, il n'avait trouvé de plaisir à contempler l'intérieur d'une bouche !

— Mademoiselle Mayhew, intervint-il enfin, car elle ne semblait pas disposée à sortir de son silence. Vous allez bien ?

Elle hocha la tête sans un mot.

— Puis-je faire quelque chose pour vous ? Voulez-vous de l'eau ? un verre de vin ? Peut-être devriez-vous vous asseoir.

Cette fois, elle secoua négativement la tête. Perplexe mais résolu, James continua :

— Bon, il faudrait faire transporter vos affaires chez moi. Je vais vous envoyer mes valets, Bates et Parry. Combien de temps vous faut-il pour terminer vos bagages ? Pourraient-ils être prêts ce soir ? Isabel insiste pour aller à un bal ou je ne sais où, et il serait préférable que vous commenciez tout de suite. En fait, je peux envoyer ma gouvernante pour vous aider…

La petite bouche rose se ferma d'un coup, comme actionnée par le fil d'un marionnettiste.

— C'est impossible ! s'écria-t-elle soudain.

Il crut déceler un accent d'affolement dans sa voix. Mais pourquoi ?

— Bon, dit-il. Je suppose que vous tenez à laisser aux Sledge le temps de vous trouver une remplaçante, c'est cela ? Je comprends. Quels étaient vos engagements ? Une semaine de préavis ? Pas deux, j'espère ?

— Je…

De nouveau, elle secoua la tête et ce mouvement fit voleter des petites mèches échappées de son chignon. De douces ondulations qui évoquaient les algues marines.

— Je suis affreusement désolée, milord.

Il trouvait son timbre de voix aussi agréable que le reste de sa personne – un timbre plutôt grave, ni aigu ni perçant comme il l'est souvent chez les femmes. Mais cette impression s'évanouit lorsqu'elle ajouta :

— Il m'est impossible de travailler pour vous, je suis désolée.

James ne bougea pas, ne leva même pas un doigt. Cependant, Mlle Mayhew se réfugia derrière le présentoir, comme pour mettre une barrière entre eux.

— Ne vous mettez pas en colère, s'il vous plaît, milord...

Sidéré, il la fixa un instant sans rien dire. Il n'était pas en colère. Exaspéré, peut-être, mais sûrement pas en colère. Il y avait longtemps qu'il avait renoncé à éprouver de tels sentiments, car il se savait d'un caractère assez difficile à tempérer et préférait éviter les débordements. Seule Isabel, et ce Geoffrey Saunders dont elle s'était entichée, le faisaient encore sortir de ses gonds.

— Je ne suis pas en colère, dit-il en s'efforçant de paraître calme. Absolument pas.

— Je ne vous crois pas. Vous avez l'air... furieux.

— Ce n'est pas le cas. Mademoiselle Mayhew, auriez-vous l'impression que je pourrais... lever la main sur vous ?

— Vous avez une certaine réputation de violence, milord.

James se sentait sur le point de casser quelque chose – peut-être ce présentoir derrière lequel elle s'abritait. Il avait une envie folle de le saisir à deux mains et de l'envoyer valser à travers la fenêtre. Il se souvint alors qu'il avait renoncé à ce genre d'excès et se contrôla :

— J'ai bien peur de devoir prendre ombrage de votre remarque, mademoiselle. Il m'est effectivement arrivé d'affronter des hommes, mais jamais de toute ma vie je n'ai frappé une femme.

Les doigts de la jeune fille se détendirent autour du présentoir.

— Ne m'en veuillez pas, milord, mais quand je vous ai dit que je ne travaillerais pas pour vous, vous avez eu un regard... effrayant.

— Avez-vous peur de moi ? s'irrita-t-il. C'est pour cette raison que vous n'acceptez pas mon offre ? Vous n'étiez pas aussi effarouchée l'autre soir, lorsque vous avez essayé de me planter votre parapluie dans la poitrine. Pourquoi ce brusque revirement ? Quelqu'un vous aurait-il... parlé de mon passé ?

— Pas du tout, répondit-elle trop vite.

— Si, j'ai vu juste ! Eh bien, vous pensiez déjà que j'abusais des femmes sans défense, vous savez maintenant à quoi vous en tenir.

— La façon dont vous menez vos affaires personnelles ne me concerne pas, milord.

— Sans doute, mais vous vous êtes déjà fait une opinion sur moi. Le fait que j'aie divorcé susciterait-il votre réprobation, mademoiselle Mayhew ?

Elle baissa les yeux.

— J'aimerais que vous me répondiez. L'honnêteté des deux parties est souhaitable, dans les relations professionnelles. Je répète donc ma question : désapprouvez-vous mon divorce ?

— Il y a beaucoup de choses que je désapprouve, dans la façon dont les hommes comme vous mènent leur vie, lord Wingate.

— Voilà qui a au moins le mérite de la franchise. Ceux qui vous ont parlé de moi ne m'ont pas ménagé, c'est clair.

— Lord Wingate, je vous ai dit que votre vie privée ne m'intéressait pas, répliqua-t-elle plus vivement.

— C'est pour cela que vous vous en êtes prise à moi, l'autre soir ? Parce que ce que je fais vous laisse totalement indifférente ?

Mlle Mayhew pointa son petit menton insolent.

— Je pensais qu'une jeune fille était en danger, lui rappela-t-elle, une lueur belliqueuse dans les yeux.

— Oh, oui, bien sûr. Et vous vous croyiez vraiment de taille à arrêter un homme de ma corpulence avec votre petit parapluie ?

— J'ai estimé devoir au moins essayer. Je n'aurais pu me regarder en face si j'étais passée sans intervenir.

Un frisson parcourut l'échine du marquis. Il le mit sur le compte du soulagement d'avoir enfin trouvé une dame de compagnie susceptible de convenir à Isabel. Cela n'avait rien à voir avec le fait qu'il avait découvert, à deux pas de chez lui, un être comme on n'en rencontrait plus à Londres : une personne vraiment bonne, vraiment honnête. Et ravissante, de surcroît.

Toujours est-il que ses paroles inattendues le firent éclater de rire.

— Mademoiselle Mayhew, si je vous proposais trois cents livres par an, accepteriez-vous de venir travailler pour moi ?

Elle sembla interloquée.

— Mais... non !

— Pourquoi, bon sang ?

Une pensée déplaisante lui vint alors à l'esprit.

— Seriez-vous fiancée, mademoiselle ?

— Pardon ?

— Fiancée, répéta-t-il patiemment. Vous êtes une jeune femme attirante, quoique bizarre. Je suppose que vous avez des prétendants. Auriez-vous fait des projets avec l'un d'entre eux ?

— Certainement pas, répondit-elle comme si elle trouvait cette idée absurde.

— Dans ce cas, pourquoi hésitez-vous ? Êtes-vous amoureuse de Cyrus Sledge ? Est-ce pour cela que vous ne supportez pas l'idée de le quitter ?

Elle éclata de rire à son tour, et ce rire produisit sur James un effet curieux. Il eut tout à coup l'impression que trente-six ans n'était pas un âge si avancé et que des perspectives d'avenir, autres que des soirées à lire en gilet de flanelle devant le feu, s'ouvraient devant lui.

Mais... que lui arrivait-il ? Son valet avait raison, il devenait sénile. Toujours est-il qu'à cet instant, il lui apparut que la chose la plus naturelle du monde était de franchir la distance qui le séparait de Mlle Mayhew, la prendre par la taille et déposer un baiser sur ses lèvres.

Il mit aussitôt cette idée à exécution. D'abord prise au dépourvu, elle ne bougea pas, mais quand il l'attira contre lui et se pencha pour l'embrasser, elle saisit l'atlas et lui en assena un bon coup sur la tête. Le choc ne fut pas douloureux, mais la surprise le poussa à la lâcher.

Elle en profita pour filer hors de la pièce, laissant la porte ouverte derrière elle et le marquis seul dans la bibliothèque de Cyrus Sledge.

L'inévitable se produisit alors. Il attrapa l'atlas et le lança de toutes ses forces à travers la fenêtre.

6

Kate courut sans s'arrêter jusqu'à la salle de classe. Une fois en sécurité relative dans ce refuge, elle prit lady Babbie qui dormait devant la cheminée, enfouit son visage dans sa fourrure et se mit à arpenter la pièce.

Ô Seigneur, je vous en supplie, faites que je ne sois pas renvoyée ! Je vous en prie, qu'ils ne me mettent pas dehors. Je n'ai pas d'autre endroit où aller, pas d'autre endroit... Je vous en prie, mon Dieu.

Elle avait fait la même prière le jour où le révérend Billings s'était jeté sur elle dans le garde-manger. À la différence qu'elle l'avait frappé avec un plat à tarte parce qu'il lui répugnait, alors qu'elle avait donné un coup au marquis pour des raisons... différentes.

Posie se faufila dans la pièce.

— Alors ? demanda-t-elle, tout excitée. Qu'est-ce qu'il voulait, le marquis ?

Kate lâcha la chatte qui se débattait depuis déjà un moment dans ses bras.

— Oh, Posie, soupira-t-elle. Je suis dans de beaux draps.

La servante secoua la tête.

— C'est donc un nouveau manteau qu'il voulait. Sale type ! Tous les mêmes. Ça joue les gentlemen, mais c'est grippe-sou comme pas possible ! Écoutez, mademoiselle, j'ai des petites économies. Je peux vous prêter un peu, si vous voulez. Je ne vous demanderai pas d'intérêts, qu'en dites-vous ?

Kate se laissa tomber dans le fauteuil, devant la cheminée.

— Ce n'est pas pour son manteau qu'il est venu, Posie. Il voulait m'engager comme dame de compagnie pour chaperonner sa fille, dont c'est la première saison. Et il m'a proposé deux... non, trois cents livres par an. J'ai refusé.

En trois enjambées, Posie était près d'elle. Elle prit fermement ses mains dans les siennes.

— Je vous ai menti. Je me doutais bien qu'il n'était pas venu pour son manteau. Je vous ai vue monter l'escalier en courant, et ensuite j'ai entendu un grand fracas dans la bibliothèque. Je crois qu'il a cassé quelque chose. Grincheux et les Sledge se sont précipités dans la pièce. Je crois que le marquis est encore là-bas, en train de négocier l'affaire avec les maîtres. Vous avez le temps de l'intercepter avant qu'il s'en aille et lui dire que vous avez changé d'avis... Venez, vite ! Dépêchez-vous, sinon vous allez le manquer.

Kate retira ses mains de celles de la jeune servante.

— Je ne peux pas.

Posie la considéra avec stupeur.

— Vous ne pouvez pas quoi ? Vivre comme une reine avec trois cents livres par an ? Vous savez combien d'argent ça représente, mademoiselle ? Il nous faudrait toute une vie pour gagner ça.

— Posie, vous ne comprenez pas...

— C'est vrai, je ne comprends pas. Faut que je vous dise, mademoiselle, que je vous aime beaucoup plus que toutes celles qui se sont occupées des enfants avant vous. Mais si vous n'allez pas tout de suite dire au marquis que vous acceptez de travailler pour lui, je ne vous adresse plus jamais la parole !

— Posie, gémit Kate en se prenant la tête entre les mains. Je ne peux pas travailler comme dame de compagnie ici, à Londres.

— Mais pourquoi ?

Comment lui dire ? Personne n'était au courant de son passé. Si on s'était demandé comment elle connaissait Freddy et par quel mystère ils étaient des amis aussi proches, personne ne lui avait posé de questions. On n'était pas curieux chez les Sledge.

Il faut dire qu'elle n'avait pas choisi ses employeurs au hasard. Comme toutes les familles pour lesquelles la jeune femme avait travaillé avant, les Sledge n'appartenaient pas au « beau monde », même s'ils étaient riches. Ils n'étaient pas régulièrement invités aux bals les plus huppés. Ils n'allaient pas au théâtre ou aux courses. Ils ne comptaient pas parmi leurs connaissances des gens susceptibles de se rappeler le nom des Mayhew ou de posséder une mine de diamants.

C'était exactement ce qui convenait à Kate. Plus ses employeurs menaient une vie tranquille, plus elle avait de chances de protéger cet anonymat qu'elle préservait jalousement depuis sept longues années. Sa position de gouvernante ne la mettait pourtant pas tout à fait à l'abri du risque. Il lui arrivait d'accompagner les enfants à des goûters d'anniversaires ou à diverses fêtes. Mais, même à ces occasions, les chances d'être reconnue étaient minces, car elle ne rencontrait en général que les gouvernantes comme elle.

En revanche, chaperonner la fille d'un marquis la replongerait dans le milieu où elle évoluait jadis. Elle pénétrerait dans des maisons où on l'invitait autrefois, elle reverrait d'anciens amis, d'anciennes connaissances… sans parler de ses anciens ennemis.

Et il lui faudrait endurer à nouveau les affronts, les remarques blessantes, les regards suspicieux.

Non. Elle avait réussi à s'en sortir, elle avait survécu, mais elle ne se sentait pas de taille à revivre le calvaire qui avait été le sien.

Et puis, elle méprisait profondément ces gens du « beau monde », leur hypocrisie, leur snobisme, leur fourberie. Ceux qui, comme le marquis, s'imaginaient pouvoir traiter les êtres humains à leur convenance sous prétexte qu'ils avaient de l'argent. Ceux qui avaient conduit son père à la ruine. Ceux qui lui avaient froidement tourné le dos quand elle avait eu besoin d'eux.

Tous, sauf Freddy. Le simple, le bon Freddy qui était resté à son côté, même pendant les heures les plus dures.

Son amitié ne lui avait jamais fait défaut. Elle était demeurée intacte malgré toutes les vicissitudes. Oui, il était le seul à ne pas l'avoir laissée tomber.

Elle ne retournerait pas dans ce monde haineux, même pour tout l'or du monde.

— Je ne peux pas, répéta-t-elle en relevant la tête. Ne voyez-vous pas que je serais obligée d'aller à des dîners, à des bals…

— Vraiment ? persifla Posie. Quelle horreur ! Vous devrez peut-être même boire du champagne et manger du caviar tous les soirs ! En plus, vous toucherez trois cents livres par an pour ça. C'est choquant, ce que les gens peuvent demander à une jeune fille, de nos jours.

— Vous ne comprenez pas. Les choses ne sont pas ce qu'elles paraissent de l'extérieur. Le marquis et ses semblables ne sont pas comme vous et moi, ni même comme les Sledge. Ce sont des gens horribles. Tous. Ils ignorent la loyauté, la décence. Ils ne pensent qu'à eux et à leur précieux argent. Ils peuvent ruiner la vie de quelqu'un avec un seul soupir bien placé. Qu'ils disent ou non la vérité n'a aucune importance. Il leur suffit d'avancer quelque chose pour que ce soit tenu pour vrai.

Posie lui jeta un regard ironique.

— Si un type me donnait trois cents livres par an, je me ficherais bien de ce qu'il dirait de moi.

— Cela fait mal, Posie, croyez-moi…

Elle se leva soudain et se mit à arpenter la pièce.

—… surtout quand il ne s'agit que de mensonges.

— Il suffit de ne pas faire attention.

Kate s'arrêta et regarda la jeune fille. N'ayant jamais souffert de toute sa courte vie, elle gardait encore des illusions. Oh, elle avait certainement dû connaître quelques peines de cœur, mais rien de… d'irrévocable. Elle était l'aînée d'une heureuse famille de douze enfants et ses parents étaient toujours en vie. Posie pouvait se permettre d'être brave. Elle n'avait pas perdu ce à quoi elle tenait. Elle n'avait pas *tout* perdu, comme elle.

Kate esquissa un sourire. Elle n'était pas d'une nature à sombrer dans la dépression pour un oui pour un non.

— De toute façon, même si je changeais d'avis, même si j'acceptais de travailler pour le marquis et d'aller dans le monde, il ne voudrait plus de moi. Je l'ai frappé, Posie.

— Vous l'avez... *quoi* ?

— Je l'ai frappé sur la tête. Avec l'atlas. Il a essayé de m'embrasser, comme le révérend Billings.

Posie en resta d'abord bouche bée, puis elle se précipita sur Kate, la prit par la taille et l'entraîna de force vers la porte.

— Il n'est pas trop tard. Il doit être encore là. Vous allez lui présenter vos excuses, voilà tout.

— Mes excuses ? *Moi ?* Posie, vous perdez la tête. Vous m'avez bien entendue ? Il a essayé de...

— Trois cents livres, mademoiselle Kate. C'est tout ce qui compte. Vous comprenez ? Maintenant, descendez et faites ce que je vous dis. Moi, je me mettrais même à genoux, à votre place. Allez-y !

— Posie, protesta Kate en résistant, lord Wingate n'est pas du genre à excuser une femme de lui avoir donné un coup sur le crâne. Mais... si vous aviez vu sa tête, continua-t-elle avec un sourire. Je reconnais que ce n'est pas drôle de perdre trois cents livres, mais vraiment...

— Il n'y a pas de « vraiment ». Il y a trois cents livres et avec trois cents livres, on peut vivre... je ne sais combien d'années.

La voix de Posie entamait une brusque ascension vers l'aigu lorsque Kate tressaillit en posant une main sur son bras.

— Oh, s'écria-t-elle, soudain pâle. Mon Dieu, Posie ! Je n'avais pas pensé à elle... je l'avais oubliée. Mais trois cents livres... trois cents livres paieraient son loyer pour longtemps...

Posie ne voyait absolument pas à qui Kate faisait allusion, mais elle semblait avoir recouvré la raison, c'était tout ce qui comptait.

— Et puis, un type aussi riche que lui doit avoir plus d'un atlas chez lui. Vous n'aurez qu'à lui en balancer un sur la tête chaque fois qu'il se montrera entreprenant, des fois qu'il n'aurait pas compris le message.

Kate avait l'impression qu'une main de glace s'était refermée sur son cœur. Ses lèvres avaient perdu leur couleur.

— Vous pensez qu'il est parti ?

— Allons voir, on sera fixées.

Elles quittèrent la pièce si précipitamment que la queue de lady Babbie, installée sur le bureau, tripla de volume. La chatte grogna de fureur avant de reprendre sa place sur les papiers que Kate avait laissés derrière elle.

Dans l'entrée, le marquis de Wingate était en train de faire un chèque au révérend Billings. C'était la compensation que M. Sledge lui avait demandée pour la vitre brisée. Cette maudite vitre lui coûtait deux fois plus cher que son prix, mais qu'y pouvait-il ? N'avait-il pas tenté de voler une domestique à son voisin ? Il ne pouvait décemment pas aggraver son cas en refusant de payer une chose qu'il avait cassée.

Le pire était que les Sledge ne lui avaient posé aucune question sur les raisons qui l'avaient amené à faire une chose pareille, ni même sur les motifs de sa visite. Ils ne se souciaient ni de Mlle Mayhew ni de quoi que ce soit autant que des Papous de Nouvelle-Guinée. Même leurs enfants, qui firent irruption dans la maison au moment où il signait son chèque, n'éveillèrent pas leur attention. Ou si peu. Ils se contentèrent de leur rappeler sèchement qu'ils devaient s'essuyer les pieds avant d'entrer, sans un geste affectueux à leur égard, sans même demander au garçon qui fouettait son frère avec sa cravache d'arrêter.

En fait, ce fut James qui dut confisquer la cravache.

— Tu risques de crever un œil à ton frère avec ça, dit-il sévèrement.

Ce qui lui valut un ricanement plein de mépris. James fut alors convaincu que Mlle Mayhew était un ange. Qui d'autre viendrait à bout de petits diables pareils ?

Un ange… ou une sorcière. Compte tenu du mal de tête dont il souffrait, il penchait pour la deuxième solution.

Comme s'il lui suffisait de penser à elle pour qu'elle apparaisse, il la vit soudain dans l'escalier. Personne d'autre ne s'était aperçu de sa présence. M. Sledge continuait son laïus sur les traitements barbares dont les chiens étaient victimes dans ce fichu pays dont James ne voulait plus entendre prononcer le nom sous peine de devenir fou. Son épouse était en train d'expliquer aux femmes qui occupaient le salon, qu'elles n'avaient pas besoin de se lever, que ce n'était que le marquis de Wingate, un habitué de la maison. Le visage long comme un jour sans pain, le majordome passa avec une pelle remplie de bris de verre, tandis que les gamins s'envoyaient des coups de pied avec leurs bottes pleines de boue.

Pourtant, malgré ce tintamarre insupportable, James perçut la voix de Mlle Mayhew qui était arrivée au bas des marches et s'adressait à lui sans pouvoir l'approcher, à cause de tous ces gens réunis dans l'entrée.

— Lord Wingate, j'accepte votre proposition… si vous voulez toujours de moi.

James la regarda, stupéfait. Pourquoi avait-elle changé d'avis ? Il n'en avait pas la moindre idée, mais il suspectait cette servante aux cheveux roux qui se tenait derrière elle d'y être pour quelque chose. Une main dans le dos de Mlle Mayhew, elle la poussait visiblement.

En tout cas, il n'avait pas l'intention de lui demander des explications sur ce brusque revirement.

Certes, la façon dont elle l'avait éconduit ne lui avait pas plu. Il se sentait insulté et contrarié. Mais il ne devait pas oublier qu'elle n'était qu'une servante et ne connaissait rien aux usages.

Cette fille haïssait les hommes, c'était la seule explication plausible à son comportement. N'ayant jamais été repoussé par une femme, James se sentait quelque peu déconcerté par cette expérience inédite.

Mais une ennemie des hommes ferait une dame de compagnie idéale pour Isabel. Aussi s'inclina-t-il lentement et déclara-t-il de sa voix grave, qui n'eut aucun mal à couvrir le tumulte environnant :

— Je suis très honoré, mademoiselle Mayhew. Puis-je vous envoyer mes valets dès ce soir ?

Elle se contenta de hocher la tête. De toute façon, le vacarme était devenu tellement assourdissant qu'il ne l'aurait pas entendue.

Il lui jeta un dernier regard appréciateur car, décidément, elle était agréable à contempler. Quel dommage qu'elle déteste les hommes... Il récupéra ensuite son manteau et son chapeau, puisque le maître d'hôtel semblait occupé et qu'il n'y avait pas de valet en vue, et quitta la maison, soulagé de pouvoir envisager l'avenir d'Isabel sous de meilleurs auspices. Et tout cela pour la modique somme de trois cents livres.

Certes, il y avait aussi la question de cette ecchymose sur son front, mais il valait mieux l'ignorer. Il s'était conduit d'une manière impardonnable, et Mlle Mayhew le lui avait proprement fait savoir. Cela ne se reproduirait plus.

Ou tout au moins veillerait-il à ce qu'il n'y ait aucun livre de grande taille à proximité, le cas échéant...

7

Kate gravit l'escalier de pierre, la gorge tellement serrée par la peur qu'elle avait du mal à respirer. Je vous en prie, priait-elle, faites qu'elle soit ouverte, Seigneur, faites qu'elle soit ouverte, je vous en prie…

Elle n'eut pas le temps d'atteindre la poignée que la porte s'ouvrit en grand. Vincennes, le majordome de lord Wingate, posa sur elle un œil railleur.

— Mademoiselle Mayhew, lança-t-il plaisamment. Comment allez-vous ? Avez-vous…

Mais Kate n'était pas d'humeur à plaisanter. Elle s'engouffra à l'intérieur et referma derrière elle.

Vincennes l'étudia, perplexe.

— J'espère que vous avez eu le temps d'arriver à la poste avant la fermeture, mademoiselle.

Kate l'entendit à peine. Elle se précipita dans le salon qui donnait sur le vestibule. Ni les lampes ni le feu n'étaient encore allumés. Elle alla droit à la fenêtre et écarta les rideaux.

— Monsieur Vincennes, dit-elle en scrutant la rue. Voyez-vous cet homme, là-bas ? Au coin ? Sous le bec de gaz ?

Le majordome regarda obligeamment dans la direction indiquée. Il pleuvait, dehors.

— Oui, mademoiselle.

Elle n'était donc pas victime de son imagination ! Pas cette fois.

— Excusez-moi, mademoiselle, mais auriez-vous une raison de craindre M. Jenkins ?

— M. Jenkins ? Qui est M. Jenkins ?

— L'homme que nous sommes en train d'observer.

— Vous le connaissez ? s'étonna-t-elle.

— Certainement, mademoiselle. Il est médecin. Il fait de nombreuses visites dans le quartier...

Kate sentit ses joues s'enflammer et lâcha le rideau.

— Je suis stupide, je... j'ai cru qu'il s'agissait de quelqu'un d'autre.

— Ce n'est pas étonnant, mademoiselle, avec un brouillard comme celui-ci...

Kate resta préoccupée tandis qu'elle montait l'escalier conduisant à sa chambre. Freddy avait raison, elle avait trop d'imagination. Que diable ferait Daniel Craven debout au coin d'une rue, sous la pluie, à Londres où personne ne l'avait vu depuis sept ans ? Elle était ridicule. Plus que ridicule : hystérique.

Mais quand elle arriva à la porte de sa chambre et la trouva légèrement entrouverte alors qu'elle était certaine de l'avoir fermée en partant, ses soupçons l'assaillirent de nouveau. Vincennes l'aurait prévenue si quelqu'un était passé la voir. Et il n'aurait certainement pas fait entrer un visiteur dans sa chambre ! Non, il devait s'agir des servantes, ou...

Elle ouvrit en grand et se figea de surprise en découvrant lady Isabel Traherne étendue à plat ventre sur son lit, les pieds relevés, en train de caresser lady Babbie.

— J'ignorais que vous aviez un chat, mademoiselle Mayhew ! s'écria-t-elle en avisant Kate sur le seuil.

Elle qui s'était donné tant de mal pour garder la présence de lady Babbie secrète ! Elle avait livré une vraie bataille avec la chatte pour la faire entrer dans ce panier, tout cela en pure perte.

En tout cas, cela lui servirait de leçon. À l'avenir, elle fermerait sa porte à clé lorsqu'elle s'absenterait.

— Méfiez-vous, milady. Elle mord quand elle est de mauvaise humeur.

Comme pour lui donner tort, la chatte se laissa gratter les oreilles sans l'ombre d'une protestation.

— Écoutez comme elle ronronne ! J'ai toujours rêvé d'avoir un chat, mais papa estime que je suis déjà incapable de m'occuper d'une plante et qu'il ne saurait être question d'un animal... Comment s'appelle-t-elle ?

Mal à l'aise, Kate se racla la gorge en dénouant les rubans de sa coiffe.

— Lady Babbie.

— Comment ? Je n'ai pas entendu.

— Lady Babbie, répéta Kate un peu plus fort.

Isabel la considéra avec curiosité.

— Quel nom étrange... Quelqu'un que vous connaissez, peut-être ?

— Pas exactement, répondit Kate en enlevant son chapeau et en rajustant sa coiffure devant le miroir.

Devant la déception d'Isabel, elle fit un effort :

— J'avais dix ans quand je l'ai eue, expliqua-t-elle à contrecœur. À l'époque, je trouvais ce nom d'une élégance inexprimable, allez savoir pourquoi. C'est tout ce que je puis dire pour ma défense.

— Si vous aviez dix ans, remarqua Isabel en caressant l'animal sous le menton, elle doit être vieille, maintenant.

Kate reprit le rangement de ses livres qu'elle avait interrompu une heure plus tôt pour aller poster une lettre.

— Elle n'a que treize ans, précisa-t-elle avec une pointe d'indignation.

— Alors vous avez vingt-trois ans ?

Isabel se désintéressa de la chatte et roula sur le dos. Contemplant le ciel de lit en voile blanc, parsemé çà et là de petites fleurs vertes et roses, elle ajouta :

— Je vous croyais beaucoup plus jeune.

— Je ne suis tout de même pas vieille à vingt-trois ans, si ?

— Pourquoi n'êtes-vous pas encore mariée, mademoiselle Mayhew ? s'enquit Isabel en se remettant à plat ventre, le menton dans les paumes de ses mains. Vous êtes une si jolie petite personne, je me demande comment un homme ne vous a pas encore mise dans sa poche pour vous emporter avec lui. Aucun ne vous l'a proposé ?

Les cheveux relevés n'importe comment, elle ne portait qu'une robe en soie sur ses sous-vêtements. Elle lui faisait penser à Posie qui venait souvent lui parler, le soir, dans une tenue similaire. Kate baissa les yeux sur le livre qu'elle s'apprêtait à ranger sur l'étagère, près de la cheminée.

— De me mettre dans sa poche ? Certainement pas.

— Non, de vous épouser.

— Je n'étais pas amoureuse.

— Vraiment ? A-t-il épousé quelqu'un d'autre ?

Kate glissa le livre à sa place.

— Qui ?

— Celui dont vous étiez amoureuse.

— Je n'ai jamais été amoureuse de qui que ce soit.

— Comment ? s'étonna Isabel en s'asseyant. Jamais ? Mademoiselle Mayhew ! Je n'ai que dix-sept ans et j'ai déjà été amoureuse cinq fois, dont deux l'année dernière !

— Impressionnant, commenta Kate en prenant un nouveau livre dans la caisse que Phillips avait transportée lui-même, tant il était content de se débarrasser d'elle. Je suppose que j'ai eu trop de discernement dans mes affections.

— Il semblerait. Papa vous a dit de qui je suis folle, en ce moment ?

Kate n'ayant pas revu le marquis une seule fois depuis leur entrevue à distance dans le vestibule des Sledge, il y avait une semaine, elle n'avait pas eu l'occasion de discuter avec lui des derniers rebondissements de la vie sentimentale de sa fille. M. Sledge avait piqué une sacrée colère en apprenant qu'elle le quittait, et Mme Sledge s'était alitée pendant deux jours. Du coup, Kate avait écrit au marquis pour lui annoncer qu'elle restait chez les Sledge le temps qu'ils trouvent une remplaçante. Ce n'était pas lui qui avait répondu mais sa gouvernante, Mme Cleary, l'informant qu'elle pouvait prendre tout le temps nécessaire.

Si elle avait trouvé gratifiant de constater combien les Sledge tenaient à elle – Mme Sledge avait notamment couvert le marquis d'injures, l'accusant de lui voler son personnel –, elle avait éprouvé un certain plaisir à quitter cette maison exiguë et encombrée de meubles. La seule qui lui manquerait était Posie et, contre toute attente, les enfants qui avaient pleuré à chaudes larmes en apprenant son départ, refusant farouchement de lui promettre qu'ils ne tourmenteraient pas la nouvelle gouvernante en mettant des épines dans ses draps et des escargots dans son thé.

Et puis, la réaction de Freddy avait également assombri sa joie de partir. Littéralement sidéré, il avait mis un certain temps avant de recouvrer l'usage de la parole.

— Lord Wingate ? s'était-il alors étranglé.

Ils approchaient du parc où il avait insisté pour l'emmener dans son phaéton flambant neuf, alors qu'elle aurait préféré s'attabler tranquillement avec lui dans un salon de thé.

— Lord Wingate ? Vous voulez dire, James Traherne ? Celui que vous avez épinglé avec votre parapluie ?

— Lui-même. Freddy ! Regardez où vous allez ! Vous avez failli écraser ce chien...

— Vous allez vivre dans la *maison* de Traherne et surveiller sa fille ?

— Oui, Freddy. Pour trois cents livres par an. Remarquez, je ne crois pas rester plus d'un an, car lady Isabel sera probablement mariée avant la fin de la saison... Freddy, sommes-nous obligés d'aller si vite ?

— Mais je vous ai parlé de lui, Katie ! De son divorce, de ce type qu'il a propulsé...

— Par la fenêtre, oui, je sais. L'amant de sa femme. Lord Wingate semble être enclin à ce genre de pratiques. Quand je lui ai dit que je ne voulais pas travailler pour lui, au début, il a lancé un atlas par la fenêtre.

— Nom d'un chien ! Cela ne m'étonne pas de lui !

À ce stade de la discussion, Kate avait regretté de l'avoir informé de sa décision, mais il n'aurait pas tardé à l'apprendre, de toute façon. Si seulement il avait pu se montrer plus compréhensif...

— Je n'aime pas ça, avait-il déclaré. En dehors du fait que vous serez obligée de vivre sous son toit, vous allez vous mettre dans une position impossible. Réfléchissez, Kate, vous devrez emmener cette fille dans des endroits où vous étiez invitée il y a quelques années. À la différence qu'aujourd'hui, vous n'y serez pas une convive mais la servante de quelqu'un…

— Quelques années ? Sept ans, Freddy. Personne ne se souviendra.

— Bien sûr que si ! Kate, vous étiez sur toutes les lèvres à cause de…

— Sept ans, le coupa-t-elle. Je suis une vieille lady, maintenant. D'ailleurs, je me suis trouvé un cheveu blanc l'autre jour.

— Vous n'avez absolument pas changé, Katie, croyez-moi. Tout le monde vous reconnaîtra…

— Personne ne remarque une dame de compagnie.

—… et ces questions que vous détestez tant s'ensuivront, avec les regards de pitié. Toutes ces vieilles bonnes femmes que vous méprisez ne parleront que de vous. « Devinez qui est venu chez moi hier soir, Lavinia ? La fille Mayhew. Mais elle *travaille,* maintenant, elle est *dame de compagnie,* la pauvre petite… »

— J'ignorais que vous aviez un tel don pour le mime, Freddy. C'était lady Hildengard, n'est-ce pas ?

— Vous ne le supporterez pas. Vous haïssez ces femmes…

— Freddy, vous oubliez un détail : trois cents livres par an, c'est beaucoup d'argent. Vous savez que papa ne m'a rien laissé d'autre que des dettes…

— Vous n'êtes pas responsable des dettes de votre père, lui rappela-t-il.

— Non, mais je ne peux pas m'empêcher de me sentir responsable des gens qu'il a laissés derrière lui. Vous savez que Nanny n'a plus un sou.

— Nanny ! explosa Freddy. C'est d'elle qu'il s'agit ? Votre vieille nounou ?

— Oui, répondit calmement Kate. Trois cents livres paieront la location d'un cottage pour elle pendant plusieurs années. Je ne peux pas dire non, Freddy.

— Vous ne pouvez décemment pas dire oui ! fulmina-t-il en tirant violemment sur les rênes pour immobiliser l'attelage. Kate, vous ne travaillerez pas pour James Traherne, c'est hors de question !

— Oh, et je suppose que c'est vous qui paierez le loyer de Nanny ?

— Je l'aurais fait, si vous me l'aviez permis.

— Non, je veux me charger de Nanny moi-même.

— Je trouverai son adresse et je lui dirai ce que vous êtes en train de faire, menaça-t-il.

Kate se mit à rire.

— Que lui direz-vous, Freddy ? Que j'ai accepté un emploi où je gagne neuf fois ce que je gagnais avant, en travaillant moins ? J'ai accepté d'être la dame de compagnie de la fille de lord Wingate, je ne reviendrai pas sur ma décision. C'est une position tout à fait respectable. Même Nanny en conviendrait. Ce n'est pas comme si j'avais accepté d'être sa concubine, ou quelque chose comme ça.

— Bon sang, Kate ! explosa-t-il en prenant sa main qu'il serra fortement entre ses doigts. Cet homme a un caractère violent. La semaine dernière, il a transpercé d'une balle un pauvre type, à cause de la Woodhart. C'est un grossier personnage, un dépravé. Il vous a sûrement engagée dans le seul but de vous débaucher, et quand il sera lassé de vous, il vous jettera dehors. Il n'a aucune conscience, vous comprenez ?

Kate l'observa avec un certain étonnement, avant d'éclater de rire. Freddy se renfrogna de plus belle, ce qui aggrava l'hilarité de la jeune femme.

— Oh, Freddy, vous le pensez vraiment ? dit-elle en recouvrant son sérieux. J'ai toujours rêvé d'être débauchée par un grossier personnage dépravé ! Et en plus, il me paiera pour ça. La chance me sourit, non ?

— Ce n'est pas drôle, Kate. Je vous préviens, Traherne…

— Oui, oui, oui, l'interrompit-elle en dégageant sa main pour tapoter la sienne. C'est un homme horrible, épouvantable. J'en ai conscience et je resterai sur mes gardes.

— Sur vos gardes ? Mais le problème n'est pas là. Et s'il...

— Freddy, voyons, ce n'est pas comme si lord Wingate avait manifesté un quelconque intérêt dans ce sens à mon égard.

Bien sûr, elle ne révéla pas pourquoi elle lui avait donné un coup d'atlas sur la tête...

— Il a Mme Woodhart pour le distraire. Que pourrait-il me trouver d'attrayant quand il a une femme comme elle ?

Freddy marmonna quelque chose qu'elle ne saisit pas.

— Et aussi dépravé soit-il, continua-t-elle pour essayer de le convaincre autant que pour se convaincre elle-même, vous devez admettre qu'il se soucie du bonheur de son enfant. Un homme qui aime son enfant ne peut être si terrible.

— Kate...

— Quant à me débaucher, il se trouve que le marquis m'a engagée pour avoir ses soirées libres et pouvoir se livrer à ses penchants pendant que je m'occupe de sa fille. Alors, qu'avez-vous à répondre à cela ?

Vaincu, Freddy se laissa aller contre le dossier du phaéton.

— Kate, pourquoi ne m'épousez-vous pas, plutôt ? Tout serait tellement plus simple.

La jeune femme le regarda en clignant des yeux. Elle aimait tellement la compagnie de Freddy qu'il lui arrivait d'oublier qu'elle lui inspirait plus que de l'amitié. Elle comprit alors, avec un sentiment de culpabilité, qu'en acceptant de prendre le thé ou de se promener avec lui, elle ne faisait qu'entretenir de faux espoirs. Ce n'était pas honnête de sa part.

Il n'en était pas moins son meilleur ami, le seul qui demeurât de sa vie d'autrefois. Malheureusement, elle ne se voyait pas avec lui... autrement.

Elle soupira.

— Non, Freddy, cela ne simplifierait rien. Rien du tout.

Il n'y avait plus de place pour elle dans son monde à lui, ce monde où elle évoluait autrefois avec aisance et grâce. Comment pourrait-elle y retourner après ce que les gens avaient dit – et disaient probablement toujours – de son père ? Comment endurer à nouveau l'hypocrisie de ces ignorants, ces êtres pédants et creux qui adoraient répandre des rumeurs infâmes ? Plutôt mourir.

Et même si elle avait eu la force d'affronter aujourd'hui ce monde qui l'avait bannie, elle ne pourrait pas, en toute conscience, épouser Freddy. Elle ne l'aimait pas. Imaginons qu'elle se marie avec lui malgré tout et se rende compte après coup, comme cela était arrivé à la mère d'Isabel, qu'elle aimait quelqu'un d'autre ? Non, elle n'infligerait pas à Freddy ce qu'Elizabeth Traherne avait infligé au marquis et qui avait entraîné un vrai désastre...

Revenant au présent, elle parcourut du regard la pièce. C'était la plus jolie chambre qu'elle ait connue depuis la mort de ses parents – et depuis qu'elle exerçait le métier de gouvernante. Un papier blanc imprimé de petits bouquets roses et verts, assorti aux rideaux du baldaquin, tapissait les murs. Les fauteuils étaient capitonnés de velours vert. La coiffeuse était blanche avec des poignées dorées comme le cadre du grand miroir. Rien à voir avec le réduit où elle grelottait chez les Sledge, à cause de la parcimonie avec laquelle Phillips distribuait le charbon.

Quant au reste de la maison... Kate n'avait jamais connu un intérieur plus élégant et plus confortable. Des tableaux aux bougies des chandeliers, tout était d'une qualité irréprochable et d'un goût très sûr.

Trois cents livres par an pour vivre dans un tel luxe !

— Votre père n'a pas mentionné ce gentleman, dit-elle à la jeune fille étendue sur son lit aussi paresseusement que lady Babbie.

— Gentleman... Geoffrey rigolerait s'il vous entendait l'appeler ainsi, remarqua Isabel avec un petit sourire. Dites-moi, mademoiselle Mayhew, avez-vous vraiment lu tous ces livres ?

Kate regarda la caisse à ses pieds.

— Oui, bien sûr.

— Pourquoi les gardez-vous ? Je veux dire, puisque vous les avez déjà lus ?

— Parce que certains livres sont tellement excellents que vous avez envie de les lire plusieurs fois, expliqua Kate en prenant un exemplaire d'*Orgueil et Préjugés*. Vous vous y attachez. Ils deviennent un peu comme… de la famille.

— De la famille ?

— Oui, comme des relations de confiance et d'amour que vous ne pouvez laisser tomber. Les ouvrir pour les relire, c'est comme… rendre visite à votre tante préférée ou vous blottir dans les bras de votre grand-père bien-aimé.

Devant la mine sceptique d'Isabel, elle ajouta :

— Bon, je suppose que ce n'est pas la même chose pour vous, lady Isabel. Vous avez un père qui vous aime et certainement des grands-parents aussi. Pour moi, les livres sont la seule famille qui me reste. L'avantage, c'est qu'ils ne risquent pas de venir m'emprunter de l'argent ou de débarquer à l'improviste ! plaisanta-t-elle soudain, comprenant qu'elle s'était apitoyée sur son sort. La seule chose que vous risquiez avec eux, c'est d'en laisser un dans l'omnibus, ce qui m'est arrivé une ou deux fois, je l'avoue…

Isabel plissa le nez.

— Mademoiselle Mayhew, heureusement que vous êtes si jolie. Cela permet d'oublier que vous êtes vraiment bizarre. Moi, je n'ai jamais lu un tel livre. Je veux dire, un livre que j'aurais éprouvé le besoin de relire.

— Ah non ? Même pas celui-ci ? demanda-t-elle en lui montrant *Orgueil et Préjugés*.

— Mon Dieu ! jeta Isabel d'un air dégoûté. Papa essaie sans arrêt de me le faire lire.

— Vous devriez. Il vous plairait. Cela parle de jeunes filles de votre âge qui tombent amoureuses.

— Ah bon ? Je croyais qu'il s'agissait d'une histoire de guerre.

— De guerre ? D'où vous est venue une idée pareille ?

Isabel se leva et prit l'ouvrage pour le feuilleter, ce qui parut de bon augure à Kate.

— Papa est toujours en train de lire, essentiellement des livres de guerre, de droit ou des trucs encore plus ennuyeux.

Kate fourrageait dans son carton.

— Ah bon ? Votre père aime lire ?

— C'est à peu près tout ce qu'il fait, à part sortir avec des femmes aussi détestables que cette Mme Woodhart.

Kate toussa d'un air gêné, mais Isabel n'y prêta aucune attention.

— Il m'arrive même de penser que si ce n'était pas pour voir des femmes comme elle, papa ne quitterait jamais la maison ! Dès que nous rentrons à Wingate Abbey, il ne lève plus le nez de ses livres, sauf pour aller monter à cheval de temps en temps. C'est embarrassant.

— Embarrassant ? répéta Kate en se redressant.

— Eh bien, il est le seul à se comporter ainsi. Quand j'étais à l'école, les pères des filles à qui je rendais visite sortaient tous les jours. Ils allaient à la chasse, à la pêche. Le mien, jamais. Il est toujours à la maison, plongé dans un bouquin. Je lui ai dit plus d'une fois que ce n'était pas normal, qu'il devrait sortir davantage. C'est qu'il commence à se faire vieux, mademoiselle Mayhew. Il vient d'avoir trente-six ans. À ce rythme-là, il ne rencontrera jamais personne avec qui il pourrait songer à s'établir.

— Mais je croyais qu'il avait rencontré quelqu'un, remarqua Kate innocemment. N'avez-vous pas mentionné une certaine Mme Woodhart ?

— Il ne peut pas épouser Sara Woodhart, voyons ! C'est une comédienne. De toute façon, elle est déjà mariée.

— Ah.

— Le problème, c'est qu'il ne reste plus beaucoup de temps. Geoffrey et moi allons bientôt convoler, et papa se retrouvera tout seul.

— Vraiment ? Geoffrey et vous ?

— Oui. Il faut que je trouve à papa une femme jolie et gentille, dans les plus brefs délais. Mais pas une femme comme cette Mme Woodhart. Une femme... comme vous, mademoiselle Mayhew.

Kate faillit éclater de rire. L'idée que le marquis de Wingate puisse épouser la dame de compagnie de sa fille était grotesque.

Freddy ne lui avait-il pas confié, par ailleurs, qu'après sa première expérience désastreuse, Traherne ne voulait plus entendre parler de mariage ? Elle préféra changer de sujet.

— M. Saunders vous a-t-il... demandée en mariage, lady Isabel ?

— Pas encore. Il n'en a pas vraiment eu l'occasion, mon père est tout le temps sur mon dos.

Lui lançant un regard oblique, elle ajouta :

— Mais peut-être que, maintenant que vous êtes là, mademoiselle Mayhew...

Kate s'apprêtait à lui répondre qu'elle n'avait pas l'intention d'aller contre la volonté de son employeur – qui la payait généreusement pour veiller sur sa fille unique – lorsque l'employeur en question fit son apparition après avoir tapé à la porte laissée ouverte.

— Ah, mademoiselle Mayhew, dit-il.

Il tenait un livre à la main, un doigt glissé entre les pages où il avait interrompu sa lecture.

— Pardonnez mon intrusion, mais je crois qu'Isabel et vous sortez, ce soir ?

Kate hocha la tête en évitant de croiser son regard vert trop lumineux. Isabel avait hérité des mêmes yeux d'émeraude, mais son teint pâle les rendait beaucoup moins impressionnants.

Mais peut-être n'osait-elle affronter le regard du marquis parce que, la dernière fois qu'elle s'y était risquée, elle lui avait assené un coup d'atlas sur la tête, et l'avant-dernière fois elle avait pointé un parapluie sur son cœur ? Ils n'avaient pas eu l'occasion de faire connaissance tranquillement, tout compte fait.

— Oui, milord, répondit-elle un peu sèchement. Nous allons dîner chez lady Allen avant de nous rendre au bal de la baronne Hiversham...

— Et demain, nous prenons notre petit déjeuner chez lord et lady Blake avant de faire les magasins avec leurs odieuses filles, l'interrompit Isabel en agitant des cartons d'invitation. Ensuite, déjeuner chez les Bailey, nouvelles courses dans les magasins, et peut-être quelques visites où nous apprendrons qui vient de se fiancer, qui ne l'est toujours pas. Nous rentrerons enfin nous changer pour un dîner avec lord et lady Crowley, suivi d'une soirée à l'opéra et d'une partie de cartes chez Eloise Bancroft. Nous dormirons à peine quelques heures car au petit matin, ces horribles Chittenhouse nous attendent pour une promenade à cheval. Nous déjeunerons je ne sais plus où…

— Isabel, intervint doucement le marquis. Tu préfères peut-être retourner à Wingate Abbey ?

— À Wingate Abbey, moi ? Sûrement pas ! Qu'irais-je faire là-bas, puisque Geoffrey est ici ?

— J'avais cru comprendre, au ton de ta voix, que tu t'ennuyais à Londres.

Isabel laissa retomber ses mains de part et d'autre de son corps, les poings serrés.

— Oh, cela te plairait, n'est-ce pas ? répliqua-t-elle en relevant brusquement la tête, faisant voler ses boucles. Tu ferais n'importe quoi pour m'empêcher de voir Geoffrey !

Kate crut surprendre un air de perplexité sur le visage du marquis.

— Au contraire, dit-il. Je pensais que tu ressentais peut-être le besoin de te reposer un peu à la campagne, pour retrouver cette exubérance qui te caractérise…

Isabel poussa une exclamation ulcérée, marcha furieusement vers la porte et la claqua derrière elle.

Kate et le marquis se retrouvèrent seuls dans la chambre.

8

Consternée, Kate fixa la porte un long moment, essayant de reprendre contenance.

Lord Wingate, quant à lui, ne partageait pas sa gêne. Il se laissa tomber dans l'un des fauteuils capitonnés de velours vert, près du feu, et se mit à contempler les flammes.

— Vous voyez à quoi je suis confronté tous les jours, dit-il de sa voix profonde. Les amours de jeunesse sont des adversaires redoutables, mademoiselle Mayhew…

Kate se tourna brièvement vers lui, avant de revenir dans sa position initiale. Imaginons que Mme Cleary, la gouvernante, passe par là et entende la voix du marquis venant de la chambre de la nouvelle dame de compagnie de sa fille ? Ou pire, M. Vincennes, le majordome ? Pour l'instant, ce dernier n'avait pas encore pris Kate en grippe, malgré sa conduite quelque peu particulière. Mais il ignorait l'existence de lady Babbie. De même qu'il ne savait pas que son maître s'était invité dans sa chambre pour un petit tête-à-tête…

— Isabel s'imagine qu'elle est amoureuse de ce jeune homme, ce Geoffrey Saunders, déclara-t-il. Mais ils ne sont absolument pas assortis. M. Saunders est le second d'une famille, sans le sou, qui vit de ce que son frère aîné veut bien lui accorder. Il est censé être étudiant, mais il a dû s'enfuir d'Oxford à cause de ses dettes de jeu qu'il n'a pas honorées. J'ignore comment il vit aujourd'hui – de la philanthropie de quelques-uns, j'imagine.

Il s'arracha enfin à la contemplation des flammes.

— Il faut préserver à tout prix Isabel de ce garçon.

Kate, qui s'était tournée vers lui pendant qu'il parlait, se sentit vrillée par ses yeux perçants. Elle déglutit avec peine. Lord Wingate occupait tout l'espace de cet imposant fauteuil où elle-même disparaissait lorsqu'elle s'y installait.

Inexplicablement, elle se souvint à ce moment-là que Mme Cleary lui avait donné un chèque de cinquante livres, l'après-midi même.

— Une avance, avait déclaré la vieille dame toute ronde. Pour les frais que pourrait entraîner votre changement de position.

Surprise mais néanmoins ravie, Kate avait couru à la banque puis à la poste, où elle avait envoyé la somme intégrale à sa nounou, Nanny Hinkle.

Au début, elle avait supposé que son employeur s'empressait de lui donner deux mois de salaire d'avance afin qu'elle puisse renouveler sa garde-robe, et ne pas lui faire honte en se présentant dans des tenues élimées. Heureusement, elle entrait toujours sans problème dans celles qu'elle portait lors de sa première saison. Elles conviendraient parfaitement à ses nouvelles fonctions, une fois qu'elle les aurait aérées et que Mme Jennings aurait réduit un peu l'ampleur des jupes, pour les remettre à la mode. Elle devrait aussi reprendre les décolletés trop échancrés et inconvenants pour une dame de compagnie. Il faudrait également les faire teindre, car la plupart d'entre elles étaient blanches. À vingt-trois ans, elle était trop vieille pour porter du blanc.

À présent, elle se demandait si cette avance n'était pas un moyen pour le marquis de s'assurer qu'elle ne le quitterait pas. Car jamais elle ne pourrait lui rembourser une telle somme. Échaudé par les précédentes dames de compagnie d'Isabel, il tentait peut-être de la retenir de cette façon.

Et la fuite fut la première pensée qui vint à l'esprit de Kate, lorsque le marquis planta son regard vert dans le sien. Elle pivota même vers la porte, dans l'intention de suivre les pas d'Isabel. Mais quand elle posa la main sur la poignée, la voix de son employeur la ramena au bon sens :

— Mademoiselle Mayhew ?

Seigneur ! À quoi pensait-elle ? Kate Mayhew n'avait jamais fui qui que ce soit – exception faite, peut-être, de ces silhouettes qu'elle avait prises pour Daniel Craven dans les rues. Mais certainement pas des marquis autoritaires, même ceux dotés de regards perçants.

Aussi, au lieu de s'échapper, rassembla-t-elle son courage et se contenta-t-elle d'ouvrir la porte en grand afin que, du couloir, on puisse constater que le maître de maison rendait une simple visite à sa nouvelle employée.

Elle parvint même à soutenir son regard sans rougir et à s'exprimer d'une voix posée :

— Il est tout à fait naturel que vous émettiez des objections contre ce jeune homme, milord. Vous aimez votre fille et vous voulez ce qu'il y a de mieux pour elle. Simplement, je me demande si interdire à Isabel de le voir est le meilleur moyen de contrôler la situation.

— Excusez-moi, mais je crois savoir comment m'occuper de ma propre fille.

— Je suis certaine que c'est ce que les parents de Juliette pensaient quand ils lui interdirent de voir Roméo.

Lord Wingate haussa un sourcil.

— Il y a bien longtemps que je n'ai pas conversé avec quelqu'un qui citait Shakespeare.

— Dans ce cas, vous ne m'en voudrez pas si je vous rappelle aussi la tragédie d'Abélard et Héloïse. Je suis sûre que Fulbert, l'oncle d'Héloïse, éprouvait les mêmes réticences envers Abélard que vous envers M. Saunders.

— Vous savez, j'éprouve une certaine sympathie pour l'oncle Fulbert, répondit le marquis avec un petit rire. Cela ne me dérangerait pas que Saunders connaisse le même destin que ce coquin d'Abélard...

— J'estime que si Roméo et Juliette, Abélard et Héloïse ont connu des destins tragiques, c'est à cause des interférences de leurs parents dans leur idylle...

— Mon Dieu, mademoiselle Mayhew ! Isabel n'est pas sur le point de se tuer, et encore moins de s'enfuir dans un couvent. Quoique, franchement, je préférerais le couvent à un mariage avec ce vagabond.

— Lord Wingate, l'histoire comme la littérature nous ont appris qu'interdire une chose à un enfant est le meilleur moyen de lui conférer un certain mystère à ses yeux, un attrait qu'elle n'aurait pas eu autrement. Votre antipathie pour M. Saunders risque de le rendre plus intéressant, tout simplement.

— Et que suggérez-vous ? D'autoriser ma fille à se jeter dans les bras de ce voyou ?

Kate écarta les bras.

— Quel mal y a-t-il à ce qu'elle danse de temps à autre avec lui ? Plus elle passera de temps en sa compagnie, plus elle aura l'occasion de découvrir ses défauts.

— Et si ce n'était pas le cas ? Si elle tombait encore plus amoureuse de lui et que je me retrouvais grand-père sans avoir eu le temps de dire ouf ?

Kate s'empourpra et se félicita d'être si près du feu, dont l'ardeur pouvait expliquer la rougeur de ses joues.

— Je doute que les choses en arrivent là, milord. Isabel me semble pleine de bon sens et d'un caractère affirmé. Elle ne se laisserait jamais compromettre.

Lord Wingate pouffa et s'enfonça davantage dans son fauteuil.

— Vous ne connaissez pas grand-chose aux jeunes filles, n'est-ce pas, mademoiselle Mayhew ?

— Parce que je n'en suis plus une ? rétorqua Kate plus sèchement qu'elle ne l'aurait voulu.

Les yeux d'émeraude la fouillèrent.

— De toute évidence, vous étiez très différente d'Isabel.

— Votre fille jouit certainement d'une richesse et d'une position sociale que je n'avais pas, mais je vous assure que par ailleurs, je...

Elle s'interrompit, affreusement confuse de s'apercevoir que lord Wingate riait. Elle ne l'avait jamais entendu rire jusqu'ici. Depuis leur première rencontre, il lui était toujours apparu de mauvaise humeur, mais dans sa gaieté présente, il semblait soudain beaucoup plus jeune. Son abandon lui permit aussi de remarquer que sa cravate était dénouée. Quand il renversa la tête en arrière, elle entrevit sa gorge où bouclaient quelques poils noirs, dans l'échancrure de la chemise. Cette vision la fascina. Que diable lui arrivait-il ?

S'apercevant qu'il avait repris son sérieux et l'observait, elle rougit jusqu'aux oreilles.

— Je ne me référais pas à votre richesse ou à votre statut social, mademoiselle Mayhew, mais au fait que vous êtes plus belle que ma fille ne le sera jamais, et que vous l'étiez sans doute déjà à son âge. L'attrait physique compense l'absence de biens, vous savez. À la différence d'Isabel, vos prétendants n'ont pas dû vous courtiser pour des raisons uniquement pécuniaires.

Tout compte fait, Kate regretta de ne pas avoir fermé la porte. Elle s'empressa d'y remédier, avant de se tourner vers le marquis.

— Chut ! Imaginez qu'Isabel vous entende !

— Et alors ? Elle sait qu'elle n'est pas jolie. Malheureusement, elle tient de moi pour le physique.

Il sortit une montre de la poche de sa veste et se mit à la remonter.

— Et de sa mère pour l'intelligence.

— Comment pouvez-vous déprécier votre fille de cette manière ? s'indigna Kate en venant se poster près de son fauteuil. Lady Isabel est très jolie…

— Elle a du caractère, c'est différent. Les gens sont attirés par elle parce qu'elle est pleine de vivacité. Par ailleurs, je l'ai envoyée dans les meilleures écoles, mais elle n'a rien retenu d'autre que quelques pas de danse. Elle n'a ni votre beauté ni votre intelligence, mademoiselle Mayhew. Vous comprenez maintenant pourquoi une comparaison entre votre jeunesse et celle d'Isabel est inappropriée ? conclut-il en remettant sa montre en place.

Puis, comme s'il venait de remarquer qu'il était assis et elle, debout, il se leva d'un bond et désigna le fauteuil en face de lui.

— Je manque à tous les devoirs. Asseyez-vous, je vous en prie.

Elle lança un regard sur la porte close.

— Je crains que…

— Asseyez-vous !

Surprise par le ton soudain abrupt, elle s'exécuta et croisa les mains sur ses genoux.

— Voilà qui est mieux, dit-il en reprenant sa place. Vous êtes toute petite, mademoiselle Mayhew, mais je commençais à me décrocher le cou pour vous regarder.

Ne sachant que répondre, Kate choisit de revenir au sujet qui les préoccupait.

— Je crois vraiment que vous devriez permettre à lady Isabel de voir ce M. Saunders, tout au moins en ma présence, milord. Quelles bêtises pourraient-ils faire, si je suis avec eux ?

— Vous m'étonnez. La nuit où nous nous sommes rencontrés, ma conduite, parfaitement innocente au demeurant, a éveillé vos soupçons au point que vous vouliez appeler la police. Et maintenant, vous vous révélez naïve au point de croire qu'un couple chaperonné ne peut pas…

Il s'interrompit, lui lança un nouveau regard perçant, puis remua inconfortablement dans son siège.

— Bon, peu importe. Sachez seulement que j'étais à peine plus vieux qu'Isabel quand j'ai commencé à courtiser sa mère, et permettez-moi de vous assurer qu'un couple chaperonné peut faire toute sorte de bêtises…

— Peut-être est-ce justement le problème, l'interrompit-elle.

— Le problème, mademoiselle ?

— Vous craignez que votre fille ne fasse la même erreur que vous.

— Évidemment ! Et je dois avouer que je trouve pour le moins… singulier d'être ici, à discuter de mon mariage avec la femme que j'ai engagée pour chaperonner ma fille.

— Vous négligez néanmoins un point important, lord Wingate.

— Lequel ?

— Vous prenez grand soin du produit de votre mariage, aussi mal avisé que fût ce dernier. Vous ne pouvez reprocher à votre fille de vouloir dédaigner vos mises en garde, quand elle sait que si vous-même aviez écouté celles de votre père, elle ne serait pas née.

Le fauteuil craqua, tant il s'y adossa avec force. Il semblait réellement surpris, et Kate se demanda si elle n'était pas allée trop loin. Elle baissa les yeux en se répétant mentalement : trois cents livres par an, *trois cents livres par an*...

— Milord... reprit-elle, prête à lui présenter des excuses.

— Mademoiselle Mayhew, la coupa-t-il.

Allait-il la jeter par la fenêtre ? Il y en avait trois dans sa chambre, et elles donnaient toutes sur le jardin, deux étages plus bas. Grâce au dégel du printemps, le sol devait être assez mou. Il lui éviterait une chute fatale. Tout au moins s'en tirerait-elle avec quelques fractures.

— Que ce soit en brandissant un parapluie, un atlas, ou simplement des mots, vous savez vous faire comprendre avec une clarté étonnante, continua-t-il de sa voix grave.

— Lord Wingate, je...

— Non, mademoiselle, dit-il en se levant de nouveau. Vous avez raison. Interdire à Isabel de voir M. Saunders n'a pas refroidi ses ardeurs d'un iota.

Kate se mit debout à son tour.

— Lord Wingate... répéta-t-elle, mais elle s'interrompit en s'apercevant qu'elle s'adressait aux boutons en argent de son gilet.

Il était tellement grand qu'elle fut obligée de tendre le cou pour le regarder dans les yeux. Et elle le regretta aussitôt, car toutes les sensations qui l'avaient assaillie une semaine plus tôt, lors de cet incident embarrassant dans la bibliothèque de Cyrus Sledge, revinrent d'un seul coup : le choc d'être si près de cette large poitrine, de ces bras musclés et puissants ; son odeur troublante où se mêlaient des notes fraîches de savon sur un léger fond de tabac. Et... la vue de ses lèvres si sensuelles, presque incongrues dans ce visage aux traits rudes.

Mais le pire était cette chaleur qu'il dégageait et lui donnait envie de se fondre en lui, de se laisser aller contre lui et d'oublier le reste du monde. Oui, l'envie de se perdre dans cette virilité étourdissante...

Elle se souvint alors de l'horreur que lui avaient inspirée ces mêmes pensées, ce jour-là, d'autant plus qu'elles étaient suscitées par un homme comme lui. Indignée, elle s'était alors emparée de l'atlas et...

Et elle était là, quelques jours plus tard, aussi intensément consciente de sa présence que lorsqu'il l'avait prise dans ses bras. Sauf que, cette fois, il ne la touchait pas...

Ses jambes se dérobèrent soudain, et elle se rassit avant de flancher.

Le marquis ne bougea pas. Il se contentait de la regarder – du moins le devina-t-elle, car elle n'avait pas le courage de lever les yeux.

Il lui dit alors, comme si leurs pensées avaient suivi le même chemin :

— Je crois que je vous dois des excuses, mademoiselle Mayhew, pour cet incident malencontreux survenu dans la bibliothèque des Sledge.

Rouge comme une écrevisse, Kate fixa résolument le feu.

— Nous nous devons réciproquement des excuses, parvint-elle à articuler. Considérons que c'est chose faite, et n'en parlons plus.

— Je crains d'être le seul à m'être conduit d'une manière impardonnable. Vous aviez tout à fait le droit de me repousser.

— Mais j'aurais dû le faire un peu moins... brutalement. C'est pour cela que je voulais vous demander de m'excuser.

Il s'éclaircit la gorge.

— Néanmoins, en ma qualité d'employeur, je tiens à vous assurer que cela ne se reproduira plus.

Surprise, elle risqua un regard vers lui. Mais... il semblait sincère ! Ce n'était qu'une impression, bien sûr. La sincérité n'était pas une vertu des gens du monde. Il ne faisait que parodier ce qu'il estimait devoir dire dans de pareilles circonstances.

Non ?

Décidément, il avait l'air honnête. Était-il possible que ce gentilhomme soit un être loyal ?

Non. Si pareil phénomène existait en ce bas monde – ce dont elle doutait –, ce n'était certainement pas lui. Elle ne devait pas oublier que cet après-midi-là, dans la bibliothèque, il l'avait traitée comme si elle n'avait été destinée qu'à assouvir ses pulsions charnelles.

Mais, ne voulant pas qu'il la croie incapable de tirer un trait sur le passé, elle se leva et lui tendit la main droite en le regardant dans les yeux.

— Et je veillerai par tous les moyens à ce que vous ne vous retrouviez pas grand-père avant d'y être prêt, lord Wingate.

Une étrange expression, proche de celle qu'elle avait vue sur son visage juste avant qu'il tente de l'embrasser, passa sur les traits du marquis. Elle recula prudemment d'un pas.

Mais il se contenta de serrer sa main dans la sienne, puis se dirigea vers la porte. Juste avant de sortir, il s'arrêta net, saisi par la vue de lady Babbie qui s'étirait langoureusement, toutes griffes dehors, sur l'oreiller de Kate.

— Doux Jésus ! s'exclama-t-il.

Elle n'eut même pas le temps de lui présenter ses excuses pour la présence de l'animal.

— Ce n'est pas une femelle, j'espère ? enchaîna-t-il.

— Eh bien… oui, c'en est une. Pourquoi ?

— Ah, je comprends pourquoi le matou de Vincennes reniflait tous les coins de l'étage, tout à l'heure. Vous feriez bien de fermer soigneusement votre porte, mademoiselle Mayhew, sinon c'est vous qui allez vous retrouver grand-mère avant l'heure.

Et il sortit.

9

C'est ainsi qu'après six interminables semaines, James Traherne eut enfin une soirée entière tout à lui. Une soirée où il pouvait faire ce dont il avait envie. C'était tellement inespéré qu'il n'osait même pas croire à sa bonne fortune.

Depuis qu'Isabel avait quitté l'école, il avait essayé par tous les moyens de la raisonner, la cajolant, la menaçant, la punissant. En vain. Elle avait versé des tonnes de larmes, poussé des cris déchirants, l'amenant à employer un langage auquel il n'avait plus eu recours depuis son adolescence, lorsque son proviseur l'avait fouetté jusqu'à ce qu'il perde l'habitude de jurer. Il avait suffi à une jeune fille de dix-sept ans d'entamer sa première saison pour qu'il retombe dans ce fâcheux travers.

À présent, le silence était enfin revenu. Un silence parfait. Inespéré. Que rien ne venait troubler.

C'était une sensation étrange, presque irréelle. Sous la conduite douce mais ferme de Mlle Mayhew, Isabel avait quitté la maison sans une récrimination. Elle était même venue l'embrasser pour lui dire bonsoir !

— Bonne nuit, mon vieux papa idiot, avait-elle lancé en riant. Et merci de me laisser voir Geoffrey. Amuse-toi bien avec tes vieux livres idiots !

Lui aurait-il suffi de lui permettre de voir ce voyou de Saunders un peu plus tôt, pour connaître ce calme dont il se délectait maintenant ?

Non. Avec les précédentes dames de compagnie, les bagarres s'étaient enchaînées sans répit. Même le choix de la tenue ou de la coiffure d'Isabel provoquait un conflit.

Ce soir, au contraire, elle avait accepté sa robe sans mot dire et ses cheveux n'avaient jamais été aussi disciplinés. L'œuvre de Mlle Mayhew, sans aucun doute. Il n'y avait pas d'autre explication possible.

À présent, il était libre. Libre de se régaler avec ses « vieux livres idiots ».

C'était exactement ce qu'il était en train de faire. Il avait choisi de combler une lacune en ouvrant un Fenimore Cooper qu'il aurait dû lire quand il était gamin. Enfoncé dans des coussins moelleux près du feu, il jouissait de son confort tout en écoutant la pluie tomber au-dehors. Sur la petite table à son côté se trouvait un verre de son whisky favori, et il avait signifié à Vincennes qu'il ne voulait être dérangé sous aucun prétexte. Ni par des rapports sur ses nombreuses possessions d'outremer – il avait des entreprises en Afrique et en Amérique –, ni par des problèmes domestiques, et encore moins par Mme Woodhart.

Déterminée à regagner ses faveurs, Sara avait pris l'habitude de lui faire porter des lettres indiquant la mention *Important* à toute heure du jour ou de la nuit. Son messager ayant eu pour instruction d'attendre la réponse coûte que coûte, un certain dérangement avait affecté la bonne marche de la maison, jusqu'à ce qu'il décide de lui retourner ses courriers sans les ouvrir ou en se contentant de griffonner une réponse laconique. En fait, les missives ne contenaient qu'un tissu de jérémiades. Dans une tentative pour l'apitoyer et obtenir son pardon, l'encre était parfois comme délavée par ce qui était censé être des larmes.

Mais James estimait qu'il n'y avait rien à pardonner. Parfois, il pensait même qu'il devrait remercier Sara pour son inconstance. Grâce à elle, il goûtait à présent une paix délicieuse. Il ne regrettait pas non plus l'argent que cela lui avait coûté. Pour certains, trois cents livres représentaient une somme considérable, mais pour lui qui en possédait des milliers, c'était une broutille.

Et la paix n'avait pas de prix.

James se plongea dans son roman en commençant par la préface, qu'il sautait d'habitude. Mais ce soir, rien ne le pressait. Il avait toute la nuit. En fait, d'innombrables nuits comme celles-ci s'offraient à lui, puisqu'il n'avait pas trouvé de remplaçante à Mme Woodhart. Il n'était pas pressé de le faire, d'ailleurs. Certes, les maîtresses comptaient parmi les choses agréables – tout comme cet alcool qu'il dégustait lentement en le faisant rouler dans sa bouche –, mais justement, tout comme le whisky, il ne fallait pas en abuser.

Il leva les yeux de son livre et se perdit dans la contemplation des flammes. Pourquoi se chercherait-il une nouvelle maîtresse, après tout ? Il pourrait essayer le célibat, pour changer. Cette idée s'accordait avec le plaisir qu'il éprouvait à savourer sa solitude et sa tranquillité. Même après les horribles mois qui avaient suivi la découverte d'Elizabeth dans les bras de son Irlandais, il avait parcouru le Continent en collectionnant les aventures avec des ballerines et une ou deux sopranos, à l'occasion.

En fait, il était las des maîtresses. Bien sûr, elles étaient agréables à leur façon et il resterait toujours sensible à la finesse d'une cheville ou la blancheur d'une épaule. Mais si elles lui permettaient d'assouvir certains besoins, elles étaient aussi une source d'ennuis.

L'une de leurs caractéristiques était d'apprécier la variété. Si les actrices comme Sara Woodhart excellaient à feindre un intérêt pour celui qui les entretenait, les danseuses et les chanteuses ne s'en souciaient même pas. Elles étaient trop habituées à être adulées pour aduler les autres. Or, James estimait que s'il dépensait de l'argent pour une femme, elle pouvait au moins feindre de l'aimer.

Et puis, elles l'avaient invariablement conduit à céder à la violence, à un moment ou à un autre, ce qui avait fini par devenir embarrassant. Tantôt il avait dû se débarrasser d'un rival, tantôt se défendre lui-même contre certains membres de leur famille qui se sentaient outragés parce qu'il refusait d'épouser leur sœur, fille, cousine ou nièce selon les cas. La réputation volcanique de son caractère lui nuisait déjà suffisamment pour qu'il évite ces situations.

Tous ces facteurs lui donnaient raison : il se passerait de maîtresse pour le moment.

Il prit une nouvelle gorgée de whisky, reposa son verre et passa à la page 2 de la préface du *Dernier des Mohicans*. Oui, il n'aspirait à rien d'autre qu'à cette quiétude qu'il s'efforcerait de faire durer le plus longtemps possible...

Pourtant, il ne tarda pas à trouver que tout était peut-être un peu *trop* calme.

Les colères d'Isabel ne lui manquaient pas, non. Et les démissions en chaîne des dames de compagnie, non plus.

Mais il s'était pour ainsi dire... habitué à... entendre du bruit dans la maison, par exemple. Isabel avait été un bébé bruyant et une petite fille remuante. Son divorce avait bouleversé sa vie, mais une chose était restée constante : Isabel et son incroyable capacité à remplir une maison, quelle que soit sa taille, par sa seule présence. Combien de fois l'avait-il sommée de se tenir tranquille ? Combien de nurses avait-il congédiées parce qu'elles ne parvenaient pas à calmer sa fille ?

Et maintenant qu'il avait enfin ce qu'il souhaitait – une maison paisible –, l'animation provoquée par les cris, les disputes et les explosions de colère lui manquait.

Tout était tellement silencieux qu'il entendait le tic-tac de la pendule au-dessus de la cheminée. Presque assourdissant, ce tic-tac. Quelque chose devait être déréglé dans le mécanisme.

Quant au bruit de la pluie contre les vitres... ! Il devait y avoir une tempête, dehors, ce n'était pas possible !

Comme il ne cessait de penser à Isabel depuis qu'elle était partie, il évoqua son étonnante métamorphose. Son bonheur d'être autorisée à voir Geoffrey Saunders l'avait transfigurée. Elle lui avait paru presque jolie. Presque. Vêtue de l'une des nombreuses robes de bal blanches qu'il lui avait achetées, elle était entrée dans sa chambre pour le remercier, pendant que Mlle Mayhew l'attendait sur le pas de la porte. Une Mlle Mayhew tout à fait différente de celle avec laquelle il avait eu une conversation si… intéressante, une heure plus tôt. La première était ravissante, sans plus, dans sa blouse blanche ordinaire et sa jupe écossaise. La seconde rayonnait de beauté dans une robe de soie grise, dont la coupe parfaite mettait en valeur une taille extrêmement fine et les courbes d'une poitrine menue mais ferme.

Si rien dans sa tenue n'était suggestif, pas même le décolleté fort sage, les hommes allaient la déshabiller du regard. Tout au moins, les hommes comme lui.

Mais quelle que soit l'attirance qu'elle exerçait sur lui, il ne devrait plus perdre la tête comme dans la bibliothèque des Sledge, à l'avenir. Rien ne devait mettre en danger sa précieuse paix retrouvée.

Même si la vision de Mlle Mayhew en soie grise le poursuivait. D'ailleurs, d'autres hommes partageraient sûrement sa fascination…

Mais à quoi pensait-il pour méditer sur le physique du chaperon de sa fille, au lieu de se réjouir de cette soirée de solitude !

Duncan avait raison : il devenait maboul avec l'âge.

Il tourna résolument la troisième page. Intéressante, cette préface… Il les lirait, désormais. Si elles figuraient dans un livre, c'est qu'elles étaient faites pour être lues, non ? Pourquoi les avait-il toujours sautées jusqu'ici ?

Et pourquoi cette maudite pendule faisait-elle un vacarme pareil ? Dès demain, il demanderait à Mme Cleary de nettoyer ses rouages. Ils devaient être encrassés.

Les dames de compagnie ne dansaient pas dans les bals. Elles s'asseyaient derrière les mères, les veuves et les célibataires dont personne ne voulait, afin de surveiller celle dont elles avaient la garde. Elles veillaient à ce qu'elles ne soient victimes d'aucune avance déplacée, et à ce qu'elles ne se volatilisent pas avec leur cavalier vers les jardins ou les chambres.

Mais aucune convention réelle n'interdisait à un homme d'inviter une dame de compagnie à danser. D'ailleurs, Mlle Mayhew était suffisamment jeune pour ne pas être prise d'emblée pour telle. Et si – ce n'était qu'une supposition, bien sûr – et si quelqu'un remarquait cette superbe jeune femme blonde, dans sa robe en soie grise ?

Et si ce quelqu'un l'invitait à danser ? Il serait impoli de la part de Mlle Mayhew de refuser, quand il était clair qu'elle n'était pas engagée. Mais ne l'avait-elle pas été, impolie, à son égard ? En fait, c'était cette façon qu'elle avait de défier les règles qui faisait son charme.

Et sa petite bouche toute rose.

Elle pouvait aussi répondre à ce type qu'elle ne dansait pas, parce qu'elle était employée par le marquis de Wingate pour chaperonner sa fille. N'étant là que pour accomplir cette tâche, elle n'allait pas valser avec des types au teint blafard qui l'épiaient de l'autre côté de la piste. Oui, c'était bien ce qu'il convenait de répondre, décida James.

Et Mlle Mayhew était une jeune fille en tout point convenable. N'avait-elle pas veillé à ce que la porte de sa chambre reste ouverte pendant qu'il parlait avec elle ? Il connaissait peu de femmes qui se seraient souciées de ce genre de détail. Plus d'une auraient profité de l'occasion pour se jeter à son cou, au contraire.

Mais pas Mlle Mayhew. Pas du tout. En fait…

En fait, s'il n'avait été aussi avisé, il l'aurait même suspectée de nourrir une certaine antipathie à son égard.

Mais c'était impossible. Elle lui avait pardonné son moment de faiblesse dans la bibliothèque de Cyrus Sledge. Ils s'étaient même serré la main à ce sujet, et sa poigne ferme et franche ne laissait planer aucune ambiguïté. Elle ne le détestait pas. Pas du tout.

Toutefois…

Supposons que le type n'ait pas le teint blafard. Nous parlons de celui qui l'aurait invitée à danser, n'est-ce pas. Supposons qu'il s'agisse d'un comte italien, un être vif, charmant, et que Mlle Mayhew, qui avait une certaine candeur – ne l'avait-elle pas pris pour un satyre, la première fois qu'elle l'avait vu ? – se laisse séduire. Il serait facile pour un riche et séduisant gentleman à l'accent chantant de charmer une jeune fille comme elle, s'il prenait son temps. Elle était sûrement à l'affût de tous les moyens pour échapper à sa condition. Peut-être qu'en ce moment même, un pique-assiette sans scrupule était en train de lui promettre la lune et…

James bondit de son siège en jetant son livre et courut dans le vestibule.

— Duncan ! vociféra-t-il. Préparez mon costume de soirée ! Je sors.

Il se conduisait de manière ridicule, il en avait conscience. Comme un vieil idiot, pour reprendre l'expression d'Isabel. Mlle Mayhew n'allait pas s'enfuir avec un comte italien, ni même prussien ou slovaque.

Mais il connaissait assez les penchants masculins pour savoir qu'il n'était pas impossible que l'un d'entre eux tente sa chance. D'accord, Mlle Mayhew avait vécu jusqu'ici sans son aide. Si elle n'était pas déjà tombée dans les filets de quelque vaurien, c'est parce qu'elle avait plus de bon sens que la plupart des femmes. Mais elle n'avait sans doute jamais fréquenté le beau monde, et elle ignorait combien les gentlemen apparemment irréprochables pouvaient se montrer roublards. Et comme c'était lui qui l'avait forcée à entrer dans ces sphères malsaines, il était de son devoir de la protéger. Il fallait un chaperon au chaperon, en quelque sorte.

Tout en attendant son phaéton, il décida qu'il se contenterait de jeter un coup d'œil, pour voir comment elle se débrouillait. Si tout allait bien, il irait à son club. Il avait glissé *Le Dernier des Mohicans* dans la poche de sa veste, au cas où.

En revanche, s'il lui semblait qu'elle avait besoin d'aide, il serait là.

De plus, il pourrait ainsi vérifier si la théorie de la jeune femme sur Isabel et Saunders était juste.

La soirée s'annonçait profitable à tout point de vue.

10

L'homme ne la quittait pas des yeux depuis qu'elle était entrée dans la salle de bal.

Mais elle refusait, elle *refusait* farouchement de s'imaginer qu'il s'agissait de Daniel Craven. Elle avait déjà cru le voir une fois dans la soirée, cela suffisait amplement. Elle ne se ridiculiserait pas une seconde fois. Il hantait ses cauchemars depuis trop longtemps, et le seul fait de penser à lui faisait courir des frissons dans son dos, mais elle ne pouvait continuer à le voir apparaître partout, sous peine de passer pour une folle.

Donc, celui qui l'observait était probablement quelqu'un qui croyait la connaître. Cela devait arriver. Elle s'était efforcée de rester à l'écart de la piste de danse, mais elle avait déjà repéré au moins une douzaine de visages familiers. Jusqu'ici, elle les avait évités en se terrant derrière les plantes en pot et les colonnes, mais ce n'était qu'une question de temps. On n'allait pas tarder à s'écrier : « Ça alors, Kate Mayhew ! Mais que faites-vous ici ? Votre père n'était-il pas cet homme qui… »

Kate rapprocha son siège de la douairière aux cheveux gris assise devant elle. Non qu'elle songeât à engager la conversation avec elle – une simple dame de compagnie, pensez-vous, quelle idée ! – mais parce que la coiffure très en hauteur de la femme lui offrait un parfait camouflage.

Parvenant à apercevoir Isabel, elle constata avec humeur qu'elle se comportait d'une manière scandaleuse. Le dîner avait déjà été un vrai cauchemar. La jeune fille n'avait pas adressé la parole aux gentlemen plutôt séduisants qui lui faisaient face, sous prétexte que son cœur était prêt à déborder à la perspective de revoir M. Saunders. Kate avait rétorqué que ce n'était pas une raison pour dédaigner un duc et un baron. Elle aurait pu au moins leur demander s'ils appréciaient les mets ! Mais non, rien. Elle n'avait pas desserré les dents.

Ensuite, dès qu'elles étaient arrivées chez la baronne, Isabel avait littéralement jeté son châle à Kate avant de se précipiter dans la salle de bal, où elle s'était accrochée à un grand blond qu'elle n'avait plus quitté depuis. Kate en avait conclu que le grand blond en question était Geoffrey Saunders.

Elle avait l'impression de l'avoir déjà vu, lors de sa première saison, mais peut-être le confondait-elle avec son frère aîné à qui il ressemblait beaucoup physiquement, d'après ce que murmuraient les douairières devant elle.

Le jeune M. Saunders devait avoir l'âge de Kate, et il avait fière allure avec ses longs cheveux blonds bouclés et l'épée étincelante accrochée à sa ceinture. Ce détail dénotait une certaine affectation, dans la mesure où il ne portait plus l'uniforme de l'armée. Elle comprenait qu'une fille aussi jeune et inexpérimentée qu'Isabel soit tombée sous le charme d'un tel personnage. Aucun autre gentleman ne semblait l'intéresser.

Dès qu'elles se retrouveraient seules toutes les deux, elle lui parlerait. Isabel ne pouvait continuer à se ridiculiser devant tout le monde. Pas étonnant que son père lui ait interdit de voir ce jeune homme. Seigneur ! En ce moment même, elle était en train de jouer avec cette épée grotesque ! Une fille de marquis !

Et pas n'importe lequel, mais le plus célèbre de Londres. Cela expliquait peut-être pourquoi les douairières qui l'entouraient ignoraient le comportement déplorable d'Isabel. Elles n'attendaient pas mieux de quelqu'un dont les parents s'étaient eux-mêmes donnés en spectacle lors d'un divorce mémorable.

— Eh bien, lança soudain une voix derrière elle, avez-vous l'intention de me battre froid toute la soirée, Kate ?

Elle se retourna vivement.

— Freddy !

Il s'inclina galamment.

— Lui-même. Je m'évertue à attirer votre attention depuis dix bonnes minutes. Pourquoi détournez-vous systématiquement les yeux ? Je suis sûr que vous m'avez vu.

Kate rougit. Elle ne pouvait lui avouer qu'elle l'avait pris pour… Daniel Craven. Il se moquerait d'elle. S'apercevant que les douairières épiaient leur conversation, elle se leva et entraîna le comte à l'écart en fendant une marée de jupes mauves et argent.

— Je vous avais vu, admit-elle lorsqu'ils furent suffisamment éloignés de ce qu'elle appelait, quand elle avait l'âge d'Isabel, « le coin des vieilles filles ».

À l'époque, elle était loin de se douter qu'elle se retrouverait un jour parmi elles !

— Plus exactement, j'avais vu que quelqu'un m'observait, mais… je n'aurais jamais cru que c'était vous. Que faites-vous ici, Freddy ? Ne détestez-vous pas ce genre de divertissement ?

— En effet, répondit-il en tirant sur ses gants blancs d'un air irrité. C'est mère qui a insisté pour que je vienne.

Kate regarda nerveusement autour d'elle.

— Elle est là ? Freddy, mieux vaudrait qu'elle ne nous voie pas ensemble. Vous savez ce qu'elle pense de moi.

— Je n'en ai que faire. Je n'ai pas peur d'elle.

— Vous devriez. C'est elle qui contrôle les cordons de votre bourse.

— Seulement jusqu'à ce que j'aie trente ans. Ensuite, je serai libre d'utiliser l'argent de grand-père comme je l'entends.

— Je m'inquiète inutilement, murmura Kate en haussant les épaules. Pourquoi me reconnaîtrait-elle ? Je suis tombée sur je ne sais combien de jeunes filles de ma connaissance, et aucune ne m'a reconnue.

Freddy la considéra d'un air sceptique.

— Désolé, Kate, je crois qu'elles vous ont reconnue mais qu'elles préfèrent vous ignorer. Vous n'avez absolument pas changé, vous savez. Vous êtes toujours la plus jolie fille de la soirée.

— Allons, Freddy ! lança-t-elle en lui donnant une poussée amicale.

Puis elle émit un petit cri en remarquant quelqu'un de l'autre côté de la pièce.

— Doux Jésus ! Est-ce bien *elle* ? Emmaline St. Peters ? Elle ne s'est toujours pas trouvé un mari ?

Freddy suivit son regard.

— La vieille Emmy ? Bien sûr que non. Il n'en existe pas d'assez bien pour elle. Elle en est à sa... huitième saison, je crois.

— Dixième, rectifia Kate. Elle était deux classes au-dessus de moi à l'école. Oh, Freddy, nous ne devrions pas parler derrière son dos, ce n'est pas gentil. Mais comment peut-elle porter du blanc ?

— À propos, n'ai-je pas déjà vu cette robe, mais dans une couleur différente ? s'enquit-il en détaillant sa tenue.

— Que voulez-vous dire ?

Freddy lui prit les mains, la tint à bout de bras et l'examina d'un œil critique.

— Dame Ashford. 27 juin 1863. Vous aviez dansé une seule fois avec moi et confié ensuite à Amy Heterling que je vous avais mis les pieds en bouillie. J'ai été anéanti quand je l'ai appris.

Kate en resta bouche bée.

— Oui, continua-t-il en la lâchant. Vous voyez, je vous aime comme un fou... Je la préférais en blanc. Et qu'avez-vous fait au corsage ? Je l'appréciais davantage quand il...

— Cela s'appelle un plastron, dit Kate en reprenant ses esprits. Il n'est pas convenable qu'une dame de compagnie porte un décolleté plus échancré que celui de sa protégée.

Freddy soupira.

— C'est un crime de massacrer un modèle de chez Worth de cette manière.

— À propos de massacre, il me semble que M. Worth apprécierait de voir ce que cette robe est devenue aujourd'hui, étant donné son histoire. Elle ne sent même plus la fumée.

Le beau visage du jeune homme se figea d'horreur.

— Kate, je... je suis désolé... tellement désolé. Je ne voulais pas...

Elle lui tapota plaisamment l'épaule avec son éventail.

— Freddy, voyons ! Je plaisantais !

— Je sais, je sais... dit-il, penaud. Mais ce n'était vraiment pas drôle. Je suis sûr que toutes vos affaires sentaient horriblement, après... après...

Elle ouvrit l'éventail et le lui posa sur la bouche.

— Pas un mot de plus, ordonna-t-elle avec une autorité moqueuse. On ne parle pas de ces choses-là dans une salle de bal.

Lorsqu'elle baissa son éventail, Freddy semblait toujours contrit.

— Permettez-moi au moins de faire amende honorable en vous demandant de m'accorder cette danse.

— Vous perdez la tête ? s'exclama Kate. Vous voulez me provoquer des ennuis dès mon premier soir de sortie ? Je suis censée surveiller lady Isabel, pas batifoler avec mon ancien prétendant.

— Que voulez-vous dire par « ancien » ?

— Vous le savez très bien.

Un cri retentit alors, et Kate fit volte-face en reconnaissant la voix d'Isabel. Geoffrey Saunders était en train de faire semblant de la transpercer avec son épée. Une intention qui suscita fugitivement la sympathie de la jeune femme... Mais, franchement, elle ne pouvait tolérer ces niaiseries plus longtemps.

— Excusez-moi, Freddy. Je crains d'avoir un meurtre à commettre.

Il la retint par le bras.

— Voyons, ce n'est pas ainsi qu'il faut réagir.

— Pardon ? Freddy, je ne peux pas la laisser continuer. Elle se donne en spectacle.

— Ce sera pire si son chaperon intervient et lui tire l'oreille devant tout le monde. Je connais un meilleur moyen. Venez. Vous approchez par la gauche, et moi je crée une diversion sur la droite.

Kate n'avait pas la moindre idée de ce qu'il mijotait, mais elle suivit ses instructions. Isabel se trouvait au centre d'un groupe de jeunes gens, et si elle n'était pas la plus jolie des filles, elle était sûrement la plus animée. La fougue faisait souvent oublier les visages les plus ingrats.

L'expression nettement réprobatrice de Kate n'eut pas l'effet escompté. Au lieu de battre en retraite, la jeune fille avança vers elle, lui prit la main et l'attira au centre du groupe, malgré ses protestations.

— Geoffrey, c'est elle ! La ravissante Mlle Mayhew grâce à qui je peux vous voir enfin ! Ne vous fait-elle pas penser à un ange, Geoffrey ? Un ange minuscule et précieux. Je l'adore et vous l'adorerez aussi.

Ce à quoi M. Saunders répondit :

— Comme toujours, vos désirs sont des ordres, lady Isabel.

Et à la stupeur de Kate, le jeune homme se pencha, lui prit la main et y déposa un baiser.

— N'est-elle pas un amour, Geoffrey ? insistait Isabel. Oh, mademoiselle Mayhew, je suis tellement contente que vous viviez avec moi. Je suis la plus heureuse sur terre !

M. Saunders n'avait toujours pas lâché la main de Kate. Il l'observait avec une grande intensité, et elle ne put s'empêcher de remarquer le bleu extraordinaire de ses yeux. Un détail qui avait certainement contribué à le rendre irrésistible au regard d'Isabel.

Kate devina ce qu'il allait lui demander avant qu'il n'ait eu le temps de le faire.

— Ne vous ai-je pas déjà vue quelque part, mademoiselle Mayhew ?

— J'en doute, monsieur Saunders, répliqua-t-elle en souriant mais en tirant sèchement sa main, qu'il lâcha aussitôt.

Puis elle se tourna vers Isabel.

— Lady Isabel, je voudrais vous parler, s'il vous plaît.

— Pas maintenant, mademoiselle Mayhew.

— Si, maintenant, milady, riposta Kate en lui saisissant fermement le bras.

À ce moment-là, Freddy surgit et assena une grande claque dans le dos du jeune Saunders.

— Saunders, vieux frère ! s'exclama-t-il. Content de vous voir ! Cela fait un bail, n'est-ce pas ?

Geoffrey pâlit visiblement sous sa moustache.

— Lord Palmer, dit-il, beaucoup moins fanfaron qu'un instant plus tôt avec Kate. Quel plaisir de vous revoir.

— Je ne suis pas sûr que vous vous souveniez de la dernière fois où nous nous sommes vus, continua Freddy en passant un bras sur ses épaules. C'était dans la maison de campagne de ce vieux Claymore. Il avait plu tout le week-end et nous avons dû rester à l'intérieur à jouer aux cartes. Cela vous revient, maintenant ? Si je me souviens bien, vous me deviez une jolie petite somme, le lundi matin…

Tout en parlant, il entraînait le jeune homme plus loin, sous le regard maussade d'Isabel. Celle-ci ne protesta pas lorsque Kate l'emmena à l'écart, dans un coin.

— Lady Isabel, commença-t-elle en remettant en place quelques boucles éparses de la jeune fille. Vous exprimez beaucoup trop librement l'affection que cet homme vous inspire. C'est fort imprudent.

— Et alors ? répondit l'autre, les yeux toujours rivés sur son amoureux.

— Alors vous devez y remédier, rétorqua Kate en rajustant le corsage de sa protégée, qui révélait plus qu'il ne fallait de sa poitrine. Vous avez tort de vous dévoiler ainsi à un jeune homme. Si vous voulez gagner son cœur, le meilleur moyen est de le laisser dans l'incertitude.

Les grands yeux verts d'Isabel, si semblables à ceux de son père, se posèrent aussitôt sur elle.

— Mais comment viendra-t-il à moi s'il ne sait pas qu'il me plaît ?

— Beaucoup plus facilement, au contraire.

— Allons donc ! s'impatienta la jeune fille. Si vous aimez quelqu'un, vous devez le lui faire savoir.

— Certainement… mais *après* qu'il s'est déclaré.

— Et comment se déclarerait-il si je ne lui donne pas un encouragement ?

— En encourageant tous vos autres prétendants, sauf lui, par exemple. Il est beaucoup trop tôt dans la saison pour en élire un plutôt qu'un autre.

— Mais Geoffrey est le seul à m'accorder de l'attention, mademoiselle Mayhew !

— Parce que plus personne n'ignore qu'il est votre favori, et que les autres ne vous intéressent pas. Vous n'allez pas me dire qu'il est le seul à vous avoir invitée à danser, ce soir ?

— Eh bien… non. Mais il a retenu toutes mes danses dès qu'il m'a vue, et même quand sir William m'a demandé…

— Vous n'avez pu accepter. À l'avenir, vous réserverez la première et la dernière danse à M. Saunders. Pas plus.

— Mais, mademoiselle Mayhew…

— Voulez-vous que M. Saunders vous demande en mariage ?

— Oh, oui !

— Alors il faut vous y prendre autrement. Ne lui facilitez pas trop la tâche. S'il pense vous avoir déjà conquise, il s'ennuiera et se tournera vers quelqu'un qui représentera un défi plus grand.

— Il s'ennuiera ? s'écria Isabel en pâlissant. Quelle horreur ! Je ne supporterais pas que Geoffrey me trouve ennuyeuse… ajouta-t-elle en coulant un regard énamouré vers le jeune homme.

Freddy bavardait toujours aimablement, mais M. Saunders semblait morose. En rejoignant Kate, le comte lui lança un regard rieur et envoya une nouvelle claque dans le dos de son compagnon en claironnant :

— Bon, je suis content que ce soit réglé. Ce n'était qu'un petit malentendu entre amis. Cela arrive tout le temps, n'est-ce pas, Kate ?

Elle afficha son air le plus pincé.

— Je crains, *lord Palmer,* de ne pas comprendre de quoi vous parlez, répliqua-t-elle en appuyant sur le nom de famille de son ami, espérant qu'il en ferait autant au lieu de l'appeler par son prénom.

— Bah ! fit Freddy en se tournant vers Isabel, qui contemplait Geoffrey Saunders avec une adoration béate. Dites-moi, petite lady, enchaîna-t-il tellement fort qu'elle sursauta légèrement, que diriez-vous si je vous emmenais faire un tour sur cette piste ? Je me sens d'humeur à danser une gigue ou deux, moi.

Isabel dévisagea les deux hommes tour à tour, les yeux écarquillés.

— C'est que… j'ai promis… (Son regard croisa alors celui de Kate.) Mais… eh bien… oui, merci, lord Palmer. J'en serais ravie.

À la grande satisfaction de Kate, la figure de Geoffrey Saunders s'allongea considérablement quand le comte tendit son bras à Isabel pour la conduire sur la piste. Mais il semblait plus perplexe que blessé. Assez contente d'elle, Kate ouvrit son éventail et l'agita avec une certaine énergie.

— Il fait affreusement chaud ici, vous ne trouvez pas, monsieur Saunders ?

Une fois remis du choc, Geoffrey déclara d'un ton clairement irrité :

— Dites donc, mademoiselle Mayhew…

Feignant la surprise, elle haussa les sourcils.

— Oui, monsieur Saunders ?

Elle remarqua alors les cils incroyablement longs du don juan. Il savait en jouer, car il battit des paupières d'un air innocent.

— Vous ne ressemblez pas aux précédentes dames de compagnie de lady Isabel. Vous êtes plus jeune, mais aussi beaucoup plus… agréable à regarder.

Il appuya cette dernière phrase d'un regard appréciateur, évidemment destiné à la faire rougir. Comme il obtint l'effet escompté, elle se mit à agiter furieusement son éventail pour rafraîchir ses joues en feu. Quel insolent ! pesta-t-elle en silence.

— Et beaucoup plus futée, continua-t-il. Mais il se trouve que je ne suis pas non plus le dernier des idiots.

Il s'interrompit, comme s'il s'attendait à ce qu'elle lui fasse une réponse du genre : « Bien sûr que non, monsieur Saunders. Cela se voit tout de suite. » Ce qu'elle se garda bien de dire.

— Ce que j'essaie de vous expliquer, mademoiselle Mayhew, c'est que… eh bien, il y a de l'argent à se faire ici et… je suis sûr que nous pourrions convenir d'un plan qui nous rapporterait à tous deux un certain… confort.

— Oh, vraiment ?

— Vraiment.

Un valet passa avec un plateau, et Saunders prit deux verres de champagne. Kate refusa celui qu'il lui tendait. Il haussa les épaules et garda les deux.

— Puis-je vous demander quel est votre salaire, Kate ? Vous voulez bien que je vous appelle Kate, n'est-ce pas ?

— Certainement pas. Et je ne vois pas pourquoi je vous révélerais le montant de mon salaire.

Ignorant sa rudesse, il poursuivit :

— Je peux vous dire à combien il se monte : vingt-cinq livres par an. N'est-ce pas ?

Sur la piste, Freddy faisait habilement tournoyer lady Isabel. Elle semblait ravie. Ses joues avaient repris des couleurs et elle riait même de temps à autre à ce que lui disait le comte.

— Vingt-cinq livres par an, répéta M. Saunders. Savez-vous à combien s'élève la fortune du marquis de Wingate, mademoiselle Mayhew ? En avez-vous la moindre idée ?

— Non, mais vous allez sûrement me le dire.

— Avec empressement. Presque un million de livres.

Il reposa les deux verres vides sur le plateau d'un valet.

— Il a des propriétés et des sociétés aux Antilles, en Afrique, en Amérique du Sud, et il vous octroie généreusement vingt-cinq livres par an. Cela ne vous met pas en colère, mademoiselle Mayhew ?

La danse s'achevait. Le comte s'inclina devant lady Isabel, qui fit une révérence assez gracieuse.

— Ce qui me met en colère, monsieur Saunders, c'est votre impertinence.

Il sourit.

— Vous êtes intelligente, mademoiselle Mayhew, et j'aime les femmes intelligentes. À nous deux, nous pourrions tirer profit de nos atouts.

Kate allait répondre qu'ils ne feraient jamais rien ensemble parce qu'elle n'avait pas la moindre intention de le revoir, lorsque deux événements l'en empêchèrent.

Le premier fut l'arrivée de Freddy qui ramenait Isabel de la piste de danse. Il saisit Kate par la taille en claironnant :

— J'ai la danse dans le sang, moi ! Accordez-moi cette valse, Katie ! Vous n'avez pas le choix !

Elle allait lui demander de cesser de faire l'idiot quand, du coin de l'œil, elle perçut une haute silhouette sombre se dirigeant vers elle à grands pas. Certaine qu'il s'agissait d'une vieille connaissance qui l'avait reconnue malgré sa robe transformée, elle se tourna vers le nouveau venu dans l'intention d'affronter l'inévitable.

Mais sa voix mourut dans sa gorge. Elle connaissait effectivement celui qui se tenait devant elle, mais pas de longue date.

Il s'agissait du marquis de Wingate.

11

— Lord Wingate.

Elle prononça son nom si faiblement qu'elle crut que Freddy ne l'avait pas entendue, d'autant plus que l'orchestre que la baronne avait engagé jouait *forte*.

Elle se trompait. Il l'avait entendue, et la lâcha si brusquement qu'elle perdit l'équilibre. Le temps qu'elle retrouve contenance et écarte la mèche tombée devant ses yeux, les deux hommes se regardaient fixement.

— Bishop, laissa tomber lord Wingate.

— Traherne, rétorqua Freddy sur le même ton.

Kate s'insinua entre eux, et bien que son cœur se soit mis à battre frénétiquement, elle s'exprima d'un ton enjoué.

— Lord Wingate ! Quelle surprise ! Nous ne nous attendions pas à vous voir ici ce soir.

— C'est ce que j'ai cru constater, en effet, répliqua le marquis sans lâcher Freddy des yeux.

— Je crois que vous connaissez M. Saunders, mais j'ignorais que vous aviez déjà rencontré le comte de Palmer, poursuivit-elle sur sa lancée.

— Lord Palmer et moi avons partagé plusieurs... aventures communes.

Au grand étonnement de Kate, Freddy se mit à rire.

— Des aventures, répéta-t-il. On peut appeler ça comme cela, si vous voulez. Content de vous revoir, Traherne, ajouta-t-il en lui tendant la main.

— Tout le plaisir est pour moi, répondit lord Wingate en la lui serrant un peu trop fort pour que le geste soit amical.

Un silence gêné suivit cet échange de paroles. Sentant que le regard du marquis l'avait maintenant prise pour cible, mais n'osant l'affronter, Kate se mit à fourrager dans son réticule. Seigneur, je vais le tuer ! songea-t-elle furieusement. Je vais tuer Freddy. Tout est sa faute. Je lui avais dit que les dames de compagnie ne dansaient pas. Maintenant, lord Wingate va me renvoyer et je vais devoir lui rembourser son argent…

Ce fut Isabel qui rompit le silence.

— Papa, savais-tu que lord Palmer a deux chevaux qui courent à Ascot cette année ?

Lord Wingate accueillit cette nouvelle avec un calme admirable.

— Vraiment ? s'enquit-il poliment.

— Oui, vraiment. Ils viennent de deux élevages américains.

— J'en déduis que lord Palmer a quelque chose contre les chevaux anglais, répondit le marquis sans quitter des yeux Kate, qui extirpait une montre de son sac et examinait le cadran avec attention.

— Absolument pas, protesta Freddy. Il se trouve simplement que l'un de mes amis possède un excellent élevage dans le Kentucky et vend de vrais steppeurs, alors j'ai pensé…

— Oh, l'interrompit Isabel pour s'adresser à M. Saunders, ne m'avez-vous pas dit que vous veniez d'acheter un steppeur ? Vient-il du Kentucky aussi ?

— En fait, je préfère les arabes, répondit Geoffrey Saunders avec une assurance que Kate trouva imprudente, en la circonstance.

— Les arabes ? répéta Freddy. Vous plaisantez, je suppose.

— Pas du tout, milord, rétorqua Saunders en redressant le menton.

Il s'ensuivit une discussion animée sur les meilleurs chevaux. Étaient-ce les anglais, les américains ou les arabes ? Profitant de cette diversion inespérée, Kate s'esquiva dans l'intention de boire une coupe de champagne. Elle avait besoin d'un petit remontant pour affronter le chemin du retour qui s'annonçait des plus déplaisants.

Hélas, lord Wingate ne semblait pas disposé à attendre le moment de rentrer pour la réprimander. Il préférait le faire ici, devant tout le monde, se dit-elle en sentant ses doigts se refermer sur son bras. Vraiment, je vais le tuer, songea-t-elle en pensant à Freddy.

Elle pivota avec un soupir.

— Lord Wingate, je vais vous expliquer. C'était une simple plaisanterie...

Mais il ne la regardait pas.

— Mademoiselle Mayhew, cet homme vous a-t-il importunée ?

Suivant son regard, Kate s'aperçut que c'était Freddy qu'il visait.

— Eh bien, pas vraiment. Voyez-vous...

— Je vois très bien. Je craignais que ce genre de choses arrive.

Sur ce, il la lâcha et entreprit d'ôter méthodiquement ses gants.

— Lord Wingate, dit-elle, soudain alarmée. Vous vous méprenez, je...

— Oui, je comprends, et j'espère seulement que vous accepterez mes excuses, mademoiselle Mayhew, pour la façon insultante dont vous a traité cet homme. J'espérais que sa réputation en ce qui concerne le sexe faible aurait dissuadé toutes les dames de Londres de l'inviter, mais la baronne n'a pas dû entendre parler de sa dernière liaison scandaleuse...

Stupéfaite d'apprendre que Freddy avait une liaison et que le marquis, lui-même poursuivi par une réputation discutable en la matière, semblait la trouver répréhensible, Kate écarquilla les yeux.

— Vraiment ? Ici, à Londres ?

Wingate eut un petit geste d'impatience, comme si le sujet l'ennuyait soudain.

— Oui. Une soprano viennoise.

Freddy ? Une soprano viennoise ? Alors qu'il ne cessait de lui jurer son amour ? Pendant tout ce temps, il était l'amant d'une *soprano viennoise* ?

Non. Elle ne pouvait croire une chose pareille.

— Vous devez vous tromper de personne, milord. Il ne peut s'agir de Freddy, c'est impossible.

Le marquis s'immobilisa, son deuxième gant à moitié enlevé.

— Freddy ? répéta-t-il.

Kate se rendit compte trop tard de son erreur.

— Euh... je voulais dire lord Palmer, bien sûr.

Il l'observait à présent en plissant les yeux. Bon, il y avait des choses plus désagréables que d'être regardée par le marquis de Wingate. Elle ne savait pas très bien quelles pouvaient être ces choses, mais elles existaient sûrement...

Néanmoins, avoir ces yeux de braise – quelle sorte de braise pouvait être verte, elle n'en avait pas la moindre idée – rivés sur elle, était certainement l'expérience la plus contrariante.

Si le marquis remarqua son embarras, il n'en laissa rien paraître.

— Vous avez dit Freddy. J'ai bien entendu. Il est vrai qu'il y a un bruit infernal ici, et que j'avance en âge, certes, mais j'ai toujours l'oreille fine. J'aimerais vous rappeler, mademoiselle Mayhew, que l'autre jour, dans la bibliothèque des Sledge, vous m'avez dit que vous étiez libre de tout engagement.

La tournure que prenait la conversation la rendait de plus en plus perplexe.

— Eh bien, oui... bien sûr, lord Wingate. Puisque je le suis.

Il jeta un coup d'œil en direction de Freddy et, à ce moment-là, elle devina où il voulait en venir. Elle afficha un air désinvolte.

— Oh, vous ne devriez pas faire attention à Freddy, milord. Il s'amusait. J'ai pensé qu'il pouvait peut-être convaincre votre fille que Geoffrey Saunders n'est pas le seul homme au monde. Bien entendu, j'ignorais alors tout de… hum… cette réputation que vous avez mentionnée…

— Et voilà, ça recommence, la coupa-t-il en grimaçant comme quelqu'un qui perçoit une sorte de bourdonnement sans parvenir à en déterminer la cause.

Kate chercha une mouche autour d'eux. N'en vit aucune.

— Qu'est-ce qui recommence, milord ?

— Vous l'avez encore appelé Freddy, mademoiselle Mayhew. C'est la deuxième fois, je n'ai pas rêvé. Et vous persistez à dire que vous êtes libre ?

— Je le suis ! Je…

— Il n'y a pas de relation sentimentale entre vous et lord Palmer ?

— Pas de mon côté.

— Ah… fit-il sur un ton signifiant que ses soupçons étaient justifiés, et elle regretta immédiatement sa réponse. Il y aurait donc une possibilité pour que le comte nourrisse des sentiments à votre égard ?

Furieuse de s'être laissé prendre au piège, et encore plus furieuse contre lui de l'y avoir poussée, elle rétorqua :

— Je n'ai pas la prétention de connaître les pensées et les désirs secrets d'autrui, milord. Je peux seulement vous parler de ce que j'éprouve, moi, c'est-à-dire rien d'autre que cette affection naturelle que l'on peut avoir pour les relations de longue date. Mes parents et les siens étaient amis. Quand vous êtes arrivé, Freddy me taquinait, comme il le faisait souvent lorsque je passais mes vacances scolaires à Palmer Park…

Sa voix mourut car elle s'aperçut que le marquis ne semblait pas croire un mot de ce qu'elle racontait. Elle se sentit blessée. Non parce qu'il pensait qu'elle mentait – après ce que lui avait fait son épouse, elle comprenait qu'il soit devenu méfiant envers les femmes – mais parce qu'il l'amenait à parler sans réfléchir. Qu'avait-elle besoin de lui raconter des détails intimes de sa vie ? Elle qui se félicitait qu'il ne lui ait pas encore posé de questions sur sa famille, son passé… Elle n'avait pas l'intention de lui en parler, à moins d'y être obligée, mais à en juger son expression, une version abrégée s'imposait.

Par chance, Isabel se précipita brusquement sur eux, sa ceinture à moitié défaite volant derrière elle.

— Oh, mademoiselle Mayhew, pourriez-vous fixer cette chose exaspérante ? Elle ne cesse de se détacher et les gens marchent dessus.

Elle tourna le dos à Kate, qui renoua machinalement le ruban.

— N'est-ce pas un bal charmant, papa ? Je m'amuse beaucoup. Pas toi ?

— Merveilleusement.

— Tu n'as pas l'air, pourtant. Et je te trouve un peu impoli de rester planté là, alors que Mlle Mayhew n'a pas de cavalier. Tu devrais l'inviter à danser.

Kate serra le nœud plus fort que nécessaire.

— Tout va bien, lady Isabel. Je ne suis pas ici pour danser, mais pour veiller sur vous.

Isabel l'ignora.

— Et tu ferais bien de te dépêcher, sinon elle n'aura plus une seule danse à t'accorder.

— Allons, lady Isabel, je ne vois pas où vous voulez en venir… C'est ridicule.

— D'abord lord Palmer, et maintenant ce gentleman tout à fait charmant, poursuivit la jeune fille, impassible, en désignant un homme un peu plus loin qui regardait sans vergogne dans leur direction. Il ne vous quitte pas des yeux depuis cinq minutes, mademoiselle Mayhew. Il est tombé sous le charme, j'en suis sûre.

Kate suivit la direction de son regard et… se glaça.

Incapable de bouger, elle sentit son cœur cogner violemment dans sa poitrine et se demanda si elle n'allait pas s'évanouir. Cela ne lui était arrivé qu'une seule fois dans sa vie, et le dernier visage qu'elle avait vu avant de sombrer dans l'inconscience était celui de cet homme. Du moins était-ce ce qu'elle avait toujours cru. Quand elle avait repris connaissance, les gens rassemblés autour d'elle lui avaient affirmé qu'elle se trompait. Que Daniel Craven n'avait été aperçu nulle part, et qu'il n'avait rien à voir avec l'incendie où ses parents avaient trouvé la mort.

Aujourd'hui, sept ans après, elle n'avait toujours aucune raison de mettre leur parole en doute. Mais pourquoi se souvenait-elle si clairement de ce visage ?

On lui avait affirmé que la fumée, comme le brouillard, pouvait jouer des tours. Que lorsqu'elle s'était précipitée hors de sa chambre pour découvrir que le couloir menant à celle de ses parents était en flammes, la silhouette qu'elle croyait avoir distinguée dans l'ombre n'existait pas. Qu'elle était un produit de son imagination.

La fumée. Le feu. Ce rideau infranchissable qui l'avait empêchée d'atteindre leur porte. Impuissante et désespérée, elle s'était mise à hurler, de plus en plus fort...

Incapable d'aller à leur secours, elle était tombée, prise d'une quinte de toux irrépressible. Mais, refusant d'abandonner, elle avait rampé vers le brasier jusqu'à ce que quelque chose l'arrête. Quelque chose ou... quelqu'un. Quelqu'un qui la connaissait, puisqu'il avait prononcé son nom avant de la soulever pour l'emmener loin des flammes. Daniel Craven. Elle était sûre qu'il s'agissait de lui.

Mais il n'était même pas en Angleterre à ce moment-là, lui avait-on assuré plus tard. Son nom se trouvait sur la liste des passagers d'un bateau en partance pour l'Afrique du Sud, une semaine plus tôt. Il ne pouvait donc l'avoir secourue.

En tout cas, personne n'avait pu expliquer comment elle avait échappé à la fumée et au feu, et atteint l'escalier de service où les domestiques l'avaient trouvée, en l'empruntant pour se sauver eux-mêmes.

Elle ne le saurait jamais, et s'était dit que c'était mieux ainsi.

Mais il y avait eu ces choses murmurées à propos de cette nuit-là, ces choses horribles qu'elle ne pouvait, qu'elle ne voulait croire.

Le seul mot que personne n'avait prononcé, même à mi-voix, était le nom de Daniel Craven. Personne, sauf Kate.

Et à présent il était là, devant elle, en train de la fixer

comme si elle avait été le phœnix de la mythologie renaissant de ses cendres…

— Regardez, dit Isabel. Il vient par ici. Il est drôlement séduisant, mademoiselle Mayhew. Qui est-ce ? L'un de vos anciens prétendants ?

— Pas exactement, non… répondit-elle d'une voix blanche.

12

— Mais c'est Kate Mayhew...

Cette voix. Un frisson de dégoût la parcourut.

Comment pouvait-il ? Comment osait-il s'approcher ainsi d'elle, tranquillement ? Avec cette nonchalance qui le caractérisait ? Et prononcer son nom comme si de rien n'était ? Comme si rien ne s'était passé depuis la dernière fois qu'ils s'étaient vus... Où était-ce ? À un dîner, lui semblait-il. Chez elle, quelques jours avant l'incendie...

— On m'a dit que vous étiez partie, continua cette voix qui lui tordait l'estomac. Mais vous êtes là, plus délicieuse que jamais...

Il se pencha et posa un baiser sur sa joue de ses lèvres fraîches.

Elle ne dit rien, mais son esprit bouillonnait de rage. C'était bien lui qu'elle avait vu à plusieurs reprises. Il l'avait suivie... Seigneur !

Les yeux baissés, elle ne voyait pas le marquis, mais il devait avoir l'air surpris car Daniel lui dit :

— Ne vous inquiétez pas. Kate et moi sommes de vieux amis. N'est-ce pas, Kate ? Maintenant, vous allez me présenter à ces gens charmants, comme une bonne fille.

Levant les yeux, elle rencontra le bleu très pâle de ceux de Daniel Craven et prononça d'un ton dont la froideur la surprit elle-même :

— J'ignorais que vous étiez de retour en Angleterre, monsieur Craven.

Il haussa les épaules avec désinvolture. Il était grand, d'un type anglais marqué, comme Freddy, mais ses cheveux blonds étaient plus foncés et il ne portait pas la moustache. À la fois mince, souple et vigoureux, il semblait déplacé dans une salle de bal. On l'imaginait plus aisément sur un cheval, à la chasse au renard ou au rhinocéros en Afrique. Mais c'était une impression trompeuse : en dépit des apparences, Daniel était un homme d'affaires habile, tout autant qu'un observateur perspicace de la nature humaine.

— Eh bien, oui, répondit-il avec ce doux sourire qui, sept ans plus tôt, avait fait vibrer plus d'un cœur féminin, y compris, très brièvement, celui de Kate. Je rentre du Botswana. Un continent affreusement chaud, l'Afrique. Une horreur!

— Vous étiez en Afrique du Sud? intervint Geoffrey Saunders qui venait de les rejoindre. Que faisiez-vous là-bas?

Le sourire de Craven devint reptilien, tout au moins aux yeux de Kate car il affichait une amabilité avenante. C'était là son côté le plus dangereux : pour un observateur non averti, il paraissait humain, capable d'éprouver des émotions telles que la compassion, le remords.

Mais elle connaissait l'autre visage.

— Je m'occupais de diamants, ou plus exactement d'une mine de diamants, répliqua-t-il en glissant vers la jeune femme un regard d'excuse. Il y en avait vraiment une, Kate. Pas là où je le croyais au départ, mais pas loin, pas loin du tout.

Elle hocha la tête. Bien sûr que la mine existait. Près de celle où Daniel Craven avait convaincu son père et tous ses amis d'investir… mais suffisamment loin pour que les diamants qui s'y trouvaient n'aient pu leur appartenir.

— Que faites-vous ici, Katie? enchaîna Daniel en lui prenant les mains. Puis-je encore vous appeler Katie, ou devrais-je dire « milady » ? Je me souviens de ce type – quel était son nom, déjà? Ce jeune comte tellement entiché de vous. Vous devez être mariés maintenant, non?

Il s'interrompit soudain.

— Que se passe-t-il, Katie? Vous êtes blanche comme un linge, tout à coup. Et… vous tremblez!

À la grande surprise de Kate, lord Wingate lui prit les mains et les retira doucement mais fermement de celles de Daniel.

— Mlle Mayhew est souffrante, comme vous pouvez le constater. Si vous voulez bien nous excuser...

L'intervention du marquis fit sursauter Craven, comme s'il venait seulement de s'apercevoir de sa présence.

— Attendez... Kate et moi étions...

Kate n'entendit pas la suite, car lord Wingate l'entraîna hors de la salle de bal avec l'aisance d'un homme habitué à fuir les salles bondées. Heureusement qu'il lui tenait le bras, en tout cas. Il allait tellement vite qu'elle aurait trébuché.

Il ouvrit enfin une porte et une bouffée d'air frais balaya le visage de Kate. Ils sortirent sur une terrasse en pierre surplombant les jardins plongés dans l'obscurité. Des criquets stridulaient dans la nuit, mais il fallait tendre l'oreille pour percevoir leur chant dominé par la musique du bal.

Des criquets ! songea Kate. En plein cœur de Londres !

Ses jambes se dérobèrent soudain et elle se laissa tomber sur un banc. La tête baissée, elle respira à grands coups.

La pluie avait cessé. Le rosier grimpant qui tapissait le mur de la terrasse exhalait un doux parfum.

— Tenez, buvez cela, dit lord Wingate en lui mettant un verre sous le nez.

— Non, je... me sens plus...

— Buvez.

Son ton était si autoritaire qu'elle ne songea pas à désobéir. Elle prit le verre et le porta à ses lèvres. Un bordeaux rouge. Elle le but jusqu'à la dernière goutte.

— Voilà qui est mieux, dit-il en récupérant le verre vide.

Puis, avant qu'elle ne réalise ce qu'il faisait, il enleva son manteau et le posa sur ses épaules. Le poids du vêtement, et surtout sa chaleur, la prirent au dépourvu.

— Non, je n'ai pas froid...

— Allons, vous tremblez.

Il s'assit près d'elle.

Elle tremblait en effet, et la chaleur du vêtement la réconforta, même si son odeur, troublant mélange de linge propre et de tabac, lui rappelait l'embarras qu'elle avait éprouvé quand il l'avait prise dans ses bras, dans la bibliothèque, pour l'embrasser…

Mais cela ne se reproduirait plus car il allait la mettre à la porte, après ce qui venait de se passer. Non content d'avoir détruit sa vie une fois, Daniel Craven continuait, encore et encore.

Accablée, Kate se raidit en reconnaissant soudain la voix d'Isabel, au milieu du brouhaha et des éclats de rire qui venaient de la salle de bal. Elle allait se lever machinalement, mais il posa une main sur son bras.

— Laissons Isabel avec M. Saunders un moment, elle ne risque rien. Dès l'instant où nous l'entendons, nous savons où elle est. Et puis, je pense que vous et moi avons des sujets d'inquiétude beaucoup plus importants.

— Je ne peux vous rembourser les cinquante livres que vous m'avez avancées, lord Wingate. Je les ai déjà dépensées.

Dans le faisceau de lumière des portes-fenêtres, elle distingua une expression indéchiffrable dans son regard.

— Je ne crois pas vous avoir demandé de me restituer cette avance.

— Mais puisque vous allez me chasser…

— Je ne crois pas non plus vous avoir dit que j'allais vous chasser.

Elle battit les paupières.

— Oh, sûrement pas ! criait Isabel à l'intérieur.

— Je pensais que… que…

— J'avoue que j'aimerais comprendre comment une jeune femme comme vous, menant une vie que j'imagine tranquille, peut connaître autant de gentlemen dans…

— Seulement deux, l'interrompit-elle. Deux gentlemen. Et je vous ai expliqué que l'un d'entre eux, lord Palmer, était une vieille connaissance de famille…

— Ah, oui. En effet. Et l'autre ?

— Il… C'était un associé d'affaires. De mon père.

— Un associé d'affaires.

— Mmm…

— De votre père.

— Mmm…

— Un associé d'affaires de votre père que vous avez regardé comme si vous aviez vu un fantôme.

Kate déglutit avec peine.

— Il… y avait longtemps que je ne l'avais pas vu et… et je ne m'attendais pas à le croiser ici. Il a quitté l'Angleterre pendant un certain temps…

— Oui, pour l'Afrique du Sud. À la recherche d'une mine de diamants, n'est-ce pas ? Votre père avait des relations exceptionnelles, mademoiselle Mayhew, s'il connaissait des comtes et des propriétaires de mines de diamants.

Kate bondit sur ses pieds. Ses jambes tremblaient toujours, mais tant pis. Comment avait-elle pu être assez sotte pour s'imaginer que le marquis n'était pas comme les autres ? Elle s'était laissé duper par sa gentillesse, par ce verre de vin qu'il lui avait donné, ce manteau qu'il avait posé sur ses épaules.

— Je vous saurais gré, lord Wingate, de ne pas prendre ce ton ironique avec moi. Je ne suis pas une menteuse, comme vous semblez le croire. Si vous le pensez, c'est que votre…

— Asseyez-vous, mademoiselle Mayhew, dit-il en soupirant.

— Non.

Elle était au bord des larmes, mais elle poursuivit :

— Je ne resterai pas avec quelqu'un qui doute de ma parole…

— Je ne mets pas votre parole en doute, mademoiselle. Au contraire, je crois tout à fait possible que les parents d'une dame de compagnie – qui était gouvernante quand je l'ai connue – aient eu un comte pour ami. Je suppose que, comme vous, votre père était un éducateur et qu'en cette qualité, il nouait des liens avec les parents de ses élèves. Mais... à en juger par votre expression, il semble que je me trompe.

Honteuse et surprise qu'après tout ce qu'elle avait enduré, elle continuât à se soucier autant de ce que l'on pensait d'elle, Kate s'exprima d'un ton beaucoup moins hautain.

— Non, vous ne vous trompez pas. Enfin, pas au point que cela vaille la peine d'être mentionné...

— Voilà qui me rassure, commenta-t-il en se levant à son tour. Mais cela n'explique pas votre expression de terreur pure quand cet homme est apparu.

Kate se sentit rougir. Maintenant que Daniel Craven n'était plus une menace, elle se reprocha vivement de s'être conduite aussi sottement. Elle se trouva ridicule d'avoir cru qu'il l'avait suivie, qu'il se trouvait chez elle la nuit de la mort de ses parents, et qu'il en était responsable. Maintenant qu'il n'était nulle part en vue, que ses yeux délavés n'étaient pas posés sur elle, elle prenait conscience de sa stupidité. Daniel Craven était certainement un escroc, un séducteur et un coureur de jupons, mais pas un tueur. Il était beaucoup trop paresseux pour se livrer à des choses aussi compliquées que les meurtres.

Elle chercha alors une explication plausible à son comportement, se gardant bien de lui donner la véritable raison.

— C'est seulement que... la dernière fois que j'ai vu M. Craven, mes parents étaient encore en vie. Lui et mon père étaient très proches, pourtant... il n'a pas cru bon de venir à l'enterrement. J'ai donc trouvé impertinent de sa part de me parler sur ce ton de... familiarité. Et devant vous, de surcroît... Certaine que vous alliez me congédier sur-le-champ, surtout après ce qui s'était passé avec Freddy, je me suis sentie... nerveuse.

— Nerveuse, répéta le marquis en fronçant les sourcils. Vous ne m'avez pas donné l'impression d'être une personne nerveuse, mademoiselle Mayhew.

En tout cas, l'expression indéfinissable de ses yeux verts la rendait plus que nerveuse...

— Je ne suis pas un ogre, contrairement à ce que vous semblez croire, et je suis désolé d'apprendre que vos parents sont morts. Quand est-ce arrivé ?

— Il y a sept ans.

— Puis-je vous demander comment ils sont morts ?

— Il y a eu un… incendie.

Incendie. Ce mot la ferait toujours frissonner. Elle resserra les pans du manteau autour d'elle.

C'est alors qu'à sa grande confusion, elle sentit les doigts du marquis relever son menton pour l'obliger à le regarder.

— Étrange, prononça-t-il comme s'il se parlait à lui-même.

— Je vous demande pardon ?

— Vous avez un visage étonnamment expressif, mademoiselle Mayhew, murmura-t-il. Et une certaine incapacité à cacher vos émotions. Vous paraissez de nature plutôt gaie, mais quand vous avez évoqué l'incendie… ce que j'ai vu dans vos yeux m'a surpris.

— Et qu'avez-vous vu dans mes yeux, lord Wingate ?

Elle avait posé la question par simple curiosité, sans aucune intention de le provoquer. Avait-elle eu l'air effrayée ? Elle espérait que non. Kate ne supportait pas la lâcheté, bien qu'elle eût conscience de ne pas s'être comportée très vaillamment en revoyant Daniel Craven. Peut-être lui avait-elle simplement paru triste ? Ses parents lui manquaient toujours atrocement…

La question resta sans réponse, car la porte-fenêtre s'ouvrit brusquement et Isabel apparut.

— Ah ! Vous êtes là ! Je vous ai cherchés partout. M. Roger va commencer. Vous venez ?

À son apparition, la main du marquis était brusquement retombée et Kate s'était retournée. Le manteau avait glissé de son épaule. Le retenant, elle le rendit à son propriétaire.

— Merci, lord Wingate. Je me sens mieux maintenant.

Il le reprit sans un mot, mais Isabel n'avait pas son tact.

— Ne vous inquiétez pas, mademoiselle Mayhew. L'homme qui vous a fait pâlir est parti juste après que papa vous a emmenée. Qui était-ce ? Un ancien amoureux ? Il est très séduisant. Je ne sais pas pourquoi vous ne l'avez pas épousé.

Remettant son manteau, le marquis prit le bras de sa fille.

— C'était une vieille connaissance professionnelle du père de Mlle Mayhew, Isabel. Elle ne l'avait pas revu depuis longtemps. Bon, de quoi s'agit-il avec ce M. Roger ?

— Cela commence dans cinq minutes. Il faut que tout le monde participe, sinon ce ne sera pas drôle. Toi et Mlle Mayhew devez vous joindre à nous, d'accord ? Vous voulez bien ?

Plus que le bordeaux, c'était la chaleur des doigts du marquis sur sa joue qui avait revigoré Kate, telle une flamme qui se serait propagée en elle.

— Vous savez bien que je ne peux me joindre à vous, lady Isabel. Mais je me ferai un plaisir de m'asseoir et de vous regarder danser avec votre père.

— Moi ? Avec papa ? Ah non, merci ! Geoffrey m'a déjà retenue. Papa, si Mlle Mayhew ne danse pas avec toi, tu devras te trouver une autre cavalière.

Un petit sourire énigmatique joua sur les lèvres de lord Wingate.

— Je verrai ce que je peux faire, dit-il.

L'instant d'après, ils se mêlaient à la foule qui encombrait la piste. Isabel rejoignit Saunders, et le marquis fut accosté par une grande femme couverte de bijoux, qui l'arrêta au moment où il passait devant elle.

— Wingate... ! J'ignorais que vous étiez là ! Quand êtes-vous arrivé ? Comment avez-vous pu ne pas venir me saluer ?

Trouvant que cette admiratrice surgissait à point nommé, Kate en profita pour s'éclipser. La soirée l'avait suffisamment éprouvée. Elle avait besoin de s'isoler un peu.

Mais lorsqu'elle eut regagné le coin des célibataires, elle surprit le regard pénétrant de son employeur qui ne la quittait pas, malgré la cohorte de femmes richement vêtues qui l'entouraient.

Il lui fit un signe de la main, et elle se troubla plus que de raison. Puis elle rougit violemment de sa propre bêtise en comprenant qu'il lui signifiait simplement qu'il l'avait repérée, et que si elle avait espéré le fuir, c'était raté.

Pourtant, ce geste était plus important qu'il n'y paraissait. Il lui montrait que, pour la première fois depuis longtemps, elle n'était plus seule. Bien sûr, elle ne l'avait jamais été complètement puisque Freddy était là, même s'il n'était pas toujours présent. Et maintenant qu'elle connaissait l'existence de cette soprano, elle savait pourquoi. En tout cas, si lui avait été entouré par une foule d'admiratrices, il n'aurait pas pris la peine de la chercher dans la pièce.

Ce qui l'amena à se demander pourquoi lord Wingate était venu au bal. Ne détestait-il pas cette sorte de distractions ? Ce n'était sûrement pas pour Isabel qu'il s'était dérangé. Il l'avait engagée justement pour lui épargner une telle corvée. Aurait-il eu des doutes sur ses capacités à s'occuper de sa fille ? Voulait-il s'assurer qu'elle s'en sortait ?

À moins qu'il n'ait quitté l'agréable chaleur de sa maison par cette nuit pluvieuse pour d'autres raisons...

Je craignais que ce genre de choses arrive, avait-il dit. Qu'avait-il craint ? Qu'elle n'accomplisse pas son devoir ? C'était en tout cas ce qu'il avait dû penser en la voyant dans les bras de Freddy...

Pourtant, il ne lui avait rien reproché. Au contraire, il s'était excusé pour la conduite de Freddy puis, quand Daniel Craven était arrivé, il s'était montré protecteur, devinant qu'elle se sentait mal...

Je craignais que ce genre de choses arrive...

Doux Jésus. Elle se redressa comme si une épingle venait de lui piquer le dos.

C'était *pour elle* que lord Wingate était venu.

En ce moment même, il ne cessait de la regarder tout en saluant des connaissances, un verre de champagne à la main. Il surveillait sa fille aussi, mais...

Mais son chaperon également.

C'était ridicule. Comment un homme affligé d'une aussi déplorable réputation avait-il pu tenter de la séduire, elle, Kate Mayhew ? Un homme qui avait divorcé après avoir tenté de tuer l'amant de sa femme ? Un homme qui avait gardé le fruit de leur amour pour la punir de son infidélité ? Un homme qui avait provoqué un nombre incalculable de duels, collectionnant les aventures à travers toute l'Europe ?

Et elle ? Kate Mayhew, une jeune femme raisonnable et sensée, par quel mystère s'était-elle attachée à un être totalement dépourvu de moralité comme James Traherne ? Que lui arrivait-il ?

En fait, elle savait pertinemment ce qui lui arrivait. Il y avait longtemps que personne ne s'était soucié d'elle, voilà tout.

Bien sûr, il y avait eu Freddy – quand il se rappelait son existence, c'est-à-dire chaque fois que sa mère quittait la ville. Mais le marquis était venu sans autre but que celui de savoir comment elle allait. Il s'était même excusé de l'attitude de l'un de ses pairs envers elle.

Et il y avait très, très longtemps que personne ne lui avait présenté la moindre excuse.

C'était idiot, mais elle avait de nouveau le sentiment d'appartenir à quelque chose comme... une famille. Oui, une vraie famille, de chair et de sang.

Jamais elle n'avait eu cette impression auprès de ceux chez qui elle avait travaillé, depuis la mort de ses parents. Ni chez les Piedsmont, ni chez les Heathwell, et encore moins chez les Sledge. Dans sa profession, il n'était pas prudent de nouer des liens trop étroits. Les enfants grandissaient et, un beau jour, ils n'avaient plus besoin d'une gouvernante ou d'une dame de compagnie. Cela était déjà arrivé plusieurs fois à Kate, malgré la brièveté de sa carrière. Elle avait dû garder le sourire et se préoccuper d'un nouvel emploi. Quel autre choix avait-elle, d'ailleurs ?

Bien sûr, elle aurait pu épouser Freddy. Et elle pouvait toujours le faire... à condition d'accepter de cohabiter avec sa mère.

Et la soprano, évidemment.

Mais elle n'était pas prête à abandonner tout espoir de rencontrer l'homme de sa vie – qui n'était pas Freddy. Certes, elle avait déjà vingt-trois ans, ce qui amenuisait ses chances, mais elle ne voulait pas renoncer. Après tout, elle avait connu des filles qui avaient rencontré l'amour à vingt-huit, voire trente ans. Alors pourquoi pas elle ?

Elle n'avait pas d'autre choix que de continuer à travailler pour gagner sa vie, en considérant chaque jour nouveau comme une possibilité de plus de trouver l'amour. Tous les livres qu'elle avait lus lui avaient appris que ceux qui le rencontraient avaient deux qualités : la patience et le cœur. Des qualités qu'elle pensait posséder. L'amour attendait Kate Mayhew au détour du chemin. Le tout était de trouver le bon.

Le bon chemin.

En attendant, c'était une famille qu'elle avait trouvée. Une famille brisée, certes, mais une famille quand même.

Cela lui donnait du baume au cœur, et c'était bon d'éprouver de nouveau un sentiment aussi réconfortant.

Même si elle craignait de s'y habituer…

13

— Non, j'ai demandé des tranches d'orange, pas de pêche ! s'écria lady Isabel Traherne en se laissant retomber contre ses oreillers. Remportez-les.

Elle moucha bruyamment son nez rouge.

Vexée, Brigitte, la femme de chambre personnelle de lady Isabel, jeta un bref regard à Kate. Depuis que sa maîtresse était malade, elle se donnait un mal fou pour essayer de la distraire, de l'égayer. En vain.

De son côté, Kate se mordait les joues pour ne pas rire des caprices de la jeune fille. Depuis une semaine que celle-ci souffrait d'un rhume qui allait de mal en pis, elle avait acquis une certaine expérience dans l'art de ne pas céder à l'hilarité.

L'irritabilité grandissante de la malade n'avait pas altéré son sentiment de se sentir chez elle. Depuis qu'elles ne passaient plus leur temps à l'opéra, au bal, à jouer aux cartes ou à courir les magasins à la recherche du chapeau parfait, Kate avait eu le temps de faire connaissance avec le reste de la maison et de développer une sympathie grandissante pour tous ses occupants.

Mme Cleary était une femme intelligente et pleine de bon sens, qui vénérait Kate depuis qu'elle avait réussi à discipliner Isabel. Vincennes, le majordome, était tout le contraire de Phillips. Excellent partenaire aux échecs, il était toujours à l'affût d'un moment de liberté pour lui proposer une partie. Même Brigitte, la femme de chambre française qui passait son temps à glousser et à commérer, se révélait de compagnie agréable, tout heureuse de pouvoir parler un peu le français avec la jeune femme, car Kate avait quelques rudiments de cette langue.

Seul le marquis la laissait indécise. Il faut dire qu'elle le voyait rarement. Pour un homme qui, aux dires de sa fille, aimait par-dessus tout rester chez lui avec un bon livre, il n'était jamais à la maison ! Pendant la maladie d'Isabel, Kate s'était plus d'une fois rendue dans sa bibliothèque pour trouver de quoi se distraire, sans jamais le rencontrer. En revanche, pas un seul soir il n'avait manqué d'épier Kate sur les bancs des célibataires, lors des soirées de sa fille, avant qu'elle ne soit alitée à cause de ce mauvais rhume.

Sa présence avait cessé de l'inquiéter. Au contraire, elle était devenue rassurante depuis sa rencontre avec Daniel Craven. D'un côté, elle se disait que ce dernier ne pouvait avoir joué un rôle dans la mort tragique de ses parents. De l'autre, elle était persuadée du contraire. Elle s'efforçait d'ignorer cette deuxième version des faits, de l'enfouir au plus profond d'elle-même, mais celle-ci remontait inexorablement à la surface. Particulièrement dans ses rêves, où elle voyait Daniel Craven au milieu d'une explosion de flammes…

Elle se croyait pourtant libérée des cauchemars qui l'avaient hantée sans relâche depuis la mort de ses parents, sept ans plus tôt, mais ils étaient revenus quand Craven avait refait son apparition.

Heureusement, elle ne l'avait plus croisé. Maintenant qu'elle le savait de retour en Angleterre, elle ne cessait de le chercher des yeux, mais il ne semblait pas invité aux mêmes fêtes que la fille du marquis de Wingate. Tant mieux. Elle n'avait pas été à la hauteur lors de leur première rencontre, et elle espérait surmonter plus vaillamment la seconde. Cependant, moins elle verrait Daniel Craven, mieux elle se porterait.

En revanche, celui qui l'évitait soigneusement depuis qu'elle n'avait su tenir sa langue au sujet d'une certaine soprano, ne lui inspirait pas du tout les mêmes réserves…

Ce soir-là, Freddy et elle regardaient Isabel danser tandis que près d'eux, Geoffrey Saunders se plaignait que la jeune fille ne cesse d'accepter les invitations des uns et des autres, alors qu'elle lui avait promis toutes ses danses.

Constatant la déconfiture du jeune homme, Kate avait levé son verre de champagne :

— Que voulez-vous, « les femmes sont des êtres volages et instables ».

Freddy lui avait jeté un regard amusé.

— Ce n'est pas une citation de la Bible, n'est-ce pas ?

— Seigneur, non ! Elle est de Virgile.

— Kate, avait poursuivi Freddy en s'approchant, Traherne est là, derrière un palmier en pot. On dirait qu'il vous observe... Oui, je dirais qu'il vous épie. Incroyable, non ?

— Je pense plutôt que c'est vous qu'il surveille, avait-elle répliqué en haussant les épaules. N'êtes-vous pas toujours en train d'essayer d'obtenir que sa fille vous accorde un quadrille ?

— Seulement parce que vous me le refusez, se défendit-il. Dites-moi, Kate, vous aurait-il révélé quelque chose à mon sujet, le soir où il nous a surpris à danser ?

— Vous voulez dire, le soir où vous avez voulu m'entraîner de force ?

— Oui. J'en suis désolé, d'ailleurs. Je ne sais pas ce qui m'a pris.

— Non, le marquis ne m'a rien dit sur votre façon de me malmener.

Kate ne lui avait pas parlé du retour de Daniel Craven. Freddy n'avait pas remarqué sa présence, ce soir-là. Et c'était bien ainsi. Il appartenait à ceux qui l'avaient crue victime d'une hallucination due à la fumée, la nuit du drame. S'il l'avait vue au bord de l'évanouissement en revoyant Craven sept ans après, il aurait eu la conviction que son aversion n'était pas fondée. Après tout, Craven ne s'était-il pas contenté de la saluer avec une courtoisie parfaite ?

Puis elle avait ajouté avec malice :

— En revanche, lord Wingate s'est demandé ce que vous faisiez là, et en a conclu qu'elle devait être occupée ailleurs.

— Qui ? Ma mère ? s'était étonné Freddy.

— Bien sûr que non, voyons. Votre soprano viennoise.

Il en était resté bouche bée, puis avait jeté un regard furibond vers le marquis.

— Le diable l'emporte ! Écoutez, Katie, elle n'est rien pour moi, je vous le jure. Elle n'était qu'un moyen de... enfin, si vous m'aviez un tant soit peu encouragé, jamais je... je... Je vais le tuer ! avait-il grondé en dardant de nouveau sur Traherne des yeux meurtriers.

Kate lui avait tapoté le bras avec son éventail.

— Allons, Freddy, je vous en prie. Je suis heureuse de savoir que vous ne passez pas votre temps à vous languir de moi. Mon ego en a pris un coup, certes, et je suis déçue que vous ne m'en ayez pas parlé. Je croyais que nous n'avions pas de secrets l'un pour l'autre. (Quoique... s'était-elle mentalement reprise avec une certaine culpabilité.) Mais je pense que je survivrai.

Abasourdi, Freddy n'avait plus rien dit. Mais, là où il avait aggravé son cas, c'est en disparaissant quasiment de sa vie, depuis. Il évitait toutes les réceptions où il risquait de la rencontrer, et jamais il ne revint lui rendre visite le dimanche, son jour de liberté.

Surprise, Kate en avait déduit que la soprano comptait davantage pour lui qu'il ne l'avait laissé entendre...

Quant à lord Wingate, bizarrement, depuis que sa fille était malade, il semblait déserter la maison. Il venait chaque matin, après le déjeuner, voir comment Isabel avait passé la nuit, revenait parfois le soir, mais rien de plus. Le reste du temps, il était absent, et Kate en avait déduit qu'il avait trouvé une remplaçante à Mme Woodhart avec qui il avait rompu. Elle tenait cette information d'Isabel qui en savait un peu trop, selon elle, sur la vie amoureuse de son père. La jeune fille se réjouissait d'ailleurs de cette rupture, et espérait qu'il n'entamerait pas une nouvelle liaison car il était temps qu'il se marie, selon elle – et le plus tôt serait le mieux puisque Geoffrey Saunders n'allait pas tarder à se déclarer, toujours selon elle.

La perspective du mariage du marquis était considérée avec un certain scepticisme par le reste de la maisonnée. Les domestiques l'avaient entendu plus d'une fois dénoncer le mariage, et lorsque certains lui avaient fait part de leur intention de convoler, il avait toujours essayé de les en dissuader. Pour lui, c'était le plus sûr moyen de courir au désastre, et ceux qui y trouvaient le bonheur se comptaient sur les doigts d'une main.

D'après le valet de chambre du marquis, ce dernier passait tout son temps à son club, et non à se chercher une nouvelle maîtresse. En tout cas, c'était là que Duncan se rendait fréquemment, avec des chemises propres.

Jusqu'ici, Kate n'avait jamais écouté les cancans de cuisine, mais chaque fois qu'elle entendait prononcer le nom du marquis, elle ne pouvait s'empêcher de tendre l'oreille. L'histoire que Mme Cleary avait racontée, à propos de cette veille de Noël où il avait tellement neigé à Wingate Abbey, l'avait particulièrement marquée. La gouvernante avait renoncé à se rendre à la messe de Noël de peur de glisser sur le chemin. Le lendemain matin, elle avait entendu des raclements de pelle. S'approchant de la fenêtre, elle avait vu le maître de maison dégager lui-même la neige pour former un sentier. Il avait donné congé à tout le personnel.

— Et il n'a pas voulu entendre un mot de remerciement, avait ajouté Mme Cleary. Pourtant, il ne va pas à l'église. Mais il est comme ça, toujours à faire passer les autres avant lui, sans jamais le montrer. Il est tellement prévenant, tellement discret ! Il paraît que certains l'accusent d'avoir un caractère violent, avait-elle poursuivi en baissant la voix. Et c'est vrai que parfois, c'est le diable en personne, mademoiselle Mayhew. Mais seulement quand il est fâché. Le reste du temps, c'est le meilleur des hommes. Le meilleur !

Kate aurait pu penser que la vieille dame exagérait, comme le font souvent les gouvernantes depuis longtemps au service d'un employeur auquel elles finissent par s'attacher profondément. Mais les autres serviteurs avaient confirmé ces propos. Tous tenaient le père d'Isabel pour un être d'une générosité sans faille, d'une bonté incomparable. Le meilleur des hommes, comme avait dit Mme Cleary.

Excepté, toutefois, pour le caractère, que tous décrivaient comme changeant. Ils conseillèrent d'ailleurs à Kate d'éviter soigneusement les sujets explosifs, particulièrement ceux du mariage et de la flanelle.

Kate enregistra le conseil, sans pour autant penser avoir un jour l'opportunité d'aborder l'une ou l'autre de ces épineuses questions, dans la mesure où elle le voyait à peine. En fait, elle vivait chez lui depuis un mois sans avoir jamais eu l'occasion de s'asseoir à une table avec lui – sauf une fois, lors d'un petit déjeuner que le marquis aurait visiblement préféré prendre tranquillement, avec son journal. Néanmoins courtois, il avait tenté d'engager la conversation qui était systématiquement tombée à plat. Il avait finalement mis un terme au repas en se retirant sous un prétexte quelconque.

Bien sûr, Kate avait compris qu'il l'évitait. Intuition féminine. Cette même intuition lui avait fait comprendre qu'il la suivait, aux réceptions de sa fille. Mystérieusement, le fait qu'il l'évite l'avait affectée. Elle n'avait pas la prétention de croire que lord Wingate était amoureux d'elle, malgré ce qui s'était passé dans la bibliothèque des Sledge, mais elle pensait qu'il l'aimait bien... jusqu'à ce qu'il se mette à déserter sa propre maison.

En tout cas, tous les hommes n'étaient pas aussi inconstants, à en juger par la lettre que Brigitte exhiba sur un plateau d'argent, tout en remportant l'assiette de pêche, les lèvres pincées.

— Peut-être qu'avec ça, milady retrouvera le sourire. Elle vient d'arriver. Une nouvelle lettre d'amour, sûrement.

Isabel gémit sans ouvrir les yeux.

— Oh... j'ai tellement mal à la tête. Posez-la sur la table de chevet avec les autres, mademoiselle Mayhew, vous voulez bien ?

Kate ferma le livre qu'elle était en train de lire à haute voix, *Notre ami commun* de Charles Dickens. Elle avait terminé *Orgueil et Préjugés* la veille. Elle se leva et reconnut l'écriture sur l'enveloppe.

— C'est une lettre de M. Saunders.

Isabel s'assit brusquement dans son lit avec une énergie retrouvée.

— De Geoffrey ? Vraiment ! Oh, donnez-la-moi, mademoiselle, donnez-la-moi !

Kate la lui tendit, et Isabel l'ouvrit avec frénésie.

— Il me manque tellement, si vous saviez ! déclara-t-elle en lisant rapidement le contenu de la lettre. Il dit qu'il se languit de moi.

— Le contraire m'aurait étonnée.

— Mais supposons qu'il commette un geste désespéré, sous l'emprise de cette langueur ? Il me dit qu'il en serait capable, mais qu'il n'en fera rien. Puis-je lui répondre, cette fois ? Je vous en prie, dites oui !

— Je ne sais pas, répliqua Kate en fronçant les sourcils. Combien y en a-t-il eu cette semaine ?

— Quatre, mademoiselle Mayhew ! Il ne cesse de me demander pourquoi je n'ai répondu à aucune, et menace de mettre fin à ses jours si je laisse celle-ci sans réponse.

Kate soupira.

— Bon, envoyez-lui un petit mot pour lui expliquer que vous êtes malade et... Mais, que faites-vous ? s'écria-t-elle comme Isabel tentait de sauter du lit pour courir à son écritoire. Remettez-vous immédiatement sous ces couvertures ! Vous avez entendu ce que le docteur a dit.

— Comment pourrais-je me préoccuper de ce que le docteur a dit, quand mon cher Geoffrey se languit de moi ?

— Vous devriez, pourtant, parce que si votre rhume s'aggrave, vous risquez de ne pouvoir le revoir avant longtemps. Et imaginez ce qu'il pourrait faire...

Isabel retomba contre ses oreillers.

— Oh, vous avez raison... Chère mademoiselle Mayhew, que ferais-je sans vous ? Vous avez toujours raison.

— Oui, vous feriez bien de ne pas l'oublier, milady. Ne bougez pas, je vais vous apporter du papier à lettres, et vous essaierez de ne pas renverser de l'encre sur vos draps, cette fois.

Elle n'avait pas fait deux pas que Brigitte s'écriait, tandis qu'une boule de poils gris filait le long de ses jupes :

— Mademoiselle ! Mademoiselle ! La chatte !

Kate bondit aussitôt derrière lady Babbie. Depuis quelque temps, l'infidèle avait cédé aux offres alléchantes de lait et de crème que lui proposait la jeune fille, et dormait dans son lit plutôt que dans celui de Kate. Celle-ci n'en avait pas pris ombrage. Elle savait que dès qu'Isabel irait mieux, elle oublierait lady Babbie qui regagnerait la chambre de sa maîtresse.

En attendant, c'était un problème de garder l'animal dans celle de la malade. La porte ne cessait de rester ouverte, et la chatte en profitait pour aller explorer la maison. Cette fois, c'est vers les appartements privés de lord Wingate, dont l'accès lui était formellement interdit, que lady Babbie jeta son dévolu.

Kate se précipita et la manqua de justesse au moment où elle franchissait le seuil. La porte était entrouverte, sans doute à cause du valet de chambre du marquis qui avait entrepris un inventaire rigoureux des gilets de son maître depuis que l'un d'eux avait disparu. Un gilet en flanelle. Duncan n'était pas du genre à laisser ce genre de détail au hasard.

Kate poussa la porte et jeta un coup d'œil à l'intérieur, espérant apercevoir lady Babbie avant que Duncan ne s'avise de sa présence.

Mais le valet n'était pas là. Elle s'avança alors dans la pièce qu'elle découvrait pour la première fois. Une pièce dont la taille la saisit tellement qu'elle oublia momentanément la chatte.

Trois fois plus grande que la sienne, la chambre comportait une énorme cheminée surmontée d'une impressionnante collection d'épées. Devant l'âtre étaient disposés de confortables fauteuils en cuir et un sofa. De l'autre côté se dressait un vaste lit à baldaquin, paré de tentures bleues assorties à celles des fenêtres qui donnaient sur le parc, et au tapis sur lequel Kate se tenait.

Malgré le caractère imposant de l'endroit, elle fut prise d'un sentiment de pitié pour le maître des lieux. Cette chambre était trop grande pour une seule personne. Il devait s'y sentir encore plus seul, ce qui expliquait qu'il passât le plus clair de son temps ailleurs.

Elle entendit soudain un bruit d'eau, derrière elle. Se retournant, elle aperçut une porte entrouverte, derrière laquelle elle distingua une psyché.

— Duncan ?

Le sang de la jeune femme se glaça dans ses veines. C'était la voix de lord Wingate.

— Duncan ? Où êtes-vous parti avec les serviettes ?

C'est alors que Kate, à son grand effroi, vit une chose tellement troublante qu'elle tourna les talons et s'enfuit en courant, sans s'arrêter avant d'avoir atteint sa chambre, où elle s'engouffra et s'enferma à double tour.

Quelques minutes plus tard, on frappait à sa porte.

— Mademoiselle Mayhew ? Mademoiselle Mayhew ? Êtes-vous là ? demanda Duncan d'un ton irrité.

Reprenant ses esprits de son mieux, Kate tourna la clé dans la serrure et ouvrit. À peine. Seulement de quelques centimètres, mais suffisamment pour voir le valet du marquis debout dans le couloir. Il semblait au comble de l'exaspération et tenait une lady Babbie dégoulinante à bout de bras.

— Mademoiselle Mayhew, répéta-t-il avec un air de dignité offensée en lui tendant la chatte. Puis-je vous demander de bien vouloir garder cette créature chez vous, à l'avenir ? Je l'ai trouvée en train de boire l'eau du bain du marquis.

Kate récupéra l'animal et allait refermer quand le valet s'enquit, inquiet :

— Mademoiselle Mayhew ? Cela n'a pas l'air d'aller… Voulez-vous que je vous envoie Mme Cleary ? Parce que, avec tout le respect que je vous dois, on dirait que vous venez de voir un fantôme.

Ce n'était pas un fantôme que Kate avait vu. C'était même tout le contraire. Un être de chair et de sang, bien vivant.

Elle parvint à offrir au valet un faible sourire.

— Non, merci. Je vais bien.

Et elle referma la porte, sur laquelle elle s'adossa sans même se rendre compte que lady Babbie gigotait frénétiquement pour se libérer.

Ce qu'elle avait vu, bien sûr, n'était autre que lord Wingate dans le plus simple appareil…

14

Ils étaient tous les deux dans la bibliothèque de M. Sledge, vêtus comme le jour où lord Wingate lui avait fait cette extraordinaire proposition, sous la même douce clarté qui filtrait à travers les vitres. Et, comme ce jour-là, lord Wingate saisissait Kate par la taille et l'attirait contre lui.

À la différence que, cette fois, elle ne se défendait pas. Elle ne posait pas un doigt sur l'atlas qui se trouvait tout près. Elle ne le regardait même pas. Au lieu de cela, elle enroulait ses bras autour du cou de lord Wingate et lui tendait ses lèvres d'une manière parfaitement scandaleuse…

Sans se soucier le moins du monde de ce qui allait arriver.

Le marquis baissait alors sa bouche vers la sienne. C'était exactement ce qu'elle attendait. Ce dont elle rêvait depuis des semaines.

Et quand il l'enlaçait plus fermement, moulée contre son corps mince et musclé, elle sentait la chaleur brûlante qui en émanait jusqu'au plus profond d'elle-même. Avec une délectation extrême. Tellement extrême qu'il lui semblait naturel de laisser courir ses mains sur ces muscles d'acier qu'elle devinait sous la veste, sous la chemise. De les palper. De sentir sa peau sous ses doigts. Les poils de sa poitrine. La fermeté de son ventre et, plus bas… plus bas… la fermeté de ses cuisses…

C'est alors qu'ils se retrouvaient nus sur le canapé en cuir de Cyrus Sledge, enchevêtrés l'un à l'autre, leurs langues mêlées.

Elle se réveilla à ce moment-là. Haletante. Une main entre ses cuisses.

Et ce n'était pas tout. Non seulement sa main se trouvait là, pressant le point le plus sensible de son anatomie, mais quand elle l'en retira, elle s'aperçut qu'elle était mouillée.

De plus, des gouttes de sueur perlaient entre ses seins.

Assise dans son lit, essayant de recouvrer un souffle normal, elle scruta la pièce obscure. Tout paraissait en ordre. Exactement comme lorsqu'elle s'était couchée quelques heures plus tôt.

Oui, tout semblait normal… sauf elle.

Depuis qu'elle avait vu lord Wingate nu dans sa chambre, elle n'était plus la même. Jamais, jusque-là, elle n'avait vu un homme nu, si ce n'est en peinture ou en sculpture. Mais la réalité était tout autre. Les œuvres d'art ne représentaient pas les… poils de certains endroits et… et… Les artistes devaient certainement souffrir de jalousie, car jamais ils n'avaient pris pour modèle des hommes comme le marquis qui les surpassait tellement sur le plan de… de la longueur de certaines… *choses* spécifiquement masculines.

Lord Wingate était certes un homme de stature imposante. Mais dans son souvenir, nombre de toiles ou de statues représentaient des hommes aussi grands et forts, sans qu'ils aient pour autant des *choses* aussi… énormes.

Kate l'avait vu en entier, à l'exception de la tête, mais quelle importance puisqu'elle la connaissait déjà. C'était le reste de son corps qui ne cessait de la hanter.

Il se tenait de dos, devant la psyché où il se reflétait, depuis sa large poitrine sur laquelle bouclait une toison brune autour de deux tétons cuivrés, jusqu'à son ventre plat et musclé. Deux creux marquaient le bas de ses reins, ses fesses étaient blanches et fermes, et… ses poils s'épaississaient autour de ce que, selon Kate, les peintres n'avaient jamais représenté à de telles dimensions, faute sans doute d'avoir trouvé le modèle adéquat.

Depuis, cette vision la poursuivait. Jusque dans ses rêves, malgré tous ses efforts pour la chasser de son esprit. Elle avait espéré que faire la lecture à Isabel lui changerait les idées, mais non. Même en lisant Dickens, elle continuait à y penser secrètement.

Isabel avait dû la reprendre plusieurs fois, lui faisant remarquer entre autres qu'elle avait sauté une page. Et c'était vrai.

— Vous allez bien, mademoiselle Mayhew ? s'était-elle inquiétée.

— Bien sûr, avait répondu Kate, trop vite. Pourquoi ?

— Vous semblez ailleurs et vos joues sont toutes roses.

Kate y avait posé la main et s'était aperçue que ses doigts semblaient frais sur sa peau en feu.

— Oh, c'est à cause de la chaleur. Nous devons garder les fenêtres fermées pour que vous ne preniez pas froid.

— Vous êtes peut-être en train de tomber malade, vous aussi, avait suggéré Isabel que cette perspective semblait ravir. Il se peut que ce soit bientôt mon tour de vous soigner, mademoiselle Mayhew. Ce serait tellement drôle !

— Voilà une idée très charitable de votre part, milady, avait répliqué Kate, amusée.

Quand elle se prépara, un peu plus tard, à se mettre au lit et vit son reflet dans le miroir, elle constata que la jeune fille avait raison. Ses joues étaient cramoisies et ses yeux, anormalement brillants. *Ils brillaient de sa récente découverte.* Elle ne pourrait plus jamais croiser le regard du marquis, maintenant qu'elle savait que sa poitrine était couverte de poils noirs qui descendaient en triangle jusqu'à son ventre, pour s'achever en pointe entre ses jambes où ils formaient une sorte de nid abritant, abritant… la chose la plus extraordinaire qui soit. Comment pourrait-elle s'asseoir à table en face de lui, sachant ce qui se cachait derrière ses vêtements ? Cette peau dorée, ces bras puissamment musclés, ce dos sculptural…

C'était une situation impossible !

Elle avait réussi à s'endormir, malgré ces pensées dérangeantes, mais elle s'était réveillée au milieu de la nuit en sueur, comme si elle venait de courir à perdre haleine. De plus, elle avait enlevé sa chemise de nuit sans s'en rendre compte…

Mais ces détails n'étaient pas aussi troublants que son rêve, et que cette main qu'elle avait découverte entre ses jambes, à son réveil.

Le pire étant que lorsqu'elle s'était empressée de la retirer, une petite pulsation sensible était demeurée à cet endroit. Et qu'elle s'était transformée en une sorte de brûlure…

Kate s'assit et ses cheveux se déployèrent autour de ses épaules. Elle secoua la tête pour tenter de clarifier ses idées.

C'est alors que quelque chose heurta la fenêtre. Elle faillit crier de surprise.

La vitre n'était pas brisée, mais un second projectile l'atteignit, et elle comprit que c'était ce bruit qui l'avait réveillée. Elle songea d'abord à des chauves-souris, puis comprit qu'il s'agissait de cailloux. Quelqu'un jetait des cailloux à sa fenêtre !

Elle se leva et se souvint juste à temps que sa chemise de nuit était roulée en boule sur l'un des oreillers. Elle l'enfila prestement et s'approcha d'une autre fenêtre qu'elle avait laissée ouverte, à cause de la douceur de la nuit.

Les trois ouvertures de sa chambre donnaient sur un jardin fleuri, à l'arrière de la maison, agrémenté d'un kiosque et d'une petite mare avec une fontaine. C'était un endroit reposant où elle se plaisait à passer un moment, à prendre son petit déjeuner ou son thé lorsque sa protégée n'avait pas besoin d'elle.

Se penchant sur la balustrade, elle aperçut la silhouette d'un homme blond, debout près d'un poirier. Elle recula aussitôt à l'intérieur, le cœur battant.

Elle n'avait pas vu distinctement ses traits, mais il ne pouvait s'agir que de Daniel Craven.

Personne d'autre ne s'y serait pris de cette manière pour entrer en contact avec elle. Mais comment avait-il su où se trouvaient ses fenêtres ? Et comment s'était-il introduit dans le jardin de lord Wingate ? Elle l'ignorait, mais une chose était sûre : il l'avait trouvée.

Et il allait la détruire.

Comment ? Elle ne le savait pas, mais il le ferait, d'une manière ou d'une autre. Comme il l'avait fait à deux reprises par le passé, alors qu'ils entretenaient pourtant des relations agréables – jusqu'à ce qu'il disparaisse avec tout cet argent.

Et jusqu'à la nuit de l'incendie, bien sûr.

Que voulait-il ? Que *lui* voulait-il ? À une époque, sept ans plus tôt, elle et plusieurs de ses amies admiraient le jeune et séduisant associé de son père. Elle avait même cru que, flatté par ce béguin d'écolière, il s'était plu à flirter avec elle.

Était-ce pour cela qu'il voulait la revoir ? S'imaginait-il qu'il pouvait reprendre ce flirt là où il l'avait laissé jadis, comme si de rien n'était ?

S'il savait que non seulement elle avait cessé de l'admirer mais qu'en outre, dans ses moments de faiblesse, elle le soupçonnait d'avoir assassiné ses parents...

Non, il devait avoir d'autres desseins. Daniel Craven était un manipulateur. En quoi pouvait-elle lui être utile, maintenant ? Elle n'avait plus d'argent. Projetait-il de duper lord Wingate comme il avait dupé son père, et de se servir d'elle comme complice ?

Eh bien, si c'était le cas, il...

Une autre pierre atteignit la vitre, plus fort que les précédentes. Kate tressaillit, certaine que le bruit allait réveiller toute la maisonnée, et même Isabel qui occupait la pièce voisine. Que faire ? Si lord Wingate découvrait ce qui se passait, il la renverrait. Une dame de compagnie ne pouvait décemment recevoir les visites nocturnes d'un gentleman...

Un nouveau choc retentit, encore plus violent. C'était un miracle que la vitre ne fût pas brisée.

Elle n'avait pas le choix. Si elle ne descendait pas, il allait alerter toute la maison. Déglutissant avec peine, elle mit son peignoir et enfila ses chaussons. Elle ouvrit ensuite sa porte. Le couloir était désert. Plutôt normal, à trois heures du matin. Avec un peu de chance, elle parviendrait à se débarrasser de lui et à remonter sans que personne s'aperçoive de rien.

Il y avait deux accès possibles aux jardins. L'un par la bibliothèque, l'autre par la salle où l'on prenait le petit déjeuner. Kate choisit le premier. La maison était plongée dans l'obscurité, mais elle n'avait pas besoin de bougie car la lune dispensait une lumière suffisante. Elle dépassa le bureau de lord Wingate et ouvrit la porte-fenêtre.

Elle vit alors l'intrus et se figea.

Ce n'était pas du tout Daniel Craven...

— Monsieur Saunders ! s'exclama-t-elle en sortant sur la terrasse, les poings sur les hanches, tandis qu'il s'apprêtait à lancer une autre volée de graviers sur ses vitres.

Surpris, il laissa tomber les cailloux et se tourna vers elle.

— Mademoiselle... mademoiselle Mayhew ? C'est vous ?

— Bien sûr que c'est moi !

Son soulagement était immense. Ce n'était pas Daniel Craven ! Merci, mon Dieu... Tandis que son cœur retrouvait un rythme normal, elle se reprochait déjà de s'être trompée. Elle avait encore cédé à la panique. Craven n'avait aucune raison – aucune – de chercher à la revoir.

Pas plus que Geoffrey Saunders n'était venu pour elle...

Kate descendit les marches qui menaient au jardin, son négligé diaphane bordé de dentelle l'enveloppant tel un halo mouvant.

— Monsieur Saunders, comment osez-vous venir ici en pleine nuit ?

Il la regardait fixement, ce qui lui donnait un air idiot. Il n'était plus séduisant du tout, en cet instant : simplement ahuri.

— Je... je...

— Si vous cherchiez lady Isabel, laissez-moi vous dire que vous feriez mieux d'apprendre à viser.

Il leva les yeux vers l'étage.

— Oh. Me serais-je trompé de chambre ?

— Il semblerait.

Kate n'aurait pas été aussi coupante si elle ne l'avait pris pour Daniel Craven et s'il ne l'avait tirée d'un certain rêve. À présent, elle était de fort mauvaise humeur.

— Vous devriez avoir honte ! Comment pouvez-vous vous introduire chez lord Wingate en pleine nuit, comme un voleur ?

Il lui sourit. Geoffrey Saunders était un charmeur.

— Que puis-je dire ? répliqua-t-il en haussant les épaules. Je suis un homme amoureux, mademoiselle Mayhew, et me voilà à votre merci. Il y a presque une semaine que je n'ai aucune nouvelle d'elle. M'a-t-elle oublié, comme une vieille paire de chaussettes ?

Kate renifla, sourcils froncés.

— Monsieur Saunders, vous auriez dû me dire tout de suite que vous étiez ivre. Épargnez-moi le grand jeu. Lady Isabel a pris froid et elle est alitée depuis cinq jours.

Son visage s'éclaira.

— C'est un rhume ? Bon sang, mademoiselle, vous êtes vraiment généreuse de me le dire. D'autres m'auraient laissé dans l'ignorance et... Je vous disais bien que nous ferions une bonne équipe, vous et moi.

Ses yeux descendirent vers son négligé.

— Puis-je ajouter que je trouve votre tenue étourdissante ? Vous auriez dû la porter chez la baronne. Tous les garçons vous auraient tourné autour et vous n'auriez pas su comment les tenir à distance.

Kate songea à le gifler, mais elle se contenta de croiser les bras sur sa poitrine car il essayait de sonder son décolleté. Elle avait cousu des plastrons à toutes ses robes de bal mais n'avait pas cru bon d'en faire autant pour ses vêtements de nuit, car personne n'était censé la voir ainsi vêtue.

— Monsieur Saunders, sortez de cette propriété immédiatement. Si j'apprends que vous tentez une fois de plus d'entrer en contact de cette manière avec lady Isabel, j'avertis lord Wingate.

— Mais pas dans cette tenue, j'espère. Car je crains que lord Wingate ne soit aussi incapable que moi de prêter attention à vos paroles, si vous...

— Dans ce cas, le coupa-t-elle en baissant les bras, vous ferez plutôt attention à *ça*.

Et elle écrasa le pied du jeune homme de toutes ses forces. Comme elle portait des mules à talons hauts et pointus, elle eut la satisfaction de le voir grimacer de douleur et se prendre la botte à deux mains.

— Considérez cela comme un tout petit échantillon de ce que pourrait vous infliger lord Wingate, s'il apprenait votre intrusion et votre conduite, monsieur, jeta-t-elle avec toute la hauteur dont elle était capable. Je crois d'ailleurs qu'il vous logerait une balle entre les deux yeux, et sachez que je ne verserais pas une larme à votre enterrement.

Sur ce, elle fit volte-face et remonta sur la terrasse, laissant M. Saunders sautiller à cloche-pied en essayant de ne pas crier. Une fois en sécurité derrière les portes-fenêtres verrouillées, elle l'observa un moment, préférant s'assurer qu'elle lui avait suffisamment fait peur pour qu'il escalade le mur du jardin et disparaisse. On ne savait jamais, avec les hommes désespérés : elle préférait attendre qu'il soit reparti...

À ce moment-là, elle entendit le loquet de la porte de la bibliothèque et se retourna d'un bond.

Un chandelier à la main, lord Wingate pénétrait dans la pièce.

15

— Lord Wingate, articula-t-elle quand elle eut recouvré l'usage de la parole.

Il lui lança un regard médusé. Il ne l'avait pas vue, et elle comprit trop tard qu'elle aurait pu s'esquiver incognito, si seulement elle n'avait rien dit.

D'un autre côté, s'il l'avait surprise à tenter de s'échapper, il aurait pu la soupçonner de cacher quelque chose.

Ce qui était le cas, assurément.

— Mademoiselle Mayhew ?

Il dut lever le chandelier pour la distinguer, près de la porte-fenêtre. Son regard s'agrandit et il lâcha le loquet.

— Mademoiselle Mayhew, répéta-t-il sur un ton de stupeur totale, comme si la dernière chose au monde à laquelle il s'attendait était de la croiser chez lui, alors qu'elle y vivait depuis plusieurs semaines. Que…

… *faites-vous dans ma bibliothèque à trois heures du matin ?* Dans son effarement, il n'acheva pas sa phrase et resta là, immobile, à l'observer. Il s'agissait certes d'une rencontre inattendue, d'autant plus qu'ils étaient tous deux en peignoir, mais la stupéfaction de son employeur lui semblait disproportionnée. Après tout, ce n'est pas comme s'il l'avait surprise nue.

Cette pensée rappela à Kate la dernière fois où elle avait vu lord Wingate, et son visage vira à l'écarlate. Seigneur Dieu ! Son rêve ! Elle l'avait presque oublié. Et voilà qu'ils se retrouvaient dans une bibliothèque, justement. Pas la même que celle du rêve, mais tout de même. De plus, ils étaient beaucoup moins habillés que la première fois.

Se rappelant qu'il attendait une réponse, elle dit la première chose qui lui passa par la tête.

— Ma chatte.

La perplexité de lord Wingate parut s'aggraver.

— Votre chatte, mademoiselle Mayhew ?

Elle s'efforça de s'exprimer avec toute la lucidité qui lui restait, c'est-à-dire pas beaucoup.

— Oui, j'ai entendu des chats se battre dans le jardin et j'ai pensé que lady…

Sa voix mourut quand elle se souvint qu'elle n'avait jamais révélé au marquis le nom ridicule qu'elle avait donné à sa pauvre chatte. Elle s'éclaircit la voix et corrigea :

— Que ma chatte s'était fait attaquer.

À la lueur du chandelier, elle vit lord Wingate hausser les sourcils. Cet éclairage lui donnait une apparence assez effrayante avec sa peau brune, ses cheveux noirs et ses traits taillés à la serpe. Effrayante et presque… satanique.

— Et ?

La question, formulée d'un ton autoritaire, l'extirpa de ses pensées.

— Et quoi ? demanda-t-elle stupidement.

— Eh bien, était-ce… votre chatte ? dit-il en faisant un effort de patience.

Kate jeta un coup d'œil par-dessus son épaule et réprima un gémissement. Cet imbécile de Geoffrey n'avait rien trouvé de mieux que de s'asseoir sur un banc et d'enlever sa botte pour examiner les orteils qu'elle avait écrasés, sans doute à la recherche d'une fracture. Quel idiot ! Tenait-il donc à recevoir une balle en pleine tête ? Parce que c'est ce qui arriverait si le marquis le trouvait là…

— Non ! lança-t-elle enfin en se retournant vers Traherne avec un petit rire. Ce n'était pas elle, heureusement.

Elle s'écarta de la porte-fenêtre afin de détourner son attention.

— Mais vous-même, milord ? Qu'est-ce qui vous amène ici à cette heure de la nuit ?

Comme elle l'espérait, il la suivit du regard, mais avec une certaine circonspection, comme s'il craignait qu'elle ne soit devenue folle. Peut-être s'attendait-il à ce que, d'un moment à l'autre, elle s'empare du tisonnier pour lui fracasser le crâne ?

— Je suis descendu, commença-t-il prudemment, parce que je n'arrivais pas à trouver le sommeil et que le livre que je suis en train de lire n'est pas particulièrement… reposant.

— Ah ?

Toujours mal à l'aise à l'idée qu'il s'approche du jardin, elle alla vers lui et regarda le livre qu'il sortait de la poche de sa robe d'intérieur.

— Oh, *Le Dernier des Mohicans*. Je vois ce que vous voulez dire.

Le regard de lord Wingate était rivé à son visage – ce qui, dans les circonstances présentes, convenait parfaitement à Kate.

— En vérité, j'ai du mal à y entrer. Je ne suis pas allé beaucoup plus loin que la préface.

— La préface ? répéta-t-elle en plissant le nez. Pourquoi vous embêtez-vous à lire les préfaces ?

Son étonnement semblait s'amplifier au fur et à mesure qu'elle parlait, mais maintenant qu'elle avait suffisamment détourné son attention de la porte-fenêtre, elle se moquait qu'il la prenne pour une ignorante qui sautait les préfaces. Elle tendit la main et lui prit le livre.

— Il vous faut quelque chose qui vous dispose au sommeil, milord. J'ai exactement ce que vous cherchez. Où sont rangés les S ?

À la lueur des flammes, les yeux du marquis paraissaient plus verts que jamais.

— Les quoi ?

— Les S. Vos livres sont rangés par ordre alphabétique, je présume ? dit-elle en désignant les rayonnages.

— Oh, oui. Par là, répondit-il en désignant ceux qui se trouvaient à droite de la cheminée.

— Parfait.

Elle glissa une main sous son bras en l'entraînant avec elle dans cette direction – une initiative audacieuse, certes, mais nécessaire. Il ne résista pas, et elle se dit que la nuit s'achèverait peut-être sans que le sang soit versé, finalement.

— Voyons... dit-elle en parcourant les ouvrages rangés sur les étagères qui couraient du sol au plafond. Pourriez-vous lever un peu le chandelier, milord ? Ah, voilà qui est mieux. Sab, Sal, Saw... Sc... Nous y sommes. Un peu plus haut, s'il vous plaît. Mon Dieu, je crains que nous ne soyons obligés de faire un brin d'escalade.

Elle ôta sa main de son bras et prit l'échelle à roulettes.

— Vous voulez bien me tenir ça ? dit-elle en lui tendant *Le Dernier des Mohicans*. Merci.

Sur ce, elle souleva le bas de sa chemise et se hissa sur les premiers degrés.

— Mademoiselle Mayhew, dit-il en jetant le livre un peu plus loin et en lui prenant le coude. Je suis tout à fait capable d'aller chercher mes lectures moi-même...

— Oh, ne vous en faites pas pour moi, milord.

De son perchoir, elle jeta un coup d'œil furtif dans le jardin et constata à son grand soulagement que M. Saunders avait remis sa botte et rajustait son chapeau. Quel stupide individu !

— L'altitude ne m'a jamais effrayée, ajouta-t-elle en reportant son attention sur les rayonnages.

Le marquis n'avait pas lâché son coude, mais elle était maintenant si haut qu'il avait du mal à la soutenir.

— Je vois ça, répliqua-t-il sèchement. Néanmoins, je me sentirais beaucoup mieux si vous me laissiez...

— Ah ! Nous y sommes, s'exclama Kate. *Ivanhoé,* de sir Walter Scott. Idéal pour les insomnies. Les passages avec Rebecca sont plaisants, mais le reste ennuyeux à mourir. C'est exactement ce qu'il vous faut.

— Oui, bon, je l'ai déjà lu, mademoiselle Mayhew, s'impatienta-t-il. À présent, si vous voulez bien descendre avant de vous rompre les os...

Un dernier coup d'œil au jardin lui permit de constater que M. Saunders avait fini par partir. Elle poussa un soupir de soulagement en se demandant pourquoi elle avait voulu protéger un crétin pareil.

— Tant mieux si vous l'avez déjà lu, dit-elle en commençant à redescendre. Il ne vous endormira que plus vite.

— Merci infiniment pour votre sollicitude, répondit-il en accentuant la pression de sa main sur son coude. Attention, mademoiselle Mayhew... vous avez failli mettre le pied sur... euh... votre robe...

— Mais je ne l'ai pas fait, rétorqua-t-elle avec légèreté.

C'est pourtant exactement ce qui arriva au moment où elle parlait. Sentant qu'elle perdait l'équilibre, son premier réflexe fut de se rattraper en saisissant un livre, mais il s'agissait d'une édition originale, fort chère de surcroît. Il eût été dommage de l'abîmer. Elle eut encore le temps de penser à l'embarras dans lequel elle se trouvait, et d'espérer que sa chemise de nuit ne se soulèverait pas dans sa chute, car bien entendu elle ne portait rien dessous.

Mais elle ne tomba pas : à la dernière seconde, le marquis la rattrapa.

Pour ce faire, il dut jeter le chandelier qui échoua bruyamment sur le sol. Avec le choc, les flammes s'éteignirent et ils se retrouvèrent dans le noir. Kate attendit que sa vision s'adapte à l'obscurité, quoiqu'il n'y eût pas grand-chose à voir, puisque son visage était pressé contre la poitrine de lord Wingate. Cette même poitrine qu'elle avait honteusement admirée un peu plus tôt, dans la psyché. Mais, d'aussi près, elle était beaucoup plus intéressante. Elle ne voyait certes pas grand-chose, mais elle *sentait*.

Lord Wingate portait une robe d'intérieur en satin et dessous, une chemise, semblait-il, dans une étoffe tout aussi douce. Et fine. Si bien qu'au travers, elle sentait le tapis de poils qui recouvrait son torse.

Cette épaisseur pilaire craquait imperceptiblement quand elle appuyait un peu, et elle percevait les battements de son cœur à travers les muscles d'acier contre lesquels était posée sa joue. Ils étaient aussi durs qu'elle l'avait imaginé. Et les bras d'athlète qui la faisaient rêver l'entouraient, aussi forts qu'elle le pensait. Ils supportaient son poids comme si elle n'avait pas pesé plus lourd qu'une plume.

De plus, si elle bougeait un tout petit peu, elle pouvait sentir la cuisse du marquis, puissante et sculpturale. Et puis, juste un peu sur la gauche, il y avait cette *chose*, qui était loin d'être aussi dure que le reste de son anatomie. Elle le savait car sa jambe l'avait touchée accidentellement, lorsqu'elle cherchait un appui.

Levant les yeux, elle découvrit ses lèvres, à quelques centimètres des siennes. Et son regard vert, parfaitement visible malgré la pénombre.

Elle sut alors qu'elle était perdue.

À son expression, elle comprit qu'il allait l'embrasser. Il la tenait dans ses bras, et leurs corps étaient pressés l'un contre l'autre, aussi étroitement que possible. Elle n'avait qu'à hausser les jambes et les enrouler autour de sa taille. Ce serait alors exactement comme dans son rêve, à la différence près qu'ils n'étaient pas nus…

Dieu du ciel ! À quoi pensait-elle ? Elle rougit violemment, espérant que la lune n'était pas assez claire pour qu'il le remarque. Comment pouvait-elle se remémorer ce rêve honteux à un moment pareil ? Elle devait reprendre ses esprits… Bon, il allait l'embrasser. Devait-elle le laisser faire ? Elle n'avait pas d'atlas à portée de main, il le savait. Et il allait l'embrasser. Il *devait* l'embrasser.

Elle en était là de ses réflexions quand une chose étrange se produisit. Cette mystérieuse sensation, cette pulsation entre ses jambes qui la taraudait au sortir de son rêve, se réveilla brusquement. Si brusquement qu'elle se sentit toute mouillée à cet endroit.

Elle n'était pas la seule à être affectée de cette manière. La chaleur qui émanait du marquis s'intensifia. Et cette… cette *chose* qu'elle trouvait molle un instant plus tôt, devint soudain dure comme le roc. Elle la sentait contre sa hanche.

C'était comme si elle se retrouvait plongée dans son rêve, à la différence qu'il était devenu réalité et qu'elle ne savait plus très bien si elle voulait ou non qu'il se réalise. Une part d'elle-même le désirait ardemment. Mais...

Mais la question ne se posait plus car, sans un mot, il la remit sur ses pieds et la lâcha.

— Tout va bien, mademoiselle Mayhew ? demanda-t-il poliment.

Si tout allait bien ? Son corps entier lui faisait mal, là où il avait été en contact avec le sien. Au lieu de l'embrasser comme il s'apprêtait à le faire, il s'était ravisé au dernier moment. Et il lui demandait si tout allait bien ? Eh bien non, cela n'allait pas du tout !

— Oui, répondit-elle cependant. Très bien, merci.

— Vous ne devriez pas grimper aux échelles vêtue comme vous l'êtes.

— Non, je ne devrais pas.

— Bon.

Il lui prit le livre qu'elle tenait toujours et ramassa le chandelier.

— Je vous remercie pour vos suggestions de lecture. À présent, nous ferions mieux de regagner nos chambres. Il est tard. Ou tôt, selon le cas.

Kate hocha la tête et il l'invita à la précéder. Sur le chemin, lord Wingate en profita pour lui exprimer sa satisfaction devant le changement qui s'était opéré chez sa fille. Il lui demanda si elle se plaisait chez lui, et si elle avait besoin de quelque chose.

Oui. De vous, répondit-elle mentalement.

— Non, dit-elle tout haut. Merci.

Puis elle fut chez elle, et le marquis partit. Elle se retrouva seule... non, pas seule. Lady Babbie était roulée en boule au pied de son lit.

Machinalement, Kate dénoua la ceinture de son peignoir, ôta ses mules et, avant de se glisser entre les draps frais, se débarrassa aussi de sa chemise de nuit. Elle resta étendue un moment, les yeux ouverts, réfléchissant à ce qui lui arrivait. Comment avait-elle pu rester dans les bras du marquis et le désirer aussi violemment ? Avait-elle oublié qu'il était un débauché et un goujat qui brisait le cœur des femmes ? N'était-ce pas ce que Freddy lui avait dit ?

Comment avait-elle pu lui tendre ses lèvres de façon aussi scandaleuse ? Comme si elle l'implorait de l'embrasser ! Était-elle devenue folle ?

Oui, il semblait bien. C'était la vue de son corps nu qui lui avait fait perdre la tête. Il avait suffi d'un regard sur ce qui se cachait sous ces gilets en satin et ces pantalons élégants, pour que la sage Katherine Mayhew devienne une femme habitée par la luxure.

Et elle n'était même pas sûre qu'il lui plaisait…

Bon, d'accord, il lui plaisait. Mais elle n'était pas amoureuse de lui, ça non ! Elle le désirait. Rien de plus.

Avec un soupir, elle rabattit les draps sur son visage. Elle n'était pas près de s'endormir.

16

La baronne leva sa lorgnette.

— Elle est ravissante, milord. Vraiment, c'est la plus jolie fille de la soirée.

Suivant le regard de la vieille dame, James ne put qu'acquiescer. Elle avait raison. Et elle n'était pas seulement la plus jolie ce soir-là. Elle était *toujours* la plus jolie.

— Elle a une telle grâce, un tel charme ! Elle ne restera pas célibataire longtemps, lord Wingate, croyez-moi.

Comme s'il ne le savait pas.

— Je ne peux m'empêcher de penser que mon fils, Headley, serait l'homme idéal pour elle. Entre nous, ils ne sont ni l'un ni l'autre des intellectuels. Je doute qu'ils aient ouvert un livre depuis qu'ils ont quitté l'école.

James regarda la baronne avec stupeur et comprit, un peu honteux, qu'elle parlait d'Isabel, non de Katherine Mayhew. Réflexion faite, c'était logique. Kate se tenait en retrait, comme sa position l'exigeait, et la baronne Childress ne se souciait pas de marier les dames de compagnie. C'était donc à Isabel qu'elle faisait allusion depuis le début.

Visiblement, cette femme n'avait pas toute sa tête.

Non qu'Isabel ne possédât un certain charme, mais la baronne n'avait pas les yeux en face des trous si elle ne voyait pas que la seule qui méritait de tels compliments était le chaperon de sa fille.

— Ils iraient merveilleusement bien ensemble, continuait-elle. Et n'allez pas croire, lord Wingate, que je suis pleine de vieux préjugés, comme beaucoup de mes pairs. Je pense que dans votre cas, le divorce était la meilleure solution.

Non. C'était *lui* qui était fou.

Cette folie était venue graduellement, mais elle avait maintenant un réel empire sur lui. Que ferait-il ici, à ce bal affligeant, s'il avait toute sa raison ? N'avait-il pas engagé Mlle Mayhew pour escorter Isabel dans ce genre de divertissements ? Oui, c'était bien de la démence. Elle avait commencé à s'emparer de lui le soir où, malgré la pluie battante, il avait quitté son fauteuil douillet pour aller s'assurer que personne n'importunait le chaperon de sa fille. Il y avait tant d'êtres sans scrupule, prêts à abuser ou à profiter des demoiselles innocentes. Cette initiative aberrante lui avait seulement permis de constater qu'il n'était pas le seul à l'admirer. Et qu'il ne serait pas non plus le dernier.

— Bien sûr, mon mari a des idées tout autres, vous n'êtes pas sans le savoir. Je pensais pourtant parvenir à le rallier à mon point de vue...

James s'attendait à éprouver une certaine satisfaction à vérifier que ses soupçons étaient fondés. Il avait surpris deux « gentlemen » la poursuivant de leurs assiduités. Mais cela n'expliquait absolument pas la rage qui l'avait alors submergé.

Cette rage à l'état pur, qu'il n'avait pas éprouvée depuis des lustres.

Il ne s'était pas demandé tout de suite pourquoi le fait de savoir qu'il n'était pas le seul à la trouver ravissante le mettait dans une colère pareille. Au début, il s'était seulement dit qu'une dame de compagnie après laquelle couraient tous les chauds lapins de Londres, ne lui serait pas d'une grande utilité...

— Lord Wingate, dit la baronne en posant une main sur son bras, comme si elle avait deviné qu'il ne l'écoutait pas. Permettez-moi de vous parler de l'héritage de Headley. Il a une rente annuelle de trois mille livres qui lui vient de mon pauvre père. Ce n'est certes pas énorme, mais le baron a l'intention d'augmenter cette rente si Headley épouse une femme convenable. Et votre fille, bien sûr, s'avère éminemment convenable…

Disait-elle la vérité, ce soir-là, en affirmant que Freddy Bishop n'était qu'un ami de la famille ? Sans doute. Katherine Mayhew n'était pas du genre à mentir. Pourtant ses parents ne pouvaient être que des commerçants, ou des enseignants. Il avait du mal à croire qu'ils soient amis d'un comte. Lui-même était marquis et n'avait aucune relation en dehors de son milieu.

Quant à l'autre… Craven, qui était-il ? Un associé d'affaires de son père ? Ridicule. Pourquoi, dans ce cas, aurait-elle pâli à sa vue ? Il y avait autre chose, et il avait la ferme intention de découvrir ce dont il s'agissait.

Pour Bishop, il pensait avoir deviné ce qui les liait. Si ce dernier s'était immiscé dans sa famille malgré son rang inférieur, c'était évidemment pour les beaux yeux de Kate. Et surtout, pour sa jolie bouche.

James lui-même avait par tous les moyens tenté d'oublier cette bouche. Il s'était appliqué à éviter Kate, passant toutes ses journées, et même certaines nuits, à son club. Un endroit qu'il n'avait jamais apprécié.

Il lui avait en tout cas fourni le moyen de s'échapper de chez lui, où il risquait à chaque minute de tomber sur Mlle Mayhew. Mlle Mayhew qui, sans qu'il comprenne pourquoi, l'attirait comme l'air aspirait la flamme.

Et la seule chose qu'il n'avait pas tenté de faire était d'éteindre cette flamme.

Pendant tout ce temps, ce n'étaient pas les propositions qui lui avaient manqué. Sara Woodhart n'avait pas renoncé à lui, et beaucoup d'autres lui avaient fait des appels du pied : l'épouse d'un membre du Parlement, une ballerine, et même une princesse à la vertu contestable mais de noble sang russe. Il n'avait pas été intéressé.

Ce manque d'attrait pour les choses de la chair l'inquiétait par-dessus tout, car ce n'était pas que les femmes ne l'attiraient plus, mais qu'il n'en voulait qu'une seule.

Et cette femme lui était inaccessible.

Comment un homme comme lui, à la réputation aussi condamnable, pouvait-il songer à débaucher la dame de compagnie de sa fille ? Elle était redoutablement jolie. Terriblement séduisante.

Cela n'avait rien à voir avec sa personnalité. C'était son apparence qui le charmait, pas sa bonté d'âme. Non. La bonté n'était plus considérée comme un trait de caractère important chez les jeunes filles, de nos jours. Ce qui n'empêchait pas la jeune fille en question de glisser une pièce dans la main d'enfants en haillons, dans la rue, ou bien de porter le lourd fardeau de personnes âgées. Il avait pu le constater à maintes reprises.

Sa patience sans limites n'ajoutait rien non plus à ses attraits, que ce soit envers les Sledge – à sa place, il les aurait envoyés définitivement en Papouasie-Nouvelle-Guinée – ou envers sa fille, qu'il avait eu plus d'une fois envie de cravacher alors que Mlle Mayhew n'avait jamais employé un mot dur à son endroit.

Ce n'étaient pas non plus ses manières irréprochables : elle était aussi courtoise envers les domestiques qu'envers les aristocrates. Ni sa franchise étonnante, son bon sens à toute épreuve. De plus, elle ne criait jamais et ne faisait jamais de caprices. Ni son rire qui, parfois, lui parvenait de la chambre d'Isabel.

Ce n'était pas non plus parce que, lorsqu'il lui parlait, il avait l'impression qu'elle l'écoutait et lui répondait avec la qualité la plus rare qui soit : l'honnêteté.

D'ailleurs, comment aurait-il pu y croire quand tant de femmes lui avaient menti, à commencer par sa propre épouse ?

Non, ce n'était que son physique et rien d'autre. D'accord, il n'avait jamais été séduit par une fille d'aussi petite taille, aussi blonde et aussi... virginale. Pourtant, quelque chose en elle l'attirait comme jamais aucune femme ne l'avait attiré jusqu'ici.

Ce devait être à cause de sa bouche. Certains jours, il ne pensait qu'à cette maudite bouche. Bon, le fait que Mlle Mayhew semblait encline à déambuler dans la maison dans des tenues de nuit diaphanes et presque transparentes, y était peut-être aussi pour quelque chose. Comment était-il parvenu à ne pas la culbuter sur son bureau et la violer de dix façons différentes ? Le mystère demeurait entier. Sans doute était-il encore capable de se contrôler.

Mais cela n'avait pas été facile. Il lui avait fallu un énorme effort de volonté pour la poser tranquillement par terre, après qu'elle fut si miraculeusement tombée dans ses bras. Lorsque cette bouche, qui le hantait jour et nuit depuis le premier jour où il l'avait vue, s'était retrouvée si proche de la sienne, il avait failli céder à son obsession et l'embrasser.

Et elle se serait laissé faire. Il en avait la conviction, car elle tenait un livre mais n'avait fait mine à aucun moment de l'en menacer.

Pourtant, à la dernière seconde, il avait renoncé à l'embrasser.

Pourquoi ?

Parce qu'il était fou, voilà tout. Complètement fou.

— Et vous n'avez pas à vous en faire, milord, continuait la baronne. Il est vrai que nous avons eu quelques problèmes financiers, oui... le baron avait investi dans ces mines de diamants en Afrique, il y a quelques années, et vous savez ce qui s'est passé. Mais le capital que vous donnerez à votre fille restera à elle. Nous sommes plutôt progressistes, voyez-vous. Même le baron commence à penser que les femmes sont capables de gérer leurs propres finances... enfin, avec l'aide d'un comptable, bien sûr.

— Baronne Childress, intervint soudain le marquis.

Elle lui offrit un sourire confiant.

— Milord ?

— Si votre fils... Headley, c'est bien cela ? Headley, donc. Si par malheur Headley s'approche un tant soit peu de ma fille, lady Childress, je l'étripe de mes mains. Vous avez bien compris ?

La baronne pâlit sous sa couche de poudre.

— Lord Wingate... s'exclama-t-elle en vain, car il l'avait déjà plantée là.

Il se faufilait comme il pouvait à travers la foule en s'aidant des coudes, car il avait remarqué que Mlle Mayhew n'était plus seule. Un jeune homme aux cheveux blonds venait de la rejoindre. Et pas le comte de Palmer, comme il l'avait espéré – car il se serait fait un plaisir de l'envoyer au sol d'un crochet du droit et de s'essuyer les pieds sur sa figure –, mais l'autre, Craven. Celui dont l'apparition l'avait tant bouleversée.

James ne connaissait pas ce type. Il n'avait même jamais entendu parler de lui, ce qui était assez normal dans la mesure où il ne connaissait plus grand monde et ne s'intéressait plus aux rumeurs depuis longtemps. Néanmoins, il se réjouissait de l'intimider comme il le méritait. La pâleur, la nervosité dont Mlle Mayhew souffrait à nouveau était une raison suffisante.

— Oh, oui, disait-elle de cette voix rauque si particulière, inattendue chez une personne de sa taille et qui le troublait au-delà des mots. Lady Babbie a survécu. Ils l'ont trouvée dans un placard, une fois l'incendie maîtrisé.

Craven le vit le premier et lança avec un enthousiasme exagéré :

— Tiens, quelle surprise ! Regardez, Katie, votre ami est là.

« Katie » se tourna vivement dans son siège.

— Oh, fit-elle en retrouvant non seulement des couleurs mais en s'empourprant violemment, à la grande surprise du marquis.

Elle se leva aussitôt et se mit à triturer le cordon de soie de son réticule.

— Je… balbutia-t-elle. Je…

James l'ignora – autant qu'il était capable d'ignorer Katherine Mayhew – et tendit la main à Craven.

— On dirait que cela devient une habitude. Je crois que je vais devoir me présenter moi-même. James Traherne, marquis de Wingate.

Craven lui serra la main, mais d'une poigne moins vigoureuse.

— M. Daniel Craven, répondit-il avec un agréable sourire.

Il reposa sa main sur le dossier de Kate, ce qui exaspéra James.

— Vous visez haut, Katie. Mais pourquoi se contenter d'un comte quand on peut avoir un marquis, hein ?

La rougeur qui venait d'incendier les joues de Mlle Mayhew s'évanouit. Elle sembla chanceler, comme si sa grossièreté l'avait frappée de plein fouet, mais avant que James ait pu lever le poing pour l'envoyer dans la figure de Craven, elle expliqua faiblement :

— Lord Wingate est mon employeur, Daniel. Je suis la dame de compagnie de sa fille, Isabel.

Craven avisa le poing serré du marquis.

— Pardon, je ne voulais offenser personne, milord. Katie et moi sommes de vieux amis. Je plaisantais, c'est tout...

— Je ne crois pas que Mlle Mayhew apprécie vos plaisanteries, monsieur Craven. Et moi, encore moins. Je vous conseille de trouver quelqu'un d'autre à taquiner.

Craven était aussi grand que James, et presque aussi fortement charpenté. En cas de bagarre, il était difficile de dire qui des deux aurait été vainqueur. Si ce n'est que le marquis n'avait jamais perdu un combat de toute sa vie, et que cette éventualité ne lui effleurait même pas l'esprit. Il se ferait un plaisir d'envoyer l'insolent au tapis, mais une bagarre dans le salon de lady Tetmiller n'était pas le meilleur moyen de trouver un mari à Isabel. En revanche, elle le soulagerait peut-être de la tension qui ne le quittait plus depuis plusieurs semaines...

Craven, en tout cas, ne fit rien qui pût l'aider en ce sens.

— Je suis désolé, vraiment. Je vous prie de m'excuser si je vous ai paru discourtois.

Il sembla alors apercevoir un visage connu, parmi la foule.

— Tiens, voilà Barnes. Pardonnez-moi de vous quitter si vite...

Et il s'en alla, à la grande déception de James mais au grand soulagement de Kate.

— Mademoiselle Mayhew, qui est cet homme pour vous ?

Le soulagement fut de courte durée. Cette question ramena des ombres dans son regard.

— Je vous l'ai dit, il était l'associé...

— De votre père, oui.

Devinant qu'il n'en apprendrait pas davantage sur le sujet, il ajouta :

— Bon, s'il vous importune de nouveau, ayez l'amabilité de me le faire savoir.

— De vous le faire savoir? répéta-t-elle, surprise. Mais... pourquoi?

Il sourit de sa naïveté.

— Laissez-moi faire.

— Vous ne pouvez pas le tuer, milord, répliqua-t-elle, se révélant moins naïve qu'il ne le croyait.

— Ah non? J'espère que vous n'allez pas me dire que vous êtes amoureuse de lui, mademoiselle, alors que de toute évidence cet homme vous fait peur.

— Non, il ne me fait pas peur, prétendit-elle en relevant le menton. Et vous ne pouvez pas le tuer.

— Vraiment?

Malgré lui, il remarqua à quel point son air rebelle lui seyait. Elle était la seule jeune fille de la soirée à ne pas arborer des rosettes et de la dentelle, des rubis ou du velours.

Et pourtant, elle était la plus belle de toutes.

La plus jolie femme que James ait jamais connue, cela ne faisait aucun doute.

Voilà pourquoi le soir où il l'avait rencontrée, celui où elle l'avait menacé avec son parapluie, il aurait dû s'enfuir à toutes jambes.

— Cela causerait un terrible scandale, et votre fille en serait réduite à épouser Geoffrey Saunders car aucun autre ne voudrait plus d'elle.

James réfléchit à cette réponse, pendant que Kate semblait soudain prise d'un intérêt extrême pour le contenu de son réticule. Il se rendit compte alors que c'était leur première rencontre depuis l'incident de la bibliothèque, une semaine plus tôt, et il supposa qu'elle était troublée par sa présence. C'était bien naturel. Elle était jeune et inexpérimentée. C'était à lui de la mettre à l'aise, de lui faire comprendre que rien n'avait changé entre eux.

Enfin, pas grand-chose.

— Je présume qu'Isabel va bien, continua-t-il tandis qu'elle extirpait une petite montre en or de son sac et se mettait à l'examiner de plus près que nécessaire. Ne se fatigue-t-elle pas à trop danser ?

— Oh, non, répondit-elle en laissant retomber la montre dans son sac, n'osant toujours pas le regarder. Cet après-midi, le médecin l'a déclarée complètement guérie. Je crains que sa dévotion pour M. Saunders ne se soit aggravée.

— Je vois.

Pourquoi ne le regardait-elle pas ? Son embarras le mettait mal à l'aise. S'il était resté dans sa chambre à poursuivre sa lecture du *Dernier des Mohicans,* cette nuit-là, il n'aurait pas surpris Mlle Mayhew en négligé, et il ne saurait pas maintenant que le corset qu'elle portait ne lui était d'aucune utilité. Sa taille était d'une finesse extrême qui ne devait rien aux baleines, et ses seins, qui disparaissaient en cet instant sous des épaisseurs de soie, étaient certes menus mais d'une rare perfection. Non seulement il les avait vus en transparence – franchement, quel genre de chaperon se promenait en robe de nuit transparente ? – mais il les avait sentis à travers la finesse du tissu. Leurs petites pointes durcies l'avaient comme brûlé à travers ses vêtements. Depuis, il ne cessait de se demander ce qu'il éprouverait en les prenant dans sa main.

Kate jouait maintenant avec un fil de son gant. Était-elle en colère après lui, ou simplement gênée ? Se serait-il trompé en s'imaginant qu'elle partageait son désir ?

Sa virginité ne faisait aucun doute pour lui, mais il ignorait comment l'on séduisait une vierge. Il craignait de l'effrayer. Son expérience avec Elizabeth ne lui était d'aucune utilité sur ce point, car la nuit de leur mariage, il avait découvert qu'elle n'était pas aussi pure qu'il le croyait et que l'avait laissé entendre sa robe de mariée blanche.

Finalement, il déclara soudain :

— Mademoiselle Mayhew, tout ce que je puis dire, c'est que si cet homme ou n'importe quel autre vous importune, je me ferai un plaisir de veiller à ce que cela cesse.

Elle le regarda enfin, mais comme on regarde un être que l'on croit mentalement déficient.

— Lord Wingate, je vous ai dit que M. Craven n'était rien pour moi, tout juste un ancien…

— Peut-être, la coupa-t-il en se baissant pour lui parler à l'oreille, à cause du bruit.

Ce faisant, il remarqua que cette oreille était charmante, minuscule et d'une netteté irréprochable, comme le reste de sa personne.

— Mais je crois que ses intentions envers vous sont un peu plus qu'amicales…

Avant qu'elle ait pu ouvrir son adorable bouche pour répondre, quelqu'un tira sur sa manche.

— Lord Wingate ? s'enquit une voix familière.

Refusant de mettre un terme à sa conversation avec Mlle Mayhew, il secoua la tête, mais la femme accrochée à sa manche insista.

— Milord… James !

Il reconnut cette façon de prononcer son prénom. Il l'avait entendu ainsi chuchoté souvent au creux de l'oreiller, au milieu des draps défaits…

Son sang se glaça dans ses veines. Que faisait-elle ici ? Elle n'avait sûrement pas été invitée à un bal de débutantes. Il est vrai que parfois, certaines hôtesses invitaient n'importe quelle personnalité en vue pour s'assurer que la soirée serait un succès.

Même des comédiennes.

— Ne vas-tu pas me présenter à ta nouvelle petite amie, James ? minauda Sara en glissant la main au creux de son bras.

Il baissa les yeux sur elle. Comme toujours, Sara était maquillée à la perfection et elle portait une robe exquise. Qui croirait, à la voir, que sous cette poitrine généreuse et largement exposée battait « un cœur brisé par sa cruelle disparition », comme elle n'avait cessé de le lui écrire ?

Pas James, en tout cas. Aussi répondit-il sèchement en ôtant sa main de son bras :

— Non.

Les yeux de Sara noircis au khôl clignèrent. Elle afficha un air de biche blessée qu'elle avait longuement répété devant sa glace. À une époque, il s'était amusé à la regarder s'entraîner.

— James, voyons... Est-ce ainsi que l'on traite une vieille amie ?

— Bien sûr que non, intervint Mlle Mayhew sans laisser à James le temps de répondre. Mais voyez-vous, je ne suis pas la nouvelle petite amie de lord Wingate, madame Woodhart. Je suis la dame de compagnie de sa fille.

Une nouvelle expression s'inscrivit sur les traits de l'actrice, que James reconnut comme de la suspicion.

— Tiens, sa dame de *compagnie*, vraiment... ?

— J'ai vu une affiche de vous dans *Macbeth*, il y a quelques mois, madame Woodhart. Voilà pourquoi je vous ai reconnue.

— Tiens donc, répliqua-t-elle en haussant démesurément les sourcils.

Ce n'était pas bon signe, James le savait. Cela signifiait qu'elle allait jeter quelque impertinence. Pour venir au secours de Mlle Mayhew et s'éviter à lui-même un embarras, il saisit prestement le bras de l'actrice.

— Mme Woodhart accepterait-elle de me faire le plaisir de cette danse ?

— Certainement, James.

Mais il ne parvint toutefois pas à l'entraîner assez vite sur la piste, car elle eut le temps de lancer, suffisamment fort pour que Kate entende :

— Eh bien, je vois maintenant ce qui a occupé tout ton temps ces dernières semaines, James...

Kate entendit, bien sûr. Et tout le monde autour d'eux. C'était ce que Sara voulait. Elle se considérait comme l'offensée, dans l'histoire, même si James lui avait rappelé plus d'une fois que c'est elle qu'il avait surprise avec un autre. Il s'était toujours vanté d'avoir gardé des relations amicales avec ses anciennes conquêtes – à l'exception de sa femme, bien sûr. Avec Sara Woodhart, cela n'avait pas été possible.

Et il ne mesura à quel point l'acrimonie qui en avait résulté était tenace, qu'au moment où il reçut sa main dans la figure, à la fin de la valse. Il venait de déclarer qu'il n'y avait plus de place pour elle dans sa vie, et que si elle osait de nouveau lui adresser la parole dans un bal où il accompagnait sa fille, il veillerait à ce que les soutiens financiers dont bénéficieraient les pièces où elle paraîtrait soient supprimés.

La plupart des invités et surtout l'hôtesse assistèrent à la scène, ou tout au moins entendirent-ils le bruit retentissant de la gifle. Et tout le monde vit Sara quitter les lieux d'un pas rageur, ses jupes s'agitant furieusement de droite et de gauche.

Y compris Kate Mayhew.

17

Pelotonnée dans l'encoignure de la voiture, Isabel déclara d'un ton rêveur :

— Geoffrey a dit qu'il avait quelque chose à me demander.

Assise en face d'elle, Kate ne répondit pas. Son esprit était ailleurs.

— Vous m'entendez, mademoiselle Mayhew ? J'ai dit que Geoffrey avait quelque chose à me demander.

— M. Saunders, corrigea machinalement Kate. Il est vulgaire de désigner un jeune homme par son prénom, à moins qu'il ne soit de la famille.

— D'accord. M. Saunders a quelque chose à me demander.

— Bon, commença Kate, s'efforçant de cacher à la jeune fille combien elle était préoccupée. Mais pourquoi ne vous l'a-t-il pas demandé ce soir, si c'est si important ? Il en avait l'occasion. Vous avez dansé je ne sais combien de fois avec lui.

— Quatre fois.

— C'est bien ce que je disais. Il en a eu l'occasion plus d'une fois. Je ne peux m'empêcher de penser que l'intelligence du jeune M. Saunders est un peu limitée.

Isabel ne s'offensa nullement de cette remarque.

— Je suppose qu'il ne me l'a pas demandé ce soir, parce qu'il préfère une atmosphère plus romantique que le bal de lady Tetmiller, mademoiselle Mayhew.

À nouveau, Kate ne répondit pas tout de suite. Elle ne cessait de penser à un événement qui s'était produit juste avant qu'elles quittent le bal. Alors qu'il n'avait plus reparu depuis que lord Wingate l'avait menacé, Daniel Craven avait surgi de derrière une colonne et avait saisi son poignet pour l'attirer à l'abri des regards :

— Katie ? s'était-il enquis, l'air inquiet. Tout va bien ? D'après l'attitude de lord Wingate, j'ai eu l'impression que... peut-être...

Cette fois, elle ne s'était pas laissé déconcerter par sa brusque apparition.

— Je vais très bien, monsieur Craven. J'aimerais seulement que...

— M. Craven ? s'était-il récrié en lui prenant la main. Je me souviens d'une époque où j'étais Daniel.

Regardant leurs mains jointes, elle avait répliqué :

— Je m'en souviens aussi, monsieur Craven, mais c'était il y a longtemps. Avant l'incendie, si ma mémoire est bonne...

— Ce maudit incendie ! avait-il explosé. Comment peut-il avoir changé les choses, au point que vous n'ayez plus de temps à consacrer à vos vieux amis ?

Elle l'avait considéré avec étonnement.

— Voyons, monsieur Craven, vous devriez savoir que cet incendie a tout changé. Vous étiez là, après tout, non ?

Il avait brusquement lâché ses mains comme s'il venait de se brûler.

— Que voulez-vous dire ? avait-il demandé trop vite, ses yeux pâles fixés sur elle. Je n'étais pas là, Kate. Je n'étais pas...

Elle n'avait pas entendu la suite car Isabel, qui venait de perdre un gant, l'avait appelée.

À présent, elle se demandait avec consternation comment elle avait pu lui parler de sa présence, la nuit de l'incendie. À quoi pensait-elle ? Il n'était pas là. Elle avait rêvé...

— Vous ne trouvez pas, mademoiselle Mayhew, que les bals de lady Tetmiller manquent singulièrement de romantisme ? reprit Isabel.

— De... romantisme ?

Kate se ressaisit tant bien que mal.

— Étant trop vieille pour espérer attirer l'attention d'un homme, je ne me sens guère qualifiée pour répondre à cette question.

— En tout cas, j'en connais au moins un que vous intéressez grandement, mademoiselle Mayhew… Mais revenons à moi, voulez-vous ? Je crois que Geoffrey va me demander en mariage.

— Et où habiterez-vous, tous les deux ? M. Saunders doit plus d'argent qu'il n'en a, vous le savez très bien.

— Je n'aurai qu'à convaincre papa de payer ses dettes, rétorqua Isabel avec un haussement d'épaules. Et Geoffrey et moi repartirons à zéro.

— Votre père préférerait vous voir épouser un Papou de Nouvelle-Guinée plutôt que Geoffrey Saunders.

— Oh, je le ferai changer d'avis. Je pense qu'il fera tout ce que je voudrai, après la scène embarrassante de ce soir.

Kate regarda délibérément par la fenêtre.

— Je ne vois pas ce que vous voulez dire, mentit-elle.

— Voyons, mademoiselle Mayhew, ne prétendez pas n'avoir rien vu. Mme Woodhart l'a giflé tellement fort qu'on a dû l'entendre jusqu'à Newcastle. Je n'ai jamais été aussi mortifiée de toute ma vie. Vraiment. Selon mes amis, il a dû faire une allusion libidineuse qui l'a offensée.

Kate haussa les sourcils en reportant son attention sur la jeune fille.

— Libidineuse ?

— Oui. N'est-ce pas un mot délicieux ? Je l'ai appris dans l'un de vos livres, je ne sais plus lequel.

Kate se tourna de nouveau vers la fenêtre.

— À mon avis, ils se sont seulement querellés. Mme Woodhart est une comédienne, je pense qu'elle affectionne les gestes un peu théâtraux. Je suis sûre qu'il ne s'agissait de rien de « libidineux ».

— Ils ne se disputaient pas. Papa l'a laissée tomber il y a des mois. Il n'a pas eu de maîtresse depuis votre arrivée à la maison, mademoiselle Mayhew.

Kate parut brusquement captivée par le spectacle d'une calèche qui passait.

— Je me demande comment vous pouvez être au courant de ces choses-là, murmura-t-elle.

— Ce n'est pas compliqué : Duncan me l'a dit.

— Vous ne devriez pas écouter les bavardages des domestiques, lady Isabel.

— Mais, à la maison comme dans tout Londres, c'est évident pour tout le monde qu'il est amoureux de vous, mademoiselle Mayhew.

Kate tourna des yeux horrifiés vers la jeune fille.

— Lady Isabel !

— Quoi ? C'est la vérité.

Blottie dans son coin, Isabel lui fit penser à lady Babbie lorsque celle-ci venait d'attraper une souris particulièrement dodue. Sauf qu'elle ne ronronnait pas.

— Vous avez sûrement remarqué comment il vous évite, pour apparaître ensuite partout où nous allons. Il ne peut pas s'en empêcher, et vous savez pourquoi ? Parce que vous êtes irrésistible, mademoiselle. Comme le chocolat.

— Lady Isabel ! Je vous prie de cesser immédiatement de plaisanter sur ce sujet. Ce n'est pas respectueux pour votre père, et ce n'est pas gentil pour moi.

— Même Mme Cleary a remarqué l'autre jour que cela ne lui ressemblait pas de sauter le dîner, continua Isabel comme si elle n'avait rien entendu. Selon elle, cela fait bien trois mois qu'il n'en a pas pris un seul à la maison. Or, il y a exactement trois mois que vous êtes arrivée, mademoiselle Mayhew. Il vous évite certainement parce que le seul fait de vous regarder éveille en lui des désirs frénétiques.

Comprenant que plus elle protesterait, plus Isabel insisterait, Kate se contenta de dire :

— Où avez-vous pêché cette expression ? Certainement pas dans l'un de mes livres.

— Papa n'est jamais resté trois mois sans maîtresse. Son record a été de six semaines, mais seulement parce qu'il s'était blessé en tombant de cheval. S'il n'était pas vraiment amoureux de vous, mademoiselle, il aurait trouvé une remplaçante à Mme Woodhart.

— Ah, nous arrivons à Park Lane, prononça Kate, la gorge serrée.

Dieu merci !

— Nous pourrions peut-être faire un double mariage, continua Isabel, pensive. Papa et vous, Geoffrey et moi. Ne serait-ce pas charmant, mademoiselle Mayhew ? Nous donnerions une réception superbe. Vous allez très bien ensemble, tous les deux. Vous, si petite et si souriante, et lui, si grand et si bougon.

Kate estima qu'elle ne pouvait éluder le sujet plus longtemps.

— Lady Isabel ! J'espère que vous n'êtes pas sérieuse. Vous ne pouvez décemment penser qu'un homme dans la position de votre père songerait à épouser quelqu'un comme moi.

— Pourquoi pas ? répliqua Isabel le plus sérieusement du monde. Ce n'est pas comme si vous étiez une actrice ou... ou une danseuse de ballet.

— Les marquis n'épousent pas les dames de compagnie de leur fille, déclara gravement Kate.

— Mais si, quand le marquis en question est mon père et que la dame de compagnie, c'est vous, mademoiselle Mayhew.

La voiture s'arrêta, et Kate se propulsa littéralement hors de son siège pour fuir l'habitacle confiné et les propos de la jeune lady.

Elle put à peine regarder le valet de pied qui l'aida à descendre. Doux Jésus, Bates pense-t-il que lord Wingate est amoureux de moi ?

Elle se posa la même question lorsque, dans le hall, M. Vincennes lui demanda aimablement si elle avait besoin de quelque chose.

Oh non ! Pas Brigitte ! se lamenta-t-elle quand, une fois en sécurité dans sa chambre, elle entendit le rire de la servante dans la pièce voisine.

Elle se glissa nue dans son lit. Depuis le jour où elle avait surpris lord Wingate au sortir du bain, elle ne portait plus de chemise de nuit, puisqu'elle la retrouvait invariablement relevée jusqu'au cou, à son réveil. Dans ce cas, mieux valait ne pas s'en encombrer. Pour la énième fois, elle se demanda pourquoi elle ne laissait pas tout tomber et n'épousait pas Freddy. Tout serait tellement plus simple. D'accord, elle ne l'aimait pas, mais elle commençait à douter que l'amour soit une chose tellement agréable. Et puis, il n'avait pas renouvelé sa proposition, ces derniers temps. Leur relation s'était quelque peu refroidie depuis l'allusion à cette soprano vénitienne.

Le problème – en dehors de celui de la mère de Freddy –, c'est qu'un mariage ne chasserait pas pour autant lord Wingate de ses pensées. Il ne les quittait pour ainsi dire jamais depuis leur rencontre nocturne dans la bibliothèque, une semaine plus tôt. Il ne serait pas correct d'épouser Freddy en sachant qu'elle était amoureuse d'un autre… si toutefois ce qu'elle éprouvait pour le marquis était de l'amour. Kate n'était pas sûre qu'il s'agisse du terme adéquat. L'expression d'Isabel, « désir frénétique », semblait plus appropriée.

Elle s'endormit plus vite que d'habitude et rêva de son employeur, comme toutes les nuits – cette fois, ils étaient tous deux sur l'échelle de la bibliothèque, nus, bien sûr – quand un bruit familier la tira de son sommeil. Elle s'assit aussitôt et tourna les yeux vers la fenêtre.

Oui, il s'agissait bien du bruit du gravier contre la vitre. Il était revenu ? Malgré ses menaces ? Sans doute voulait-il faire à Isabel son intolérable demande.

Eh bien, cette fois, il le regretterait ! Elle allait appeler lord Wingate ! Non, mais !

Rejetant ses draps, elle enfila hâtivement sa chemise de nuit et son négligé, mais elle songea qu'elle ne pouvait décemment réveiller lord Wingate. Un duel s'ensuivrait inévitablement, car le marquis n'était pas homme à régler une telle affaire par une simple réprimande verbale.

Non, elle préférait prendre la situation en main.

Mais quand elle ouvrit la porte-fenêtre menant au jardin, elle comprit son erreur.

Ce n'était pas Geoffrey Saunders, mais Daniel Craven.

— Ah, vous voilà enfin, dit-il en jetant les graviers qu'il s'apprêtait à lancer sur les carreaux. Dieu merci, j'avais peur de m'être trompé de fenêtre.

Incapable d'émettre un son, Kate le dévisageait sans mot dire. Il devait être ivre, il n'y avait pas d'autre explication.

— J'espère que vous ne m'en voulez pas, continua-t-il en essuyant ses doigts sur son pantalon. J'ai demandé à ce garçon, celui dont est tellement éprise votre petite lady Isabel, quelle était la meilleure façon d'entrer en contact avec vous, sans passer par votre ogre d'employeur. Vous n'êtes pas fâchée, n'est-ce pas ?

Kate secoua la tête, non en réponse à sa question mais parce qu'elle ne parvenait pas à y croire.

— Qu'est-ce que vous faites ici ? parvint-elle enfin à articuler.

— N'est-ce pas évident, Kate ? répondit il avec un sourire destiné à la rassurer mais qui lui glaça le sang. Il fallait que je vienne. Après ce que vous avez dit ce soir…

— Qu'est-ce que j'ai dit ? Que diable ai-je pu dire qui ait pu vous inciter à faire une chose aussi... aussi stupide ?

— Stupide ?

Son sourire s'évanouit.

— En quoi mon désir de vous voir est-il stupide, Kate ?

— Vous pouvez me voir dans la journée, comme tous les gens normaux, en sonnant à la porte. Mais ce que vous faites, c'est… de la folie, Daniel. J'ai besoin de cet emploi. Vous êtes bien placé pour savoir combien j'en ai besoin. Que cherchez-vous ? À me faire renvoyer ?

Il sembla se détendre un peu.

— Bien sûr que non, voyons. Mais vous avez entendu votre… lord Wingate. Il n'a pas l'air de m'apprécier beaucoup. Je ne crois pas qu'il m'aurait laissé vous voir par les moyens normaux. À quoi pensiez-vous pour accepter de travailler pour un homme comme lui, Kate ?

— Il est très gentil et je vous prie de garder vos opinions pour vous. De toute façon, je n'avais pas le choix.

Certains d'entre nous sont obligés de travailler pour gagner leur vie. Nous ne possédons pas tous des mines de diamants.

Il tressaillit comme si elle l'avait giflé.

— Kate… commença-t-il d'une voix qui se voulait tendre.

— Franchement, Daniel, vous feriez mieux de partir.

— Kate ! Comment pouvez-vous dire cela ? Nous avons tant de choses à rattraper, vous et moi. Par exemple, je ne vous ai jamais dit combien j'étais désolé pour ce qui s'est passé… entre votre père et moi. Ce qu'il a dit de moi n'était pas vrai. Je comprends que vous ayez choisi sa parole contre la mienne, mais je vous jure que je n'ai pris l'argent de personne. Je ne lui en veux pas d'avoir cherché un bouc émissaire et…

— Êtes-vous en train de suggérer que c'est mon père qui l'a pris ? l'interrompit-elle froidement.

— Seigneur, non ! Je ne sais pas où cet argent est passé. Je vous le jure, je n'en sais rien. C'était sans doute lâche de ma part de partir comme ça, mais… j'ai cru que c'était la meilleure chose à faire, à l'époque. Ensuite, je l'ai regretté, vous ne savez pas à quel point. Tout comme j'ai regretté de n'avoir pas été là pour vous après… après le… après l'incendie. Ce terrible incendie. Votre père était un grand homme, Kate. Un très grand homme malgré ce que… ce que tout le monde pense.

Tout en parlant, il s'était rapproché d'elle à pas lents, prudents. Elle, en revanche, avait reculé et elle se retrouva le dos contre la porte-fenêtre.

— Vous devriez partir, Daniel.

— J'ignorais que votre père avait pris les choses aussi mal. Je veux dire que… jamais je ne l'aurais cru capable de se tuer, et d'entraîner votre pauvre mère avec lui…

Kate faillit lui jeter à la figure les soupçons qu'il lui inspirait. En fait, elle s'apprêtait à les lui révéler, à l'accuser en dépit de toute prudence – car sa raison lui disait qu'elle se trompait – lorsque le visage de Daniel se décomposa brusquement.

L'instant d'après, il fit volte-face et partit en courant vers le mur du fond. Elle resta là, se demandant ce qui l'avait effrayé à ce point, quand le bruit du loquet de la porte-fenêtre se fit entendre derrière elle, suivi de la voix de son employeur. Une voix vibrant de colère.

— Mademoiselle Mayhew. Puis-je vous parler un instant ?

18

Kate se retourna en sursautant :

— Je peux vous expliquer…

Mais les mots moururent sur ses lèvres. Le marquis était livide, les lèvres retroussées, les narines dilatées. Ses yeux luisaient comme deux flammes.

Kate émit un son inarticulé, puis quelque chose jaillit de l'obscurité où se tenait le marquis, et elle se rendit compte trop tard que c'était sa main. Sa main qui venait de se refermer autour de sa taille. Elle regretta aussitôt de ne pas s'être enfuie derrière Daniel Craven.

Elle s'aperçut alors qu'il avait défait sa cravate et ouvert presque tous les boutons de sa chemise, si bien que son torse recouvert de poils bruns s'offrait à sa vue. Elle se demanda bêtement s'ils étaient doux sous les doigts, et si ses muscles étaient aussi fermes qu'elle l'imaginait. Elle n'eut toutefois pas le temps de s'attarder sur ces interrogations : il la souleva promptement du sol et la ramena à l'intérieur.

Kate, qui avait d'ordinaire la langue bien pendue, se retrouva sans voix tandis qu'il refermait la porte-fenêtre d'un coup de pied. La fureur qui transparaissait dans son regard était hors de proportions.

— N'est-ce pas votre chat que je viens d'apercevoir dehors avec vous, mademoiselle Mayhew ? Désolé, mais je crains que cette excuse ne soit pas suffisante, cette fois. J'ai vu avec qui vous étiez, alors ne me faites pas l'affront de me mentir !

Il sentait le whisky. En revanche, elle n'aurait su dire s'il était ivre. Il n'en avait pas l'air, en tout cas. Il articulait normalement et se tenait droit sur ses jambes. Alors pourquoi se comportait-il comme un mari jaloux ?

— Vous auriez dû me faire savoir que la compagnie masculine vous manquait, continua-t-il. Je ne suis peut-être pas aussi séduisant que lord Palmer, mais au moins, vous ne seriez pas obligée de sortir en pleine nuit pour me voir.

Ainsi donc, lord Wingate se trompait. Il croyait que c'était Freddy qui était venu la voir, pas Daniel Craven. Leur blondeur, dans l'obscurité, avait prêté à confusion…

Que faire ? Dans son état de fureur et d'ébriété probable, il risquait de ne pas la croire si elle rétablissait la vérité. Mais elle n'eut pas temps de s'interroger davantage car tout à coup, elle se retrouva plaquée contre lui tandis qu'il s'emparait de ses lèvres.

Kate avait rêvé de ce moment, mais la réalité dépassait tout ce qu'elle avait pu imaginer. Dans ses rêves, le marquis n'avait pas des favoris qui piquaient la peau tendre de son visage, ses lèvres n'étaient pas aussi dures et insistantes sur les siennes, et il ne plongeait pas sa langue dans sa bouche d'une manière aussi osée.

Dans ses rêves, il ne la serrait pas si fort contre lui et ses mains ne se promenaient pas dans son dos pour la palper à travers le fin tissu du négligé. Et jamais, jamais elles ne s'approchaient à ce point de sa poitrine.

Mais c'était ainsi, avec les rêves. Parfois, la réalité était préférable.

À l'instant où elle sentit les doigts du marquis sur ses seins, elle écarquilla les yeux. Que… que faisait-il ?

La réponse, bien sûr, s'imposa dans son évidence. Il commençait à lui faire l'amour. Férocement.

Et elle aimait ça.

Kate avait déjà été embrassée, mais pas de cette manière, bien sûr. Jamais elle n'avait laissé un homme la toucher comme le marquis était en train de le faire… Elle n'avait même jamais désiré que cela se produise. À sa grande honte, elle s'aperçut qu'elle adorait cela. Elle s'était même haussée sur la pointe des pieds, tout en nouant les bras autour de son cou, de façon à se prêter à ses caresses. Et dès qu'il avait mis sa langue dans sa bouche, la sienne était allée à sa rencontre. Quel genre de fille laissait un homme lui faire ces choses ?

À ce moment-là, elle devint incapable de penser davantage car la main qui s'était refermée en coupe autour d'un sein se mit en mouvement, et son peignoir se retrouva Dieu sait comment sur le sol. À présent, il pressait ses deux seins dans ses paumes tout en l'embrassant sans retenue, explorant minutieusement sa bouche avec sa langue. Elle perdit le souffle et chancela, d'autant qu'elle se tenait quasiment sur la pointe des pieds…

S'avisant de sa détresse, il résolut facilement ce problème en glissant les mains sous ses fesses pour la soulever à sa hauteur. À ce stade, il parut tout naturel à Kate de nouer les jambes autour de sa taille, puisque c'était ce qu'elle faisait dans son rêve.

À la différence que dans son rêve, elle se réveillait à ce moment-là et ne sentait pas cette chose extrêmement dure qu'il avait entre les jambes. Elle ne se pressait pas non plus contre cette chose avec un certain enthousiasme, comme sa position l'y incitait. Il émit un son étrange, entre le cri plaintif et le gémissement, et elle s'enhardit.

Comme il occupait tout son champ de vision, elle ne se rendit compte de l'endroit où il l'emmenait que lorsqu'elle se retrouva assise sur une surface plane et dure. Le bureau. Ce n'était pas là qu'ils faisaient l'amour dans son rêve, mais elle commençait à le trouver bien pâle, ce rêve, comparé à la réalité !

D'autant plus que, sans lâcher ses lèvres, le marquis remonta sa chemise de nuit et la fit passer par-dessus sa tête.

Puis, à sa grande déception, il cessa de l'embrasser. À la lumière de la lune, elle s'aperçut qu'il la contemplait, debout, sa chemise à la main. Sans doute aurait-elle dû essayer de se couvrir. Elle était complètement nue, après tout. Mais elle estima qu'ayant elle-même eu l'avantage de le voir dans le plus simple appareil, la moindre des choses était de lui rendre la politesse.

De plus, sa façon de la regarder lui plaisait infiniment. C'était comme s'il était incapable de détacher les yeux de son corps. Alors elle se laissa légèrement aller en arrière et s'appuya sur ses mains pour qu'il puisse la détailler à loisir. Il poussa un nouveau gémissement, jeta la chemise de nuit par terre et revint vers elle, mais non pour poser sa bouche sur la sienne. Cette fois, c'est sur le bout d'un sein qu'il la posa.

Surprise par cette initiative, Kate sursauta et faillit perdre l'équilibre, sous l'effet de la chaleur que ce baiser particulier faisait naître dans tout son corps. Jamais elle n'avait rien éprouvé de semblable. L'étrange sensation d'impatience entre ses jambes jaillit avec force quand sa langue entama une petite valse autour d'un téton, puis de l'autre. Plongeant les doigts dans ses cheveux, elle renversa la tête en arrière jusqu'à ce que sa chevelure balaie la surface du bureau. Vraiment, c'était trop bon...

Mais cela n'avait rien de comparable avec ce qu'elle ressentit lorsque le marquis glissa ses doigts entre ses jambes. À nouveau, elle faillit tomber, mais il avait posé une main sur sa nuque et il la soutint, tandis que ses lèvres descendaient le long de sa gorge. En même temps, il appuyait sur le point exact où elle avait elle-même appuyé, dans son rêve. Stupéfaite qu'il ait deviné que c'était exactement là qu'elle aimait qu'il la caresse, elle ouvrit la bouche pour exprimer son étonnement mais il lui imposa le silence d'un baiser. Sa langue l'envahit, et elle estima que sa question n'était pas si importante, tout compte fait.

En revanche, l'envie de toucher ces épaules qu'elle avait subrepticement aperçues lui sembla beaucoup plus urgente, et elle glissa une main sous sa chemise. La douceur de sa peau, là où elle n'était pas recouverte de cette troublante toison brune, la surprit. Comme s'il comprenait sa curiosité, il se débarrassa de sa chemise et de sa veste, avec une telle hâte que le bruit d'une déchirure se fit entendre.

Il la prit alors entre ses bras nus et la ramena contre lui pour un nouveau baiser à couper le souffle. Ce que sentait maintenant Kate entre ses jambes n'était plus son doigt, mais son érection. Elle en devinait la puissance à travers le tissu du pantalon, la sentait impatiente de se libérer de ce carcan. Alors elle décida de l'en débarrasser, bien qu'elle n'eût pas la moindre idée de la façon dont on ouvrait un pantalon d'homme. Elle promena sa main sur le devant, à la recherche d'une ouverture, mais elle dut lui faire mal car il s'écarta soudain dans un sursaut. Il la regarda ensuite comme si elle venait de le choquer.

Du moins c'est ce qu'elle crut comprendre, car elle ne distinguait pas son expression. Il se tenait le dos à la porte-fenêtre, son visage était plongé dans l'ombre. Elle vit ses mains se mouvoir, au bout d'un moment. Puis, miraculeusement, le pantalon disparut. Le marquis la reprit dans ses bras, et cette chose qu'elle avait si ardemment voulu libérer se pressa... entre ses jambes.

C'est alors que Kate comprit la sensation de son rêve, cette impatience, ce sentiment de vide... Il s'agissait du besoin inassouvi d'être pénétrée par le marquis. Et, si ce que sentaient ses doigts qu'elle avait glissés entre eux ne la trompait pas, il était tout à fait capable de remplir cette mission.

Plus que capable, même. Elle n'en demandait pas tant, mais sans doute ne pouvait-il pas réduire ce dont la nature l'avait doté, alors elle n'allait pas faire la difficile.

Elle leva la tête pour lui demander tout de même s'il pouvait ou non faire quelque chose, mais il referma de nouveau sa bouche sur la sienne, rendant toute conversation impossible. Il lui parut alors que... il grossissait encore dans sa main. Mais oui ! Ça alors, elle n'en revenait pas. Elle le pressa entre ses doigts, de bas en haut, de haut en bas, pour s'en assurer. Cela ne faisait aucun doute. Cela grossissait.

Avant qu'elle comprenne ce qui lui arrivait, il la saisit à la taille et l'attira à l'extrême bord du bureau, jusqu'à ce que leurs ventres se touchent. Pendant que sa langue envahissait de nouveau sa bouche, il s'immisça entre ses jambes.

Au début, Kate l'accueillit avec joie. Il allait enfin combler ce manque, calmer le feu qui la dévorait. Oui, c'était bon, tellement bon... Mais tout à coup une violente douleur la fit sursauter, lâcher sa bouche, enfoncer ses ongles dans ses épaules. Elle dut se mordre les lèvres pour ne pas crier.

C'était trop tard. Il l'avait déchirée, et maintenant elle allait sûrement mourir ! Affolée, elle s'accrocha à lui, les larmes aux yeux, certaine qu'elle allait trépasser d'un instant à l'autre. Ici même, dans ses bras.

Mais une seconde passa, et la douleur s'estompa un peu.

— Mademoiselle Mayhew, murmura alors le marquis dans ses cheveux.

Contre toute attente, elle se mit à rire.

— Je crois que, au point où nous en sommes, vous feriez mieux de m'appeler Kate.

— D'accord, Kate, dit-il en levant la tête pour la regarder.

Il dut voir ses larmes, car il prit son visage entre ses mains et les essuya avec les pouces.

— Merveilleuse Kate, chuchota-t-il en appuyant son front contre le sien. Kate, répéta-t-il encore avec une note de désespoir dans la voix.

Et, comme s'il ne pouvait s'en empêcher, comme s'il luttait pour y parvenir mais sans succès, il entra plus profondément en elle...

Ce n'était plus douloureux, constata Kate alors que, ses mains toujours en coupe autour de son visage, il s'emparait de ses lèvres comme pour étouffer une protestation éventuelle. Elle ne songea même pas à en émettre, tandis que les mouvements de sa bouche et de sa langue se conjuguaient pour mettre ses sens en ébullition. Non seulement elle ne souffrait plus, mais elle adorait le sentir en elle. C'était bon. Plus que bon. C'était ce qu'elle avait attendu toute sa vie.

Peut-être n'allait-elle pas mourir, finalement.

Non, décida-t-elle un instant plus tard lorsqu'il se mit à se mouvoir en elle, doucement au début, puis de plus en plus vite. Elle ne mourrait pas. Mais peut-être était-elle déjà morte et commençait-elle son ascension vers le paradis ?

Voilà ce que provoquait la sensation de l'avoir en elle aussi profondément. Elle enroula les jambes autour de ses reins et s'agrippa à lui de toutes ses forces, comme s'il était la seule chose stable en ce monde empli de confusion. Il avait beau se démener avec une ardeur sauvage, elle ne le lâchait pas. Se servant de ses mains pour amortir le contact de son dos sur le bureau, il se pencha sur elle sans interrompre son va-et-vient.

Et ce qu'elle avait ressenti en appuyant son doigt entre ses jambes en pensant à lui, se reproduisit. Mais pas de la même façon. Oh, non... mille fois, dix mille fois plus fort.

Ce fut comme si l'échelle céleste qui l'avait conduite au sommet explosait en une myriade d'étoiles d'or et qu'elle tombait, tombait...

Mais la chute était divine, délicieuse, langoureuse. Des ailes d'anges l'effleuraient de la tête au pied... partout... encore et encore...

Puis elle ouvrit les yeux. Elle était sur le bureau de lord Wingate, dans la bibliothèque. Haletant, le marquis était couché sur elle de tout son poids.

Oh, non... murmura une petite voix dans sa tête.

19

— Désormais, vous n'êtes plus la dame de compagnie d'Isabel, décréta lord Wingate, allongé près d'elle dans le grand lit à baldaquin.

Kate contemplait le ciel de lit bleu, qui atteignait presque le plafond de la chambre du marquis, déjà très haut.

— Pourquoi ?

Depuis qu'elle avait pris conscience de ce qu'elle avait fait, elle ne cessait de se demander comment elle avait pu laisser une chose pareille se produire.

— Eh bien, vous ne voulez pas avoir vos soirées libres ? s'enquit lord Wingate de cette voix traînante et un peu rauque qu'il avait depuis qu'ils avaient fait l'amour pour la première fois, quelques heures plus tôt. Pour les passer avec moi ?

— Oh… oui. Bien sûr.

— Il y a tant de choses que je souhaite vous montrer.

Il se tenait sur le flanc, la tête sur une main. De l'autre, il lui caressait doucement la hanche. Il semblait incapable de s'empêcher de la toucher. Tantôt il enroulait les doigts dans ses cheveux, tantôt il caressait ses joues, lui prenait la main. C'était ainsi depuis que, dans la bibliothèque, après l'orage de la toute première passion, il avait relevé son visage jusque-là blotti au creux de son cou en murmurant :

— Vous êtes à moi…

Rien d'autre. Ces simples mots : *vous êtes à moi*.

Bien entendu, elle ne s'attendait pas à une demande en mariage ou à une déclaration d'amour, ni même à des remerciements. Mais ces paroles avaient produit sur elle un curieux effet. D'autant qu'il les avait prononcées avec une conviction farouche, tel un conquérant barbare revendiquant le butin gagné au cours d'une bataille. À la différence près que le marquis de Wingate, malgré cette virilité qui le caractérisait, n'était pas un barbare… même s'il lui arrivait, de temps en temps, de lancer des choses – ou des gens – par les fenêtres.

En tout cas, Kate ne se considérait pas comme un butin.

Certes, il éprouvait une satisfaction qu'elle-même partageait. Tout au moins physiquement.

Émotionnellement, en revanche, elle était convaincue qu'elle venait de commettre la plus grosse erreur de sa vie.

Lord Wingate ne semblait pas éprouver ces doutes. En fait, depuis l'instant où il avait déclaré si triomphalement qu'elle lui appartenait, il ne cessait de parler de leur avenir. Un avenir où elle ne serait plus la dame de compagnie de la fille, mais… la maîtresse du père.

— Tout de suite après le petit déjeuner, nous commencerons à chercher une propriété. J'ai entendu dire qu'il y a de jolies maisons dans Cardington Crescent. Aimeriez-vous habiter là-bas ?

— Pourquoi ne puis-je rester ici ?

— Eh bien, parce que les gens parleront, Kate. Et nous ne voulons pas qu'Isabel sache ce qui se passe entre nous, n'est-ce pas ?

Elle reporta son attention sur le ciel de lit. Cela lui faisait mal de regarder le corps nu de James. Elle le trouvait terriblement attirant et elle avait envie de lui, bien qu'ils aient fait l'amour… un nombre incalculable de fois. Il n'était pas seulement un amant extrêmement habile et ardent, il était aussi attentionné, doux, gentil. Après avoir proclamé qu'elle était « à lui », il l'avait soulevée du bureau avec d'infinies précautions et l'avait emmenée dans ses bras jusqu'à sa chambre.

Il avait ensuite lui-même préparé un bain chaud – à trois heures du matin, il n'avait pas voulu réveiller les domestiques. Puis il l'avait tendrement lavée, avant de se laver lui-même, comme pour faire disparaître les traces de leur crime. Mais à peine l'avait-il enveloppée dans une serviette qu'ils récidivaient. Dans le grand lit du marquis, cette fois.

Il l'avait caressée en répétant qu'elle était superbe, en l'embrassant comme s'il ne pouvait s'arrêter. Comment aurait-elle pu résister ? Se soustraire à tant d'attentions coupables, certes, mais tellement exquises ?

Mais ce qu'il lui proposait maintenant n'avait plus rien d'exquis.

Elle roula sur le ventre.

— Dois-je comprendre, lord Wingate, que je ne reverrai plus votre fille ?

— Pour l'amour du Ciel, Kate, dit-il en prenant une mèche de ses cheveux et en la glissant entre ses lèvres, appelez-moi James.

— Pas même pour lui rendre visite, James ? Ou passer un après-midi avec elle ?

Il ne répondit pas. Bouleversé de l'entendre prononcer son prénom, il l'attira contre lui et se remit à l'embrasser. La bouche de Kate était meurtrie par l'avalanche de baisers qu'il lui avait prodigués durant la nuit, mais elle ne put se résoudre à le repousser. Quand il l'embrassait, elle oubliait tout le reste.

Lorsqu'il s'écarta d'elle, peu après, et la contempla à la lueur des bougies, elle répéta :

— Alors je ne reverrai plus votre fille, c'est bien cela ?

— Ce ne serait pas convenable, étant donné les circonstances, répondit-il en laissant courir un doigt le long de sa gorge. Mais ne vous inquiétez pas pour elle, je lui trouverai un nouveau chaperon, de sorte que vous et moi… puissions nous retrouver la nuit… pour…

Elle n'eut pas besoin de lui demander d'achever sa phrase car il la termina lui-même de la plus éloquente des manières : en capturant le bout d'un sein entre ses lèvres. Et en taquinant de la langue la pointe si sensible.

Kate glissa les doigts dans son épaisse chevelure.

— Je vais donc devoir rester toute la journée dans ma maison en attendant que vous veniez me voir, le soir ?

— Hmm, dit-il.

— Je risque de m'ennuyer, toute seule...

Il releva la tête et lui sourit. Et ce sourire était tellement beau qu'elle sentit son cœur chavirer.

— Seule ? Vous ne serez pas seule puisque j'engagerai les meilleures gouvernantes de Londres, pour vous. Sans parler du cuisinier, du majordome, des valets et des cochers... Je vous vois déjà, dans votre phaéton noir à intérieur jaune. Aimeriez-vous un phaéton, Kate ? Avec un couple de chevaux à robe grise assortie à la couleur de vos yeux ?

— Sans doute. Et je n'aurai rien d'autre à faire ?

— C'est cela qui vous ennuie ?

Il se mit à rire et l'embrassa de nouveau.

— Vous aurez un tas de choses à faire, mademoiselle. J'y veillerai. À commencer par l'obligation de me rendre aussi heureux que cette nuit. Cette tâche vous prendra beaucoup de votre temps. Quant à être seule, n'y comptez pas trop car je m'arrangerai pour être avec vous aussi souvent que possible. Mais si vous craignez vraiment de vous ennuyer, continua-t-il en lui pinçant le bout du nez, je pourrai peut-être vous acheter une boutique de fleurs. Non, mieux, une librairie ! Ce serait parfait, vous aimez les livres. Kate, souhaiteriez-vous vous occuper d'une librairie ? Devenir une femme d'affaires ?

Elle le regarda, mais ne put lui donner la réponse qu'elle avait sur le bout de la langue : « Non, merci. Je n'ai pas envie de devenir une femme d'affaires. Ce que j'aimerais, c'est devenir votre femme. »

Bien sûr, elle n'exprima pas ce souhait à haute voix, puisqu'il n'avait pas l'intention de l'épouser. Ni maintenant, ni jamais.

Elle le savait, pourtant. Freddy lui avait dit que le marquis de Wingate avait juré de ne pas se remarier. Il n'avait aucune intention de mettre son cœur – et son nom – en péril une deuxième fois.

Et à supposer qu'il lui ait demandé sa main, elle n'aurait pas accepté, de toute façon. Comment aurait-elle pu ?

Elle avait commis la plus énorme bêtise de sa vie. Pas en faisant l'amour avec lui, non. Cela, ce n'était rien.

Ce qu'elle avait fait était beaucoup, beaucoup plus grave.

Elle était tombée amoureuse de lui.

Quelle idiote !

Pendant des années, elle s'était convaincue qu'elle était incapable de tomber amoureuse. Elle doutait même que l'amour existât. Bien sûr, elle avait aimé ses parents, et Freddy aussi, à sa manière. Elle avait même eu un béguin pour Daniel Craven, durant un temps.

Mais cette excitation dont parlait toujours Isabel, cette fièvre qui la poussait à noircir des pages avec des poèmes, ou pire à composer des chansons – des chansons ! Non, ce n'était pas pour elle. Elle avait trop les pieds sur terre pour en arriver là.

Ces débordements, on les trouvait dans les livres. Mais l'amour ? Le véritable amour ? On ne le rencontrait pas dans la vie réelle, à moins d'être très chanceux…

Pourtant, cela lui était arrivé. Elle avait rencontré l'amour. Mais elle ne considérait pas cela comme une chance. C'était même tout le contraire.

— Je vous trouve bien sérieuse, commenta le marquis en effleurant ses lèvres d'un doigt. Je crois même ne vous avoir jamais vue aussi grave. À quoi pensez-vous ?

Comment lui avouer ce qu'elle pensait ? Elle n'en avait pas le courage. Si elle lui disait qu'elle ne pouvait rester avec lui, qu'elle ne pouvait accepter ce qu'il lui proposait, il s'efforcerait de la convaincre. Et il y parviendrait, car il recommencerait à l'embrasser et ses baisers avaient sur elle un pouvoir terrible.

Heureusement, elle n'eut pas à répondre car il s'exclama soudain :

— Mais, suis-je bête ! Vous êtes épuisée et vous vous demandez quand je vais me décider à vous laisser enfin dormir. C'est chose faite, ajouta-t-il en s'asseyant pour souffler les bougies.

Il s'allongea ensuite près d'elle, l'attira contre lui de façon à sentir son dos contre son torse.

— Dormez, maintenant. Une journée chargée nous attend demain, Kate.

La joue contre son bras, ce bras musclé dont elle n'aurait jamais rêvé qu'un jour il lui servirait d'oreiller, elle garda le silence. Et resta les yeux grands ouverts. Même un peu plus tard, quand il l'embrassa tendrement sur la joue en murmurant son nom. Avec une douceur extrême. Avant de s'endormir.

Alors elle se mit à pleurer, sans un bruit. Elle craignit que les larmes qui mouillaient son bras ne le réveillent. Mais il ne bougea pas. Sa respiration devint de plus en plus profonde et régulière.

Au bout d'une vingtaine de minutes, elle souleva son bras, se dégagea et se glissa hors du lit. Ne trouvant pas ses vêtements de nuit, elle regagna sa chambre comme elle était, c'est-à-dire nue.

L'aube approchait et le cuisinier n'allait pas tarder à se lever pour préparer le petit déjeuner. Kate n'avait pas beaucoup de temps. Elle s'habilla et n'emballa que ce qu'elle pouvait emporter. Elle enverrait chercher le reste de ses affaires. Lady Babbie n'apprécia pas du tout d'être mise dans un panier à cette heure matinale, mais Kate n'avait pas le choix. Elle espérait seulement que ses miaulements ne réveilleraient pas toute la maisonnée quand elle quitterait sa chambre pour descendre.

Une fois sur le seuil, elle se retourna pour jeter un dernier regard derrière elle. Sur le lit où elle n'avait pas dormi cette nuit, elle avait laissé une lettre adressée à lady Isabel. Celle-ci la trouverait certainement lorsqu'elle ferait irruption dans sa chambre pour discuter avec elle du programme de la journée. À cette pensée, les yeux de Kate s'emplirent de larmes. Elle s'empressa de sortir et referma la porte derrière elle.

Il n'était pas cinq heures du matin, mais il y avait déjà du monde dans la rue et elle n'eut aucun mal à trouver un fiacre.

Deuxième partie

20

James s'assit à sa place habituelle, à la table du petit déjeuner. Il déplia le journal que Vincennes avait déposé à son intention et se plongea dans sa lecture. Il avait peu dormi mais se sentait en grande forme.

Bientôt, Isabel apparut et se laissa tomber sur la chaise à l'autre bout de la table. Elle semblait de mauvaise humeur.

Il attendit quelques instants que Kate fasse son apparition, comme elle en avait l'habitude, un court moment après sa fille. Elle s'asseyait entre eux, en milieu de table. Mais, au bout de quelques minutes, il ne put s'empêcher de demander :

— Mlle Mayhew dort, ce matin ?

Sachant fort bien que c'était sa faute si elle était fatiguée, il sourit, sans éprouver l'ombre d'un repentir.

— Mlle Mayhew n'est pas là.

Il faillit s'étrangler avec son café.

— Pas là ? répéta-t-il. Que veux-tu dire ?

Isabel jeta un œil sur l'assiette de haddock que Vincennes lui présentait avec un grand geste stylé.

— Précisément ce que tu as entendu : elle n'est pas là. Elle a été obligée de nous quitter. Non, je ne veux pas de haddock, je prendrai des œufs.

Le journal de James lui tomba des mains.

— Obligée de nous quitter ? Qu'est-ce que cela signifie, Isabel ?

Elle le considéra.

— Elle ne t'a pas laissé une lettre, à toi aussi ?

— Non, répondit-il, de plus en plus mal à l'aise. Elle ne m'a pas laissé de lettre.

Pourquoi l'aurait-elle fait ? Quand il s'était réveillé seul dans son lit, il avait supposé qu'elle avait regagné discrètement sa chambre pour ne pas susciter les bavardages des domestiques. Jamais il ne lui était venu à l'esprit qu'elle…

Non, ce n'était pas possible. Elle ne pouvait pas être partie !

Isabel avala une bouchée d'œufs, fit la grimace et reposa sa fourchette.

— Eh bien, dans la mienne, elle m'explique qu'elle doit nous quitter pendant un moment. Elle vient d'apprendre qu'un de ses parents est très malade. Je me demande comment elle a pu recevoir cette nouvelle, puisque le facteur n'est pas encore passé.

James se tourna vers le majordome.

— Vincennes, un messager a-t-il apporté une lettre pour Mlle Mayhew, ce matin ?

— Non, milord.

— Le plus étrange, c'est que Mlle Mayhew n'a jamais mentionné aucun parent, commenta Isabel. Elle disait que sa seule famille, c'étaient ses livres.

— Ses quoi ?

— Ses livres. Parce que plus aucun membre de sa famille n'était encore en vie. C'est pourquoi je m'étonne de l'apparition soudaine de ce parent malade. Il n'y a pas de lait, Vincennes ? Non, je ne veux pas de crème, je veux du lait.

— Est-ce que Ka… Mlle Mayhew a-t-elle dit quand elle pensait rentrer de… euh… cette visite à un parent malade ? s'enquit James avec un tel calme qu'il s'étonna lui-même.

— Non, répliqua Isabel en mordant dans un toast. Mais je ne pense pas qu'elle reviendra de sitôt : elle a emmené lady Babbie avec elle.

— Lady qui ? dit James, perplexe.

Elle leva les yeux au ciel.

— Vraiment, papa ! Tu ne connais donc pas du tout Mlle Mayhew ?

Surpris, il garda le silence. Il connaissait en tout cas ce qu'il y avait d'important à connaître d'elle. La façon légèrement impertinente qu'elle avait d'arquer les sourcils lorsqu'elle s'adressait à lui, sans jamais devenir insolente. C'était d'ailleurs ce qui l'avait attiré chez elle, la première fois qu'il l'avait vue, malgré ce parapluie qu'elle pointait sur lui. Il aimait aussi la secrète promesse de ses grands yeux gris, avant que leurs lèvres se fondent. La plus légère caresse suffisait à déclencher un brasier voluptueux et passionné. Il adorait, quand il entrait en elle, l'entendre retenir un cri puis s'ouvrir à lui pour le recevoir pleinement.

Et lorsqu'elle prononçait son prénom, il oubliait tout. Tout ce qu'il avait connu avant elle, tout ce qu'il avait été ou espéré être…

— Lady Babbie est la chatte de Mlle Mayhew, bien sûr, continua Isabel, ignorant heureusement le tour sensuel qu'avaient pris les pensées de son père. Et si elle l'a emportée, c'est qu'elle ne reviendra pas avant un certain temps. Je ne lui en veux pas, d'ailleurs. Je suis sûre que tu as été horrible avec elle.

Cette remarque arracha James aux doux souvenirs de la nuit. Il secoua la tête.

— Quand ? Quand ai-je été horrible avec elle ?

— La nuit dernière, bien sûr. Quand tu as fait fuir M. Craven et que tu l'as réprimandée. Ce n'était pas sa faute s'il est venu jeter des graviers contre sa vitre.

— M. Craven ?

James se leva et appuya ses poings serrés sur la table.

— Daniel Craven ? Que diable vient-il faire ici ?

Isabel secoua ses boucles brunes.

— Papa, tu le sais très bien, voyons. J'ai tout entendu. Il m'a réveillée aussi en jetant ces graviers. Tu sais bien, elle l'a tout de suite sommé de partir. Elle ne l'aime pas du tout. Franchement, tu n'aurais pas dû crier après elle comme tu l'as fait, et encore moins l'attraper aussi cavalièrement pour la ramener à l'intérieur…

— *Daniel Craven ?* gronda James. C'était Daniel Craven dans le jardin, avec Mlle Mayhew ?

— Évidemment ! De qui croyais-tu qu'il s'agissait ?

Tout d'un coup, il eut l'impression que ses os se liquéfiaient. Il s'empressa de s'asseoir car ses jambes ne le portaient plus.

Daniel Craven. Il était sûr d'avoir vu Bishop dans le jardin avec Kate. Mais non, c'était Daniel Craven. Il l'avait accusée de... de quoi au juste ? Il ne savait même plus. En tout cas, il l'avait soupçonnée d'avoir sciemment rejoint le comte de Palmer.

Or ce n'était pas lui mais Craven, cet homme dont chaque regard la remplissait d'effroi. Comment avait-il pu lui reprocher de...

Pourtant, elle ne le lui en avait pas tenu rigueur. Non, dès qu'il avait commencé à l'embrasser, elle n'avait plus rien dit.

Ce qui ne changeait rien au fait qu'il l'avait accusée d'une chose terrible dont elle était parfaitement innocente.

Et maintenant elle était partie, Dieu seul savait où.

— Ce n'est pas la peine de faire cette tête, tu sais.

Il regarda Isabel en plissant les yeux. Le coude sur la table, le menton dans la main, elle le contemplait avec un gentil sourire, tout en touillant son thé.

— Je suis sûre, quoi que tu lui aies dit cette nuit, qu'elle te pardonnera, papa. Certains matins, je suis d'une humeur massacrante et elle me pardonne toujours.

James ne sut que répondre. Il avait l'impression qu'on venait de lui ouvrir la poitrine, de lui arracher le cœur et de le jeter par terre.

Or, jusqu'à la nuit dernière, il ne savait même pas qu'il avait un cœur.

— Mlle Mayhew va bientôt revenir, affirma Isabel d'un air confiant. Elle a laissé ses livres.

James attendit chez lui toute la journée, mais chaque fois que Vincennes lui présentait le plateau d'argent avec le courrier, il y chercha en vain une lettre ou un simple billet de Kate Mayhew. Elle ne revint pas ce jour-là, et n'envoya pas non plus un mot d'explication pour indiquer sa destination ou la durée de son absence.

Le même scénario se renouvela le lendemain et le surlendemain.

D'abord perplexe, puis blessé, James entra alors dans une colère noire qui le dépassa un peu. Après tout, ce n'était pas comme si Kate l'avait volé ou était partie avec un autre. Non, elle avait tout simplement disparu sans un mot d'explication. Comment était-ce possible, après la nuit qu'ils avaient passée ensemble ?

Jamais il n'avait rien connu de comparable. Jamais. Comment une femme pouvait-elle le laisser après une nuit pareille ? Cela dépassait l'entendement. À moins que... à moins qu'il n'ait fait quelque chose qui l'y ait incitée. Effectivement, il avait commis cette erreur à propos de Daniel Craven. Une erreur regrettable. Mais elle la lui avait pardonnée au moment où leurs lèvres s'étaient réunies, il en avait la conviction.

Alors pourquoi ? *Pourquoi ?*

Il s'était montré l'amant le plus attentionné, le plus doux, le plus tendre. Tout au moins, dans la mesure du possible, car il avait dû déchirer le voile de son innocence. Ensuite, il ne s'était contrôlé qu'au prix d'un immense effort de volonté. Il avait dû réprimer ses orgasmes, les retarder au maximum, par crainte de l'effrayer. Jamais il n'en avait éprouvé d'aussi puissants... Et elle était si jeune et si menue, il avait eu peur de lui faire mal.

Néanmoins, à sa grande surprise, cette petite fée délicate et légère comme une plume s'était révélée d'une sensualité torride, capable d'un abandon et d'une passion extraordinaires.

Et maintenant elle était partie, en dépit du plaisir inouï qu'ils avaient partagé, de ses attentions, de son offre de lui acheter une maison, un équipage et une librairie ! Jamais il n'avait été aussi généreux envers ses maîtresses.

Jamais non plus il n'avait ressenti pour elles, ni même pour sa femme, ce qu'il ressentait aujourd'hui.

Cinq jours s'étaient écoulés quand il convoqua ses domestiques afin de les interroger. Mais, s'ils se montrèrent tous désolés de la disparition de la jeune femme, aucun ne put lui donner le moindre indice sur l'endroit où elle avait pu aller. Tous confirmèrent que, selon ses dires, elle n'avait plus un seul parent vivant. James envoya ensuite Mme Cleary chez les Sledge, avec pour mission de procéder au même interrogatoire auprès de la maisonnée. Il trouvait certes absurde de questionner ses voisins au sujet de l'un des membres de son personnel, mais il ne voyait pas d'autre moyen de procéder. De toute façon, il se moquait éperdument de ce que pouvait penser Cyrus Sledge. Tout ce qu'il voulait, c'était retrouver Kate.

Soucieux de ne pas alarmer sa fille, il s'efforça de la tenir à l'écart de ses recherches effrénées. Heureusement, préoccupée par sa romance avec Geoffrey Saunders, elle se contenta de lui répéter de temps à autre qu'elle espérait le retour prochain de sa dame de compagnie, parce qu'elle avait un tas de choses à lui raconter. Elle alla même jusqu'à souhaiter que ce parent mystérieux se dépêche de mourir pour qu'elle leur revienne au plus vite. James se félicita d'une seule chose : Isabel ne manifesta pas le désir d'honorer les innombrables invitations qu'elle avait reçues, et il fut donc dispensé de l'y accompagner. Elle décréta qu'il était désormais inutile d'aller au bal, puisque Mlle Mayhew n'était pas là pour l'aider à se coiffer. Si Geoffrey la voyait arriver avec un chou-fleur sur la tête, il s'enfuirait aussitôt.

Dix jours après la disparition de Kate, James passait dans le couloir de l'étage lorsqu'il entendit du bruit dans la chambre de celle-ci. La porte était ouverte…

Une avalanche d'émotions diverses déferla en lui – le soulagement qu'elle soit enfin revenue, l'amertume d'avoir été froidement abandonné, la délicieuse anticipation de l'entendre à nouveau prononcer son prénom. Il entra, mais seule Mme Cleary se trouvait là, avec un valet qui l'aidait à emballer les livres de Kate dans une caisse. Au bruit de ses pas, la gouvernante leva la tête et, à la grande surprise de James, elle rougit. Jamais encore il n'avait vu la vieille femme rougir.

— Oh, milord, dit-elle précipitamment. Je suis vraiment désolée que nous vous ayons dérangé.

Il regarda la caisse, les livres dans les mains du valet, les joues empourprées de Mme Cleary.

— Où est-elle ? demanda-t-il sans crier, sans même casser quelque chose.

Non, il s'était exprimé d'un ton très calme. Mme Cleary se redressa.

— Milord, j'ai reçu une lettre ce matin. Je m'apprêtais à vous la montrer… ajouta-t-elle en se tordant les mains.

— Où est-elle ?

Sa voix lui paraissait toujours aussi posée, mais pas à Mme Cleary, apparemment, car elle s'empressa d'extirper une feuille de papier de la poche de son tablier.

— Elle est là, dit-elle en accourant pour la lui donner. Mais elle n'est pas de Mlle Mayhew, voyez-vous. Il y est écrit qu'elle ne pourra revenir à Londres avant longtemps, et que vous feriez mieux d'engager une nouvelle dame de compagnie.

James prit la lettre et la lut.

— J'hésitais à vous en informer, milord, parce que je sais combien lady Isabel sera bouleversée par la nouvelle. Elle aimait tellement Mlle Mayhew, et je suis sûre que le sentiment était mutuel. Jamais Mlle Mayhew n'a eu un mot rude envers milady, or vous savez combien elle peut se montrer… difficile, parfois, comme toutes les jeunes filles de son âge, bien sûr…

James ne l'écoutait plus. Son attention était fixée sur l'adresse où Mme Cleary était aimablement priée d'envoyer le reste des affaires de la jeune femme.

— Lady Isabel va très mal prendre la chose, continuait la gouvernante. Très mal, je le crains, milord…

Mais le marquis s'était déjà précipité hors de la chambre.

21

La servante qui ouvrit la porte étudia de près la carte qu'il lui présenta.

— Lord Wingate, pour lady Palmer, dit-elle. Oui, milord, je vais voir si madame peut vous recevoir.

Dans la pièce où James attendit, il caressa brièvement l'idée de démolir la maison pierre par pierre jusqu'à ce qu'il la trouve, mais ce n'était probablement pas le meilleur moyen de procéder.

La porte s'ouvrit quelques minutes plus tard et une femme d'un certain âge, néanmoins robuste, fit son entrée. Couverte de bijoux, elle portait une robe démodée, mais s'habiller au dernier cri n'était sans doute plus primordial pour elle. Elle devait avoir dans les soixante-dix ans.

La douairière marcha vers lui en s'appuyant sur une canne à pommeau d'ivoire.

— Lord Wingate, je n'en croyais pas mes yeux quand Virginia m'a tendu votre carte. Vous ne manquez pas de toupet, jeune homme, de vous présenter dans une maison convenable. Vous êtes toujours en disgrâce, vous savez, depuis que vous avez divorcé d'avec votre charmante épouse. Certains lèche-bottes ont peut-être oublié cette offense à la morale, mais ce n'est pas mon cas. Je considère le divorce comme un péché. Un péché mortel. Quel que soit le nombre d'amants que votre femme a pu avoir.

James ouvrit la bouche, et il s'en échappa une sorte de grognement animal.

— *Où est-elle ?*

— Où est qui ? De quoi parlez-vous ?

— Vous le savez parfaitement, rétorqua-t-il avec une violente envie d'étrangler cette femme, malgré son grand âge. Katherine Mayhew. Je sais qu'elle est là. J'ai lu la lettre où elle demande que ses affaires soient portées à cette adresse. Je vous prie de me laisser la voir.

— Katherine Mayhew ? répéta la douairière, sincèrement choquée. Êtes-vous stupide au point de croire que, parce que j'ai accepté de recevoir un homme comme vous, tombé on ne peut plus bas, je serais prête à ouvrir ma porte à la fille de celui qui a précipité mon mari dans la tombe ? Vous êtes fou, lord Wingate. D'ailleurs, vous en avez tout l'air. Je n'ai jamais vu un gentleman aussi négligé. Depuis combien de temps ne vous êtes-vous pas rasé ?

— Je sais qu'elle est là. Je suis prêt à mettre cette maison à sac pour la trouver. Et je la trouverai.

— C'est ce que nous verrons. Virginia ! Virginia !

La jolie servante passa la tête dans l'entrebâillement de la porte.

— Allez chercher Jacobs ! Je veux que ce malade mental soit reconduit sur-le-champ.

La servante avait à peine refermé la porte que le comte de Palmer faisait son entrée, l'air contrarié.

— Pourquoi criez-vous ainsi, mère ? On ne s'entend plus ici.

Quand ses yeux se posèrent sur le marquis, il en resta coi.

Sans hésiter, James franchit la distance qui les séparait et envoya un coup de poing dans la figure du comte qui tomba à la renverse, entraînant avec lui une petite table et le vase de fleurs qui s'y trouvait. La douairière hurla, avant de s'écrouler à son tour sur le sol, évanouie. Sans se soucier d'elle le moins du monde, James saisit Bishop par les revers de sa veste et le remit sur ses pieds.

— *Où est-elle ?* répéta-t-il en le secouant à chaque syllabe.

Mais le comte n'était pas aussi inconscient qu'il le paraissait. À la suite d'un violent crochet du droit, James s'écroula contre un buffet rempli de porcelaines, qui volèrent toutes en éclats dans un bruit assourdissant.

— Elle n'est pas là, espèce de malpropre ! Et même si elle était là, vous seriez la dernière personne que je l'autoriserais à voir !

Émergeant de ce qui restait d'une multitude de bergers et de bergères de Dresde, James lança un uppercut dans le nez du comte. Le sang jaillit, éclaboussant le sofa bleu clair.

— Elle *est* ici, répéta le marquis en respirant lourdement.

Il avait peut-être dix ans de plus que le comte, il était toujours en pleine forme pour les bagarres.

— Ma gouvernante avait une lettre de vous, ce matin, disant que ses affaires devaient être envoyées à cette adresse.

— En effet, répondit Bishop en contournant prudemment le marquis. Ce matin, j'ai reçu une lettre de Kate où elle me demande de conserver ses affaires ici un moment...

James envoya un coup de pied dans l'ottomane qui se trouvait entre le comte et lui. Elle atterrit dans l'âtre de la cheminée qui, heureusement, n'était pas allumée.

— À d'autres ! Vous diriez n'importe quoi pour la garder pour vous.

Bishop reculait, sa cravate en compresse sur son nez.

— Je n'hésiterais pas, dès l'instant où cela pourrait la préserver d'une brute comme vous.

Cette réplique lui valut un nouveau coup, qui le précipita sur le sofa. James bondit sur lui, mais le regretta aussitôt car Freddy replia ses jambes juste à temps et l'envoya voler dans les airs. Le marquis retomba de tout son poids sur le dos près de lui, dans un vacarme de bois brisé.

Se mouvant péniblement, Bishop parvint à rouler de côté. Une fois à califourchon sur le marquis, il le prit à la gorge.

— La vérité, continua-t-il, c'est qu'elle n'est pas là. Vous êtes fou de croire le contraire. Ma mère préférerait recevoir Attila le Hun plutôt que Kate Mayhew.

James, qui luttait pour desserrer les doigts de son adversaire apparemment déterminé à l'étrangler, s'interrompit un instant :

— Pourquoi ?

— Pourquoi ? répéta Bishop, les dents serrées par l'effort. Vous savez bien pourquoi.

Fatigué de ce jeu, James décocha un coup de poing sur la tempe du comte, le projetant contre le mur où il s'effondra en sang, haletant bruyamment. Moins gravement blessé mais tout même bien atteint, James rampa jusqu'à lui et s'écroula à son côté.

Les deux hommes en étaient là, à essayer de reprendre leur souffle, quand une porte s'ouvrit à la volée. Un majordome accompagné de deux énormes valets firent irruption dans la pièce.

— Milord, dit le majordome en avisant sa maîtresse inanimée. Avez-vous besoin d'aide ?

Freddy tourna les yeux vers James.

— Whisky ?

James acquiesça.

— Whisky, Jacobs, répondit Freddy.

Le majordome hocha la tête, jeta un regard consterné sur la porcelaine en miettes, frissonna puis se retira, suivi des valets chargés de la douairière.

— Pourquoi votre mère déteste-t-elle Kate ? s'enquit le marquis lorsqu'il eut retrouvé un souffle à peu près normal.

— Vous êtes vraiment idiot, jeta Bishop d'un air dégoûté en essuyant son nez avec la manche de sa veste. Connaissez-vous un tant soit peu Kate ?

L'espace d'un instant, James faillit lui avouer à quel point il la connaissait, mais se ravisa juste à temps.

— Bien sûr que je la connais. Suffisamment, en tout cas.

— Je pensais que vous auriez enquêté un peu sur ses origines, avant de l'engager.

James toisa le jeune homme en plissant les yeux. Il sentit la flamme de la colère courir à nouveau dans ses veines.

— Si vous essayez de me dire que Kate est une voleuse, c'est vous qui ne la connaissez pas du tout.

— Mais non, elle n'est pas une voleuse. C'était son père, le voleur.

— Son père ?

La porte s'ouvrit et le majordome entra avec un plateau en argent, sur lequel étaient posés une carafe remplie d'un liquide ambré et deux verres. Constatant que toutes les tables de la pièce avaient été renversées dans la bagarre, il s'agenouilla et posa le plateau par terre, près du comte. Il ôta ensuite le bouchon de la carafe et versa deux doigts de whisky dans chaque verre.

— Merci, Jacobs, dit Bishop. Ma mère va bien ?

— Évanouie, milord. Sa femme de chambre est en train de lui faire respirer des sels.

— Très bien. Ce sera tout, Jacobs, vous pouvez laisser le plateau.

— Certainement, monsieur, dit le majordome en se relevant.

Avant de refermer la porte, il eut un dernier regard affligé pour les bergers et bergères décapités.

— Nous en étions au père de Kate, rappela James après avoir vidé la moitié de son verre.

Ayant apparemment une ou deux dents déchaussées, Bishop but plus précautionneusement.

— Vous ne savez donc pas qui était son père ?

James s'adossa contre le papier peint fleuri. Ils étaient assis sous une fenêtre. Dehors, un oiseau se mit à chanter.

— Non.

— Le nom de Peter Mayhew vous dit-il quelque chose ?

— Peter Mayhew ? Eh bien, oui... il me semble.

— Il peut vous sembler, en effet, parce qu'il était sur toutes les lèvres il y a sept ans. En tout cas, au moins autant que le vôtre dix ans avant.

— Pourquoi ? ironisa James. Aurait-il divorcé d'une femme infidèle après avoir défenestré l'amant, lui aussi ?

Bishop prit un air dégoûté.

— Certainement pas. Peter Mayhew était un éminent banquier de Londres. Il vivait avec sa femme et sa fille à Mayfair.

— Mayfair ?

— Oui, Mayfair, répéta Bishop. Sur Pall Mall. Dans la maison voisine de celle-ci.

James acquiesça.

— Donc, Kate et vous avez vraiment grandi ensemble.

— Exact, répondit Freddy en servant une deuxième rasade de whisky au marquis. Son père gérait de nombreux comptes, y compris ceux de mes parents. Il y a huit ans, Mayhew a eu la malchance de rencontrer un jeune homme qui prétendait posséder une mine de diamants en Afrique. Une mine qu'il ne pouvait exploiter par manque de fonds. Je n'ai pas rencontré ce… « gentleman », mais Mayhew semblait lui faire confiance, à tel point qu'il a encouragé ses amis et ses voisins à investir dans cette mine.

— Qui n'existait pas, devina James.

— Bien sûr que non. Le gentleman en question prit l'argent de tous les clients de M. Mayhew, y compris la plus grosse partie de la fortune des Mayhew, et s'enfuit avec. Tout au moins est-ce la version que donna ce dernier.

— Y avait-il des raisons de douter de sa parole ?

— Disons qu'il y en avait suffisamment pour que plusieurs des investisseurs lésés, dont mon propre père, attaquent Mayhew en justice.

James passa la langue sur ses lèvres, leur trouva un goût salé et conclut qu'il saignait.

— Et ? Qui a gagné ?

— Comment, vous ne savez pas ? s'étonna Bishop. Kate ne vous a rien dit ?

James respira profondément, agacé.

— Non. Kate ne m'a rien dit.

— L'affaire n'a jamais été jugée parce que l'homme cité à comparaître, Peter Mayhew, est mort la veille du procès.

— Mort ? Dans un incendie, c'est ça ?

— Ah, Kate vous a dit, finalement.

— Elle m'a seulement dit que ses parents étaient morts dans un incendie.

— Oui, c'est ce qui est arrivé. Je n'étais pas là, j'étais à l'université. Mais les domestiques en parlent encore. Des flammes de plusieurs mètres s'élevaient vers le ciel. C'est un miracle que tout le monde ne soit pas mort. Les domestiques et Kate ont réussi à s'échapper. Même son satané matou a survécu. Le feu a été contenu dans une seule aile de la maison. Les nouveaux propriétaires ont d'ailleurs tout reconstruit à l'identique. En réalité, seule la chambre des parents de Kate a été détruite. Bizarre, non ?

James fronça les sourcils.

— Que voulez-vous dire ?

— Qu'un feu d'une telle violence n'ait pas embrasé toute la maison mais se soit concentré sur un point, avant de se propager lentement, c'est bizarre. Il n'a pas été difficile à maîtriser, en fait...

— Qu'essayez-vous de me dire ? Je n'ai pas de temps à perdre, Bishop. Parlez, nom d'un chien !

— D'accord, d'accord... Vous avez toujours aimé remuer la boue, Traherne. Alors voilà : il y a eu des suspicions. Le bruit a couru que l'incendie avait été allumé délibérément. Une forte odeur de pétrole se dégageait des décombres, trop forte pour qu'elle ait pu provenir des lampes.

— Êtes-vous en train d'insinuer que quelqu'un aurait assassiné les parents de Kate ?

— Mon Dieu, non ! Non, on a seulement supposé que Peter Mayhew avait mis le feu lui-même. Pour s'éviter l'humiliation d'un procès.

— Un suicide ?

— Enfin, pour moi cela n'a jamais été flagrant. Je doute que sa femme ait eu quoi que ce soit à voir avec cette affaire. On l'a retrouvée dans son lit... enfin, dans ce qui restait de son lit. Je ne sais pas si elle a eu le temps de se réveiller...

— Seigneur... soupira James, les doigts crispés autour de son verre. Je... je ne savais rien de tout cela.

Comme ce n'était pas facile pour Freddy de boire son whisky tout en maintenant sa cravate contre son nez, il déboucha la carafe et but à même le goulot.

— Kate évite de parler de cette histoire, et c'est compréhensible. À mon avis, elle essaie d'oublier. Je crois que ni ses employeurs ni leur personnel n'ont jamais su qui elle était, et qu'il fut un temps où elle jouissait des mêmes privilèges que ceux dont elle a la charge.

James lui prit la carafe et avala une généreuse rasade de whisky.

— Elle n'a plus jamais été la même après cette nuit-là, où des domestiques l'ont trouvée inanimée dans l'escalier de service et l'ont transportée dehors. Personne n'a jamais pu dire comment elle s'était retrouvée dans cet escalier. Certains croient que c'est son père qui l'y a emmenée avant d'allumer le feu, pour être sûr qu'elle s'en sortirait. Mais Kate...

James darda ses yeux de chat sur lui.

— Oui ?

— Kate a toujours affirmé que cela s'était passé différemment. Il faut la comprendre, ce n'est pas agréable de penser que son propre père s'est donné la mort, en entraînant sa femme avec lui, pour s'éviter la prison et l'humiliation. Aussi a-t-elle concocté cette histoire et s'est-elle persuadée qu'elle était vraie.

— Quelle histoire ? demanda James avec le sentiment qu'il connaissait la réponse.

— Eh bien... elle prétend que le jeune homme qui a inventé l'existence de cette mine de diamants, est venu au milieu de la nuit et a mis le feu pour empêcher Peter Mayhew de témoigner. Parce que, bien entendu, Mayhew avait l'intention de prouver son innocence, avec l'aide de ses avocats, et de retrouver celui qui avait disparu avec leur argent...

Daniel Craven. Il ne pouvait s'agir que de lui. Que lui avait-elle répondu, quand il lui avait demandé pourquoi elle était si bouleversée par l'apparition de ce type ? Qu'elle lui en voulait de n'être pas venu aux funérailles de ses parents, quelque chose comme ça... Seigneur ! Quel idiot il avait été ! Elle soupçonnait Craven d'avoir assassiné ses parents. Il comprenait maintenant pourquoi elle devenait si pâle chaque fois qu'il était dans les parages...

Et lui, idiot qu'il était, l'avait suspectée de flirter avec cet homme. Celui qui avait, selon elle, brûlé vif ses parents !

James regarda le comte. Ils étaient à moitié saouls tous les deux – ils venaient d'ingurgiter presque une bouteille entière de whisky et il était à peine midi. Quoi qu'il en soit, cela n'expliquait pas le sentiment de détresse qui s'insinuait lentement en lui.

Il s'efforça de rassembler ses esprits et d'articuler posément.

— Bien, récapitulons. Le père de Kate n'était pas un voleur à proprement parler.

— Non, seulement un imbécile.

— Un imbécile. Mais aussi un gentleman.

— Un gentleman stupide.

— Mais néanmoins gentleman, insista James. Kate est donc la fille d'un gentleman.

— Oui, répondit Bishop après une hésitation.

En fait, il dit plutôt quelque chose comme « ouichh »...

— Mais quelle différence cela fait-il ? reprit-il. Fille d'un gentleman ou pas, un homme se doit de traiter une femme honorablement.

James lui coula un regard de biais.

— Êtes-vous en train d'insinuer que je ne l'ai pas traitée comme elle le méritait ? C'est ce qu'elle vous dit, dans sa lettre ?

— Non. Elle me dit seulement qu'elle ne peut plus rester à Londres et me prie de lui envoyer ses affaires.

Il saisit la carafe et avala une bonne lampée.

— C'est tout ce que je suis pour elle, une adresse où entreposer ses affaires... Eh ! s'exclama-t-il soudain en scrutant le marquis, les yeux plissés. Comment se fait-il que vous l'appeliez Kate ? Elle devrait être Mlle Mayhew pour vous, Traherne. À moins qu'elle n'ait quitté si soudainement votre maison pour une raison que j'ignore...

— Et où vous demande-t-elle de lui envoyer ses affaires ? s'enquit James en s'efforçant d'adopter un ton neutre.

Freddy leva la carafe en ricanant bêtement.

— Vous me prenez pour un idiot, Traherne ? Vous croyez que je vais vous le dire ? Même si elle n'avait pas stipulé – très explicitement, d'ailleurs – de ne pas donner cette adresse, je n'en aurais rien fait, et vous pouvez me rouer de coups, ça... ne changera rien.

James riait aussi, à présent.

— Bien sûr que vous allez me le dire, Bishop, parce que nous sommes de bons amis maintenant, vous et moi, et vous savez que je n'ai que l'intérêt de Kate à cœur.

— Mais non, ce n'est pas vrai. Je le sais, parce que j'ai le même intérêt pour elle. À la différence, bien sûr, que *moi* je veux l'épouser.

James lui décocha un regard furibond.

— Comment savez-vous que je ne veux pas l'épouser ?

— Vous ? s'esclaffa Freddy. Épouser Kate ? Impossible !

— Et pourquoi, bon sang ?

— Tout le monde sait que vous avez juré de ne plus jamais vous marier après votre divorce, Traherne. Même Kate le sait.

James l'examina attentivement.

— Comment Kate le saurait-elle, s'il vous plaît ? Je ne le lui ai jamais dit, personnellement.

— Je le lui ai dit, moi. Je lui ai dit que vous la débaucheriez, avant de vous débarrasser d'elle quand vous seriez lassé.

Bishop faillit soudain lâcher la carafe et se tourna vers son nouveau compagnon de beuverie, l'air accusateur.

— Ce n'est pas pour ça qu'elle est partie, hein ? Est-ce que vous l'avez débauchée, espèce de saligaud ?

James ne put lui répondre. En fait, il l'avait débauchée, même si cela ne ressemblait pas à de la débauche, sur le moment. Et c'était pour cela qu'elle s'était sauvée, bien sûr. Mais il n'avait pas l'intention de le reconnaître devant le comte de Palmer. Celui-ci n'avait pas tout à fait tort. N'avait-il pas dessiné des plans d'avenir pour Kate sans lui parler de mariage à aucun moment ? Il lui avait proposé de vivre dans le péché au lieu de l'épouser.

Mais comment pouvait-il deviner qu'elle était la fille d'un gentleman ? Elle ne lui avait jamais parlé de son passé.

Ce n'était pas une excuse, évidemment. On ne traitait pas une femme comme il avait traité Kate, fille de gentleman ou pas. Mais il avait renoncé à toute idée de mariage depuis dix-sept ans, et cette nuit-là, il n'y avait même pas pensé, comme si cette éventualité n'existait plus.

Maintenant, il comprenait son erreur. S'il avait été plus intelligent, il ne serait pas là, assis au milieu des débris d'un salon, à boire du whisky en pleine journée, tout en se demandant comment un homme pouvait avoir le cœur brisé alors qu'il était certain de ne pas avoir de cœur.

22

Cher lord Wingate, disait le billet.

Évidemment. À quoi s'attendait-il ? À ce qu'elle utilise son prénom ? Elle ne l'avait employé qu'une seule fois, et seulement parce qu'il le lui avait demandé. Ce n'était pas dans une lettre, où elle lui expliquait qu'elle ne le reverrait plus jamais, qu'elle allait commencer.

Cher lord Wingate, donc,

Je sais que vous êtes en colère contre moi mais je devais partir. J'aurais aimé essayer d'être votre maîtresse mais je ne suis pas faite pour cela. Je n'aurais réussi qu'à nous rendre malheureux tous les deux. J'espère que vous me pardonnerez, et que vous ne m'en voudrez pas d'avoir chargé lord Palmer de vous remettre cette lettre. Il serait préférable que je n'entende plus parler de vous pendant un certain temps. Transmettez toute ma tendresse à Isabel en essayant de lui expliquer pourquoi je suis partie, sans toutefois lui dire la vérité. Et empêchez-la de s'enfuir pour épouser M. Saunders. Il m'a fait plus ou moins la même proposition.

Que Dieu vous bénisse. Je suis, et resterai toujours, sincèrement à vous,

Kate Mayhew

Bien entendu, elle lui avait écrit sur du papier que l'on pouvait trouver n'importe où. Il ne portait aucun en-tête, pas le moindre signe susceptible d'indiquer sa provenance.

Il relut la courte lettre à plusieurs reprises, mais le message était clair et il n'y avait rien à chercher entre les lignes.

Aucune récrimination. Aucun reproche. Aucune trace de larmes sur l'encre. Combien de brouillons avait-elle écrits avant d'en arriver là ? Elle n'avait laissé échapper aucun indice permettant de la localiser, et à aucun moment elle n'insinuait qu'elle aimerait qu'il la retrouve.

Bon. Il l'avait bien mérité, après tout. Il n'espérait même pas une lettre d'elle. Il avait réellement été surpris quand Bishop – ivre et ensanglanté – la lui avait soudain mise dans la main au moment où il le quittait, cet après-midi-là. En fait, il avait cru un instant qu'il s'agissait d'une facture hâtivement rédigée, correspondant au montant des dommages qu'il avait causés dans le salon de sa mère.

— C'est une lettre de Kate, avait dit Freddy d'une voix étouffée par le chiffon qu'il tenait sous son nez. Au début, je n'avais pas l'intention de vous la donner, mais finalement… eh bien, je pense qu'il vaut mieux que vous l'ayez.

James avait immédiatement vérifié le cachet de cire, et Bishop s'était mis à rire.

— Ne vous inquiétez pas, je ne l'ai pas lue. À dire vrai, je… je ne sais pas ce qui s'est passé entre vous et je ne veux pas le savoir.

Sur ce point, James était d'accord avec lui. Lui non plus ne voulait pas savoir. Au contraire, il voulait oublier tout ce qui s'était passé depuis qu'ils s'étaient rencontrés, par une nuit de brouillard.

Voilà pourquoi, six heures après sa bagarre avec Bishop, il était installé dans son bureau, pas dans la bibliothèque. Il n'avait pu se résoudre à y retourner, depuis la nuit où lui et Kate avaient… Ça aussi, il voulait l'oublier.

C'était donc dans son bureau qu'il lisait et relisait la lettre, tout en buvant son propre whisky. Ce n'était certes pas le meilleur moyen d'oublier la jeune femme, mais il ne parvenait pas à reposer la seule chose qui lui restait d'elle. Enfin, à l'exception de sa chemise de nuit et de son peignoir, qu'il avait récupérés dans la bibliothèque avant que les domestiques ne tombent dessus, et qu'il gardait roulés en boule sous son oreiller.

Sentimental ? Oui. Dans un état d'ivresse larmoyante ? Complètement.

En tout cas, il ne se séparerait de ces trois souvenirs pour tout l'or du monde.

Dans l'espoir insensé qu'une ligne changerait peut-être comme par magie, il était en train de relire la lettre pour la centième fois quand la porte de son bureau s'ouvrit.

— Excusez-moi, mais si cette porte est fermée c'est qu'il y a une raison, jeta-t-il sans lever les yeux.

— Je l'ai ouverte pour une bonne raison, rétorqua Isabel.

Elle se posta devant lui en robe du soir, les yeux brillant de larmes. Ses cheveux, tirés en arrière, jaillissaient en une explosion de boucles au dos du crâne. Kate ne l'aurait jamais laissée sortir affublée d'une coiffure aussi peu flatteuse.

— Je viens d'entrer dans la chambre de Mlle Mayhew pour y reposer un livre que je lui avais emprunté, et qu'ai-je découvert, d'après toi ? Qu'ai-je découvert ?

James leva son verre et but le reste de whisky qu'il contenait. Peu importait. Une bouteille pleine était posée à côté de lui.

— Elle est partie ! s'écria Isabel avec des sanglots dans la voix. Papa, elle est partie ! Ses livres ne sont plus là ! Mlle Mayhew est partie !

— Oui, dit-il en se resservant. Je sais.

— Tu sais ? Comment cela, tu sais ?

— Mlle Mayhew s'est rendu compte que son parent, celui qui est malade, avait beaucoup plus besoin d'elle que nous, alors elle s'est résignée à s'installer avec lui.

Il regarda sa fille pour vérifier si son mensonge fonctionnait. Apparemment oui. Isabel était pâle, des larmes perlaient au bord de ses longs cils noirs, mais elle n'avait pas l'air en colère. Du moins, pas encore.

— Je ne comprends pas, dit-elle en secouant la tête, ce qui fit trembloter l'explosion de boucles. Papa, Mlle Mayhew n'a pas de famille. Elle me l'a dit. Qui est ce parent malade ?

James buvait à petites gorgées. Le whisky avait le pouvoir de l'engourdir. Quand il se réveillait le matin avec une migraine, il lui suffisait d'en boire de nouveau pour que le mal de tête disparaisse.

— Attends une minute, lança soudain Isabel en plissant dangereusement ses yeux verts.

Mais James était trop saoul pour voir le danger poindre.

— Attends une minute, répéta-t-elle. Tu mens.

James leva un sourcil.

— Je te demande pardon ?

— Tu m'as bien entendue, papa. Tu es en train de me mentir. Miss Mayhew n'est pas avec un parent malade.

— Je ne sais pas de quoi tu parles, Isabel. Elle t'a écrit, il me semble…

— Elle mentait, elle aussi. Personne n'écrit qu'un « parent » est malade. On dit « ma tante » est malade, ou « mon cousin », ou « la femme du frère de mon grand-père » est malade. Mais on ne dit jamais « mon parent ».

James renversa la tête contre le dossier du fauteuil.

— Isabel…

— Dis-moi. Je veux savoir ! Je ne suis plus une enfant. Je suis une femme sur le point de se marier…

— Non ! Tu seras sur le point de te marier quand je l'aurai décidé.

— D'accord, concéda la jeune fille. Mais je suis une adulte, et je te demande de me dire la vérité. Où est-elle, papa ?

James étudia le plafond.

— Je ne sais pas, répondit-il simplement.

La voix d'Isabel monta d'une octave.

— Comment, tu ne sais pas ? Où as-tu fait porter ses livres ?

— Chez lord Palmer. C'est lui qui les lui enverra, où qu'elle soit.

— Où qu'elle soit ? Tu ne sais donc pas où elle est ?

— Non, je viens de te le dire. Elle ne m'a pas laissé d'adresse.

Voyant l'air désemparé de sa fille, il lui tendit la main.

— Je suis désolé, Isabel.

— *Désolé ?*

Sa voix se fit plus aiguë et l'émotion qu'elle s'était efforcée de contenir jusqu'ici la submergea.

— Tu es *désolé* ? Que lui as-tu fait ? Papa, que lui as-tu fait ?

Ne pouvant décemment lui répondre, il secoua la tête. C'est alors que, à sa grande surprise, Isabel se jeta aux pieds de son fauteuil et se mit à sangloter.

— Tu lui as fait quelque chose, affirma-t-elle en martelant ses genoux de ses poings. Cette nuit-là, quand M. Craven est venu, tu lui as fait quelque chose. Tu t'es mis en colère contre elle, n'est-ce pas ? C'est à cause de toi qu'elle est partie ! De toi !

Elle secoua la tête avec une telle violence que les boucles se libérèrent de leur ruban et se répandirent sur ses épaules comme une écume bouillonnante, tandis que les larmes coulaient à flots sur ses joues.

— Comment as-tu pu faire une chose pareille, papa ?

James la regardait, malheureux.

— Isabel, je suis désolé, vraiment.

Elle essuya son visage avec le dos de son poignet, comme elle le faisait quand elle était une toute petite fille.

— Bien sûr que tu l'es, dit-elle en reniflant avant de l'observer de plus près. Tu es triste, papa ? Tu as l'air triste...

Il était surtout complètement ivre mais il ne pouvait le lui avouer, pas plus qu'il ne pouvait lui révéler la vraie raison du départ de Kate.

— Pauvre papa, soupira-t-elle en lui caressant la joue.

Mais elle retira brusquement sa main, comme si elle s'était piquée.

— Papa, depuis combien de temps ne t'es-tu pas rasé ?

— Je n'en sais rien.

— Tu es tout débraillé, continua-t-elle en rajustant sa cravate. Et comment t'es-tu coupé, là, près de l'œil ? Tu t'es encore battu ?

— Oui, admit-il en haussant les épaules.

— Tu es un vilain papa, très vilain, le gronda-t-elle en prenant son mouchoir et en l'appliquant délicatement sur sa coupure. Tu n'es même pas capable de prendre soin de toi. Que penserait Mlle Mayhew si elle revenait et te voyait dans cet état ?

— Mais elle ne reviendra pas, Isabel.

Elle fit claquer sa langue.

— Rien n'est sûr. C'est ce qu'elle dit parce qu'elle est furieuse contre toi – à juste titre, d'ailleurs. Tu es épouvantable quand tu es en colère. Mais Mlle Mayhew t'aime, alors elle reviendra.

James se pencha en avant et saisit sa fille aux épaules.

— Elle te l'a dit ? T'a-t-elle dit qu'elle m'aimait ?

— Non.

Il la lâcha aussitôt et se laissa retomber dans son fauteuil. Alors elle se mit à rire.

— Voyons, papa, elle n'avait pas besoin de me le dire. N'importe quelle personne sensée se serait aperçue qu'elle était amoureuse de toi. Presque autant que toi d'elle.

Enfoncé dans son fauteuil, James la scruta.

— Qu'est-ce qui te fait penser que je suis amoureux de Mlle Mayhew ? demanda-t-il calmement.

Isabel leva les yeux au ciel.

— Mais papa, c'est évident ! Tout le monde le sait.

— Qui ça, tout le monde ? grommela-t-il.

— Pour l'amour du Ciel ! s'exclama Isabel en posant le mouchoir.

Elle saisit le bas de sa robe et se leva.

— Essaies-tu de me dire que tu n'es pas amoureux de Mlle Mayhew ? Parce que si c'est le cas, je me ferai un plaisir de te donner des douzaines d'indices prouvant le contraire, à commencer par les gages énormes que tu lui as proposés pour t'assurer qu'elle viendrait chez nous…

— C'est parce que tu me rendais fou à répéter sans arrêt : « Je veux que Mlle Mayhew soit ma dame de compagnie, je veux que Mlle Mayhew soit ma dame de compagnie. Pourquoi ne pourrait-elle pas me chaperonner ? » Tu ne m'as pas laissé le choix !

Tout en parlant, il s'était levé et s'était placé à une certaine distance de sa fille et de ses accusations.

Isabel croisa les bras et le considéra avec un petit sourire.

— Et comment expliques-tu le fait que juste après l'avoir engagée, tu venais à tous les bals où nous nous rendions – alors que tu détestes ce genre de distractions – à seule fin de te poster dans un coin pour l'épier ?

James se réfugia près de la fenêtre.

— Je ne l'épiais pas, je veillais à sa sécurité. Mlle Mayhew est d'une naïveté déconcertante en ce qui concerne les hommes…

— Papa, je t'en prie, reconnais-le. Tu l'aimes. C'est pour cela que tu te comportes comme un ours en cage depuis qu'elle est partie, que tu grognes après tout le monde, que tu ne t'es pas rasé, ni lavé, ni même changé depuis le matin de son départ. C'est pour cela que tu t'es battu et que tu bois autant. Tu l'aimes, tu sais que c'est entièrement ta faute si elle s'en est allée, et tu as le cœur brisé.

James essaya de rassembler le peu de dignité qui lui restait dans la mesure où, comme sa fille venait de le faire remarquer, il n'était ni rasé, ni lavé, ni changé, et dans un état d'ébriété avancée.

— Mon cœur ne peut être brisé, puisque je n'en ai pas.

— Oui, oui, je sais. Tu n'as plus de cœur parce que maman l'a brisé il y a dix-sept ans. Mais je n'y crois pas. Tu as un cœur, il te fait très mal en ce moment, et c'est bien fait pour toi parce que je suis sûre que tu as été méchant avec elle. Mais je t'assure que Mlle Mayhew reviendra. Elle *doit* revenir.

James examina sa fille d'un air intrigué.

— Pourquoi ?

— Parce que si elle t'aime autant que je t'aime, elle sera incapable de rester loin de toi.

Avec un sourire lumineux, Isabel fit volte-face et quitta la pièce, laissant son père avec cette consolation totalement insatisfaisante.

23

Freddy Bishop, neuvième comte de Palmer, appréciait beaucoup son club, un endroit prestigieux n'accueillant que des membres triés sur le volet. Seuls des nobles titrés, issus des familles les plus vieilles et les plus distinguées foulaient le sol de ces pièces aux murs lambrissés de bois massif, et se rassemblaient pour déjeuner autour d'une pièce de bœuf grillée. Les politiciens et les intellectuels étant strictement bannis, les conversations tournaient autour de sujets comme le sport, les cigares et… le sport. On y rencontrait des personnalités tellement choisies que Freddy pouvait s'installer devant la cheminée, dans l'un des profonds fauteuils en cuir de la grande salle, sans jamais être dérangé.

Pour un homme qui vivait avec une femme comme sa mère, ce n'était pas un privilège à dédaigner…

Voilà pourquoi il se montra surpris quand l'un des membres du personnel s'approcha de lui et s'inclina obséquieusement en murmurant :

— Je vous demande pardon, milord, mais il y a un homme dans le couloir…

— Eh bien ? En quoi cela me concerne-t-il ?

— Cet homme insiste pour vous voir, milord. Il dit que dans le cas contraire, il mettra le feu au club. Il a déjà assommé trois employés que j'avais envoyés pour nous débarrasser de lui. Il insiste vraiment, milord, et… si je puis me permettre, je crois qu'il a un peu bu.

Curieux de savoir qui avait bien pu terrasser trois des employés du club, qui avaient justement été engagés pour leur stature impressionnante, Freddy quitta son fauteuil et suivit le domestique.

Il découvrit alors le marquis de Wingate, occupé à détruire méthodiquement le club en soulevant des valets par le col avant de les jeter contre les murs. Les portraits des prestigieux fondateurs oscillaient dangereusement. Un baronnet était accroupi derrière un porte-parapluies en forme de pied d'éléphant, et un duc derrière une fougère en pot. Tous deux essayaient apparemment de s'échapper sans attirer l'attention du marquis.

— Pour l'amour du Ciel ! lança Freddy comme Traherne décollait du sol un valet d'au moins un mètre quatre-vingt-dix, dans l'intention de l'envoyer valser pardessus une balustrade. Est-il vraiment nécessaire que vous cassiez tout, partout où vous allez ?

Le marquis leva les yeux.

— Doux Jésus ! s'exclama Freddy. Mais vous êtes méconnaissable, Traherne ! Vous ressemblez à un pauvre diable. Posez ce garçon et venez par ici…

Puis, devant les regards stupéfaits des employés, il ajouta d'un air revêche :

— Eh bien, oui, je le connais. À le voir maintenant, vous aurez peut-être du mal à le croire mais c'est un marquis. Faites-le entrer et, pour l'amour de Dieu, apportez-nous à boire !

James fut aussitôt escorté jusqu'à un petit bureau privé, où les membres du club avaient l'habitude de recevoir leurs maîtresses ou leurs fabricants de cigares. Il fut invité à prendre un siège et s'installa sur un sofa en cuir extrêmement confortable, qui semblait épouser les contours de son corps dans une étreinte moelleuse. Il se sentit soudain extrêmement fatigué et lutta pour ne pas s'abandonner aux douceurs de sa position. Il s'agissait sans doute d'une ruse destinée à lui faire oublier l'objet de sa visite.

— Bien, dit Palmer en le rejoignant avec une bouteille et des verres. Buvez ça.

James regarda avec méfiance le gros verre rond que lui tendait le comte.

— Ce n'est pas du whisky, grommela-t-il.

— Non, c'est du cognac. Mais quelle importance ? C'est de l'alcool, mon vieux, et vous avez l'air d'en avoir sacrément besoin.

De mauvaise grâce, James prit l'énorme verre dans lequel se trouvait une minuscule quantité de liquide, qu'il avala d'un trait. Cognac. Oui, il en buvait avant de se mettre au whisky. Une chaleur rassurante lui enflamma le gosier.

Bishop avait raison : c'était toujours de l'alcool. Il lui tendit son verre vide.

— D'accord, d'accord, dit Freddy en le resservant. Mais pas si vite, d'accord ? Ils me font payer la bouteille et c'est du vingt ans d'âge.

James avala une longue gorgée qui suivit son chemin de feu.

— J'espère que vous ne m'en voulez pas de vous dire cela, reprit Bishop en s'installant dans le fauteuil en face de lui, mais il faut que vous arrêtiez d'envoyer voler tous ceux qui se dressent sur votre chemin. Je pensais que vous vous étiez calmé, depuis la dernière fois où nous nous sommes vus. C'était il y a... deux mois, non ? Vous voyez, mon nez s'en est bien remis. Vous remarquerez la bosse, bien sûr. Tout le monde la remarque. Mais vous savez, je l'aime bien. Je trouve que mon visage était affreusement féminin, avant que vous me cassiez le nez. Vraiment, Traherne, c'est une faveur que vous m'avez faite... Pour ma part, je suis déçu de constater que vous n'avez gardé aucune cicatrice, mais vous avez l'air assez misérable pour que je veuille bien passer outre.

Il avala une gorgée de cognac.

— Bien, je suppose que vous allez me dire pourquoi vous êtes là. Si c'est pour me demander où est Kate, je regrette, mais c'est inutile. Elle ne m'a toujours pas autorisé à le divulguer.

— Elle est partie, déclara James avec l'impression que son cœur se contractait d'au moins la moitié de sa taille.

C'était comme si une poigne invisible lui serrait les entrailles, jusqu'à ce qu'il n'ait plus d'air pour respirer.

Bishop s'éclaircit la voix.

— Euh, bien sûr qu'elle est partie, mon vieux. Nous en avions parlé lors de notre dernière entrevue, il me semble.

— Ce n'est pas Kate, parvint à articuler James d'une voix saccadée. C'est... Isabel.

— Isabel? s'exclama Bishop. Lady Isabel? Votre fille?

James bondit de son sofa trop confortable. Il se dirigea vers la cheminée où un feu crépitait, bien qu'il ne fasse pas froid à l'extérieur... En tout cas, il ne sentait plus le froid.

— Évidemment qu'il s'agit de ma fille, bon sang! Elle est partie. Elle m'a quitté.

Bishop émit un sifflement.

— On dirait que c'est une habitude chez elles, pas vrai, mon vieux? De vous quitter, je veux dire.

Une seconde plus tard, il regrettait de s'être montré aussi désinvolte. Le marquis le saisit au collet et le souleva de son siège.

— Vous allez me dire où elle est, énonça James aussi calmement que possible.

Les pieds de Bishop flottaient à plusieurs centimètres au-dessus du sol. Il les regarda avec un air de regret, comme si le plancher des vaches lui manquait déjà.

— Euh, Traherne, articula-t-il. Comment diable saurais-je où votre fille est partie?

— Pas Isabel. Kate.

Bishop se mit à tousser.

— Franchement, euh... Traherne, je ne vois pas...

Sa voix s'étrangla quand le marquis resserra ses poings.

— Elle est partie, répéta James dans une sorte de grognement primitif. Isabel est partie avec ce salaud de Craven!

— Cra... Craven? explosa Bishop. *Daniel* Craven?

— Vous en connaissez un autre?

— Mais... enfin... et Saunders?

Saunders? Bien qu'il soit là, en train de tenir un homme de quatre-vingt-dix kilos au-dessus du sol, James se revit la veille au soir, lorsque Isabel avait fait irruption dans son bureau…

Il s'était installé devant le feu, comme chaque soir depuis un certain temps, un verre de whisky à la main et une bouteille placée sur la table, à sa portée. Rien ne le préparait à la confrontation qui avait suivi.

Isabel avait été très agréable depuis la cruelle – c'était du moins ainsi que James la percevait – désertion de Kate. Il pensait qu'elle venait le réconforter, lui conseiller de se couper les cheveux, comme elle l'avait fait une fois ou deux. Il ne s'attendait vraiment pas à ce qu'elle l'invective comme un malpropre.

— Encore saoul, commença-t-elle d'un air dégoûté, en jetant un coup d'œil sur la bouteille presque vide.

Ce qui n'était pas grave, puisque Vincennes lui en rapportait une pleine chaque fois qu'il le sonnait…

— C'est la nouvelle vie que tu as choisie ? Tu as décidé de passer tes journées à boire jusqu'à ce que mort s'ensuive ?

Il la regarda avec des yeux injectés de sang. Elle était habillée pour sortir.

— C'est tout ce que j'ai trouvé pour l'instant. Tu as peut-être une autre suggestion ?

— Oui. Il se trouve que oui. Pourquoi ne décolles-tu pas ton derrière de ce fauteuil pour partir à sa recherche ?

— N'utilise pas un tel langage dans ma maison, je te prie.

— Ah ? Et que vas-tu faire si je persiste ?

— Te flanquer une fessée.

Isabel se mit à rire, mais d'un rire désagréable, plein de mépris.

— J'aimerais bien voir ça. Tu n'es même pas en état de soulever une plume. Depuis quand n'as-tu pas pris un repas décent ? Ou simplement un bon bol d'air frais ?

James regarda le feu en fronçant les sourcils. Il n'estima pas utile de lui dire qu'il trouvait à tous les aliments un goût de cendre et que l'odeur de l'air, que ce soit à l'intérieur ou à l'extérieur, lui semblait fétide.

— Je suis encore capable de te supprimer ton argent de poche.

— Certainement. Mais je n'aurai qu'à m'emparer de ton portefeuille quand tu t'écrouleras ivre mort. Ce qui, à te voir, ne devrait pas tarder.

— Isabel, s'impatienta-t-il. Qu'est-ce que tu veux ? De l'argent ? Tu sors, à ce que je vois.

— Effectivement. Et toute seule. Parce que je sors sans chaperon, ce qui constitue le plus grand scandale de la saison depuis quelque temps, grâce à toi.

— Grâce à toi, tu veux dire. Ce n'est pas moi qui depuis trois mois me pends au cou de ce jeune chacal...

— Arrête de dénigrer Geoffrey ! Je sais ce que tu penses de lui.

— Vraiment ? Alors pourquoi ai-je l'impression que tu ne cesses de le voir malgré tout, derrière mon dos ?

— Accompagne-moi ce soir, et je pense que tu seras agréablement surpris. Les gamins comme Geoffrey ne m'intéressent plus.

James observa sa fille et se dit qu'elle n'était pas aussi à son avantage que lorsque Kate s'occupait de sa garde-robe et de ses cheveux. Livrées à elles-mêmes, les jeunes filles de dix-sept ans prenaient parfois des initiatives malencontreuses. Ce soir, par exemple, une frange de bouclettes couronnait son front. C'était peut-être la dernière coiffure à la mode mais, sur Isabel, c'était ridicule.

— Non, merci, répondit-il en se tournant vers le feu.

— Vraiment, papa ! s'écria-t-elle en tapant du pied. Que t'est-il arrivé ? Je me souviens d'une époque où tu n'aurais jamais permis à une femme de te traiter comme elle l'a fait ! Pourquoi restes-tu affalé dans ton fauteuil au lieu d'aller la chercher ?

— Au cas où tu l'aurais oublié, je ne sais pas où elle est.

— Oh, et un homme aussi riche que toi, avec tes relations, n'a pas les moyens de le découvrir ?

Il émit un long sifflement.

— Je ne vois pas pourquoi je la chercherais, puisqu'elle m'a clairement signifié qu'elle ne voulait plus me voir.

— Papa, elle était en colère quand elle a écrit cette lettre. Je suis sûre que maintenant qu'elle a eu le temps de réfléchir, elle n'est plus dans les mêmes dispositions. Elle est probablement assise quelque part, en train de penser que tu te moques bien de la revoir.

— Et elle aurait tout à fait raison de le penser, grommela James en avalant une bonne rasade de whisky.

— Non. Si Mlle Mayhew passait cette porte maintenant, tu te jetterais à ses pieds pour les baiser, rétorqua Isabel en tirant sur ses gants, exaspérée. Remarque, je crains fort sa réaction si elle te voyait aussi négligé. Tu ne te rases même plus. Tu ressembles à une bête. Tiens, Daniel dit...

— Daniel ? la coupa James en la fixant soudain à travers les brumes de l'alcool. Qui est *Daniel* ?

— Danien Craven, bien sûr.

Brusquement dessaoulé, il bondit de son siège.

— Si tu t'approches de cet homme, Isabel, je te tords le cou.

— Tu te trompes sur son compte, papa, et Mlle Mayhew aussi. Il n'y a pas plus charmant que lui. Il a été victime d'un regrettable malentendu. D'ailleurs, il est vraiment désolé pour...

— Je ne veux pas que tu t'approches de lui, fulmina James. Tu ne vas plus lui parler, danser avec lui, ni même le regarder, tu m'entends ?

— Je n'ai pas besoin de ta permission pour le voir, papa, riposta froidement la jeune fille. Si je veux, je peux l'épouser. Nous n'aurons même pas à publier les bans, il nous suffira de traverser la frontière et...

Il fit un pas vers elle, sans avoir l'intention de la frapper, bien sûr. Jamais il ne l'avait battue, et il n'avait pas l'intention de commencer maintenant. Mais elle fit un bond en arrière.

— Isabel, gronda-t-il, si jamais tu t'approches à nouveau de cet homme, je le tue. Lui d'abord, et toi après.

Elle releva la tête avec dédain.

— Daniel savait que tu réagirais ainsi. Je lui ai dit qu'il se trompait, mais il semble qu'il avait raison. Tu deviens épouvantable. Je l'aime, papa, et je vais me marier avec lui, avec ou sans ta permission.

Au lieu de la gifler, il préféra lancer son verre contre la fenêtre dont les vitres volèrent en éclats, se répandant jusque dans la rue. Isabel, qui s'était baissée, se redressa. Jamais il n'oublierait le regard qu'elle lui lança alors. C'était un regard de mépris profond, mêlé à une pitié abjecte. James eut l'impression de recevoir un coup de poing dans le ventre.

— Isabel, dit-il, désespéré.

Mais c'était trop tard. Elle tourna les talons et quitta la pièce sans ajouter un mot.

Il ne la revit plus. Le lendemain matin, Mme Cleary, en larmes, lui apporta le billet. Isabel était partie avec Craven à Gretna Green, en Écosse. Quand elle reviendrait, elle serait une femme mariée. Et s'il voulait un jour connaître ses petits-enfants, il ne devait pas se mettre en travers de son chemin…

— Eh bien, fit Bishop qui venait d'écouter patiemment la version abrégée de l'histoire, toujours suspendu au-dessus du sol. C'est un sale coup, mon vieux. Si vous me posiez par terre et que nous essayions d'y réfléchir tranquillement ?

James le laissa retomber sans ménagement.

— J'y ai déjà réfléchi, dit-il en passant une main dans ses longs cheveux. La seule solution, c'est que je retrouve Kate. Je l'emmènerai avec moi en Écosse. Isabel ne m'écoutera pas, mais elle écoutera Kate.

Bishop haussa plusieurs fois les épaules. Depuis que James l'avait attrapé au collet, son costume ne tombait plus d'aplomb.

— Je n'en doute pas, mon vieux, mais vous oubliez qu'elle ne veut pas que je révèle l'endroit où elle est.

— Il s'agit d'un cas d'urgence.

— Oui, sûrement. Pour vous, en tout cas. Mais vous devez comprendre que je n'ai aucun intérêt – et Kate non plus, j'en suis convaincu – à ce que vous la retrouviez.

James l'étudia en clignant des yeux.

— Évidemment, vous la voulez pour vous.

— Eh bien, à dire vrai, elle n'est pas merveilleusement disposée à mon égard, mais je pense qu'avec le temps...

— Et votre soprano ? s'enquit poliment James, bien qu'il ne soit absolument pas intéressé par la vie romantique du comte.

— Oh oui, bien sûr, mais... Kate est une femme compréhensive.

— Pas si compréhensive que vous le croyez.

Bishop lui lança un regard spéculatif.

— Oui... Peut-être. Je ne sais pas. En tout cas, j'ai les mains liées. Je lui ai donné ma parole, vous comprenez ?

James prit une profonde inspiration.

— Bishop, ma fille n'a que dix-sept ans, elle est totalement inexpérimentée. Elle s'est jetée dans les bras de ce sale type qui est au mieux un voleur, au pire un assassin responsable de la mort de deux personnes brûlées vives dans leur lit. Et il serait mon gendre, *lui* ? Le père de mes petits-enfants ?

Freddy fronça les sourcils.

— Ce ne serait pas de chance... commença-t-il, mais James l'interrompit.

— Pensez à Kate, à ce qu'elle dira quand elle l'apprendra. Quelle sera sa réaction, selon vous, quand elle saura qu'Isabel s'est livrée à Daniel Craven ? Que pensera-t-elle ? Et que fera-t-elle ?

L'expression de Freddy, jusque-là plutôt intraitable, se modifia. Il décroisa les bras.

— Mon Dieu, vous avez raison. Oui, désolé, mon vieux. Je vais vous le dire, bien sûr. Kate ne me le pardonnerait jamais si je me taisais, en de telles circonstances.

Il prit sa respiration, puis :

— Elle est à Lynn Regis. Sa vieille nounou loue un cottage, là-bas, connu sous le nom de « White Cottage ». Je n'ai pas l'adresse exacte sur moi, mais si vous voulez bien attendre un moment, j'envoie un domestique...

La voix de Freddy mourut sur ses lèvres lorsqu'il se rendit compte qu'il était seul dans la pièce.

24

La route au bout de laquelle se dressait White Cottage ressemblait à un ancien chemin de berger. On n'y rencontrait pas âme qui vive, à la différence des autres rues de Lynn Regis, très animées malgré les énormes nuages qui s'amoncelaient au-dessus de la mer.

Comme son nom l'indiquait, White Cottage était une agréable petite maison blanche, sur laquelle couraient des vignes et des rosiers grimpants. James dut se baisser pour passer sous l'arche de verdure qui menait au perron. S'il avait été dans un état d'esprit plus serein, il aurait pris le temps d'admirer le jardin et les bacs de fleurs qui ornaient chaque fenêtre. Il parvint à frapper normalement à la porte, plutôt que de la défoncer d'un coup d'épaule.

Il passa une main dans ses cheveux qu'il avait refusé de couper avant de partir, malgré les conseils de Duncan qui avait au moins pu le convaincre de se raser. Le temps pressait, et de toute façon Kate se moquait de son apparence. Elle le haïssait, il l'avait bien mérité, et ce n'était pas une coupe de cheveux qui changerait quoi que ce soit.

Pourtant, maintenant qu'il était sur le point de la revoir, il regretta de ne pas avoir suivi les conseils de Duncan.

Un regret bien insignifiant par rapport à tous ceux qui le rongeaient… Il leva un poing et tambourina à la porte.

Une voix – pas celle de Kate – s'éleva de l'intérieur du cottage.

— J'arrive !

Mais une bonne minute s'écoula, durant laquelle James se tourna nerveusement vers son cocher resté près de la voiture. Attentif aux moindres ordres de son maître, l'homme l'interrogea du regard, pensant qu'il manquait quelque chose au marquis. Mais ce qui lui manquait, son cocher ne pouvait le lui donner.

La porte s'ouvrit et une vieille femme appuyée sur une canne le regarda en plissant ses yeux d'un bleu laiteux.

— Oh, c'est vous, dit-elle après avoir remarqué ses cheveux trop longs et la voiture derrière lui. Vous devez être là pour Katie.

— Oui. Oui, madame. Est-elle là ?

— « Madame »…

La vieille femme sourit aimablement, révélant qu'elle avait encore toutes ses dents, ce qui était exceptionnel à son âge.

— Personne ne m'a appelée « madame » depuis tellement longtemps. Mon nom est Hinkle.

James se mit à prier le Seigneur de le délivrer de cette femme avant qu'il ne succombe à un nouvel accès de violence.

— D'accord, fit-il en essayant de dominer son impatience. Madame Hinkle, cela vous ennuierait-il de me dire si Mlle Mayhew est là ? Voyez-vous, il est très important que…

— C'est Mlle Hinkle, corrigea la vieille dame avec une étincelle dans les yeux. Et je peux vous dire que je fais toujours tourner la tête d'un ou deux jeunes hommes le dimanche matin, au village.

James serra les poings. Son cœur semblait près d'exploser.

— Mademoiselle Hinkle, parvint-il à articuler d'une voix quasi normale, où puis-je trouver Mlle Mayhew ?

— Là-dehors, répliqua-t-elle en indiquant une direction derrière le cottage. Elle ramasse le linge. Il va pleuvoir, vous savez. Je l'aurais fait moi-même, mais mes pieds me font souffrir et…

Sa voix se perdit. Non parce qu'elle s'était tue mais parce que James avait déjà traversé le jardin pour tourner au coin de la maison. Derrière White Cottage se déroulait un tapis vert de champs jusqu'à la mer, qui avait pris des reflets ardoise à l'approche de l'orage. Non loin, au centre de l'un de ces champs, une corde était tendue entre deux arbres tourmentés. Des draps blancs et des taies d'oreillers y étaient suspendus et battaient au vent. Derrière ces draps, James aperçut la fine silhouette d'une femme, un panier à ses pieds. Ses jupes étaient plaquées contre ses jambes. Elle levait les bras et se haussait parfois sur la pointe des pieds pour ôter les épingles qui retenaient le linge.

Même s'il ne distinguait pas son visage, James sut tout de suite qu'il s'agissait de Kate.

Il s'approcha à grandes enjambées et s'arrêta derrière un drap qu'elle s'efforçait de libérer d'une épingle récalcitrante. Lorsqu'elle y parvint enfin, l'écran blanc tomba.

Elle n'avait pas changé, si ce n'est qu'elle était encore plus belle que dans son souvenir. Le vent avait coloré ses joues, et même le choc de sa soudaine apparition derrière ce drap ne parvint pas à les faire pâlir. S'il avait espéré qu'elle avait souffert autant que lui, ces derniers mois, il fut déçu. Elle était aussi mince qu'auparavant, mais elle semblait avoir acquis une vigueur nouvelle. Ses yeux gris brillaient comme si des diamants s'y étaient tapis. Quant à ses lèvres – des lèvres qui l'avaient hanté sans relâche, jour et nuit –, elles étaient plus pleines et désirables que jamais.

Elles s'entrouvrirent au bout d'une bonne minute de silence et, de sa voix un peu grave qu'il connaissait si bien, elle murmura :

— Vous avez une mine épouvantable.

Il cligna des paupières. Pendant le voyage interminable depuis Londres, il avait imaginé ce qu'ils se diraient quand ils se retrouveraient. Il avait envisagé divers scénarios, depuis celui où elle se précipitait dans ses bras jusqu'à celui où elle attrapait tout ce qui lui tombait sous la main pour le lui jeter à la tête.

Mais jamais il n'avait prévu ce commentaire prosaïque sur son apparence.

Il fut incapable de répondre, comme s'il avait soudain oublié l'usage de la parole. Il demeura pétrifié, cherchant désespérément quelque chose à dire tout en la détaillant attentivement, remarquant qu'elle portait une robe qu'il n'avait jamais vue auparavant, en cotonnade bleu et blanc, avec un châle en lainage vert enroulé autour de ses épaules. Elle chassait de son visage des cheveux blonds échappés de son chignon noué haut sur le crâne, que le vent faisait voleter.

— Bon, Kate, dit-il en avançant d'un pas, dégageant une mèche de ses yeux. Ne restez pas là, il va pleuvoir. Laissez-moi porter le linge à l'intérieur.

Elle s'attaqua aux épingles qui maintenaient le drap suivant.

Il avait peut-être du mal à parler mais il parvenait encore à bouger, aussi l'aida-t-il en enlevant celles qui étaient placées trop haut pour elle et en pliant avec elle les draps. Les violentes rafales ne leur facilitaient pas la tâche et parfois, leurs doigts se touchaient. Ils évitaient alors soigneusement de se regarder.

En tout cas, c'était chaque fois comme si James recevait des décharges électriques. Le moindre contact l'enflammait, résultat de ces émotions insupportables qu'il ressentait pour elle. Mais il n'y pouvait rien, sinon prier pour qu'elle les partage.

Et c'était le cas, constata-t-il avec un soulagement sans nom quelques secondes plus tard, en s'apercevant que les mains de Kate tremblaient. Ce n'était pas à cause de la température car il ne faisait pas froid. Son indifférence n'était qu'apparente.

Maintenant, il s'agissait de l'amener à l'admettre. Comment ? Toute la question était là.

Elle est en colère, se dit-il. Sa lettre dépourvue d'acrimonie ne reflétait pas ce qu'elle éprouvait à présent. Elle avait le droit de lui en vouloir car il l'avait insultée, humiliée en lui proposant stupidement de devenir sa maîtresse. Sans parler de ce qu'il avait insinué sur ses relations avec Craven.

— Je suis tout à fait capable de porter mon linge, décréta-t-elle lorsqu'il se baissa pour soulever le panier.

Il le saisit néanmoins.

— Pas quand vos mains tremblent de cette façon.

Elle les cacha aussitôt sous ses bras, qu'elle croisa sur sa poitrine.

— J'ai froid, se défendit-elle.

— Voulez-vous que je vous prête mon manteau ?

Elle croisa son regard et s'empressa de détourner les yeux, comme si elle ne voulait pas se souvenir d'un certain jour où il lui avait prêté son manteau.

— Non, dit-elle d'une toute petite voix. Ce ne sera pas nécessaire, merci.

Il ne se sentait pas la force de supporter cette froideur, même si ce n'était qu'une façade.

— Qu'avez-vous fait pour que Freddy vous donne mon adresse ? ajouta-t-elle en regardant le sol. Vous l'avez menacé de parler à sa mère de sa soprano ?

Il secoua la tête.

— Je lui ai dit la vérité. Que j'avais besoin de vous.

Il aurait dû s'arrêter là, car ses yeux, jusque-là aussi gris et glacés que la mer qui s'étendait à leurs pieds, venaient de s'adoucir.

Mais il était trop novice en amour et trop défiant pour prendre le temps de réfléchir à la signification de cette douceur.

— C'est à cause d'Isabel.

La douceur céda la place à la frayeur.

— Isabel ? Que se passe-t-il ? Elle va bien ?

— Elle s'est enfuie, Kate.

Elle le dévisagea, sans se soucier du vent qui ramenait ses cheveux épars sur ses joues.

— Enfuie ? Mais, où ?

— En Écosse. Avec Daniel Craven.

— *Daniel,* répéta-t-elle d'une voix blanche, avec une expression d'horreur. Mais comment est-ce possible ? Qu'est-il arrivé...

— Vous devez m'aider, Kate, l'interrompit-il désespérément. Vous êtes la seule à pouvoir la convaincre de rentrer à la maison. Je sais que je n'ai aucun droit de vous demander cela... mais je ne sais pas quoi faire d'autre. Il faut que vous m'aidiez. Faites-le pour elle.

Elle baissa les yeux.

— Oui, oui, bien sûr…

Elle se précipita aussitôt vers le cottage, sans l'attendre.

Lui ne vit qu'une seule chose : elle acceptait de l'accompagner. Il ne remarqua pas l'ombre de douleur qui avait obscurci son regard.

Que s'était-elle imaginé, aussi ? se demandait Kate en pressant le pas. Il lui avait fallu presque trois mois pour venir la chercher, et il l'avait fait seulement parce que sa fille avait des problèmes.

De graves problèmes. Daniel Craven. Dieu du ciel ! Daniel Craven…

Que voulait-il à Isabel ?

James la suivait, chargé du panier de linge. Elle est en colère, pensait-il. Mais je vais lui expliquer, ce n'est pas trop tard.

Tant qu'elle n'aurait pas épousé Bishop, il avait une chance.

Mlle Hinkle ne semblait pas partager cet avis.

— Alors c'est vous, dit-elle dix minutes plus tard à James, assis en face d'elle à la table de la cuisine.

Kate l'avait informée qu'elle montait prendre des affaires pour partir quelques jours avec le marquis, pour une question urgente à régler. Mais elle reviendrait ensuite, avait-elle précisé.

La jeune femme avait jeté un bref regard à James en disant cela, comme si elle s'attendait à ce qu'il la contredise. Et il avait failli le faire, retenant son souffle. Il n'avait pas la moindre intention de la perdre de vue, maintenant qu'il l'avait retrouvée.

Mais il était trop tôt pour le lui dire. Elle n'était pas dans l'état d'esprit qui convenait. En revanche, il crut bon de donner de plus amples explications à Mlle Hinkle.

— Mlle Mayhew est très discrète mais je partagerai ce secret avec vous, mademoiselle Hinkle. Il s'agit de ma fille, voyez-vous. Elle s'est enfuie avec un homme, et j'ai besoin de l'aide de Mlle Mayhew pour la convaincre de rentrer à la maison.

Elle avait placé une tasse de thé et un plat de scones devant lui.

— Cela ne marchera pas, vous savez.

James laissa son thé refroidir. Il n'avait pas avalé une seule goutte de whisky depuis vingt-quatre heures, mais il n'était pas prêt pour autant à boire des breuvages de vieilles dames.

— J'ai peur de ne pas comprendre ce que vous voulez dire.

— Moi, je crois que vous comprenez très bien, répliqua-t-elle en versant quatre cuillerées de sucre dans son thé.

Au grand dégoût de James, elle en avala une gorgée avec délectation.

— J'ai élevé Katie pendant les seize premières années de sa vie, et je n'ai jamais rencontré personne d'aussi têtu.

Dehors, un éclair illumina le ciel. Le tonnerre gronda peu après. James regarda autour de lui. L'endroit était agréable, quoique le plafond fût un peu bas pour quelqu'un de sa stature. Il se sentait rassuré de savoir que c'est là que Kate avait vécu depuis qu'elle l'avait quitté, car il avait imaginé les pires cas de figure. En revanche, cette vieille femme... n'était pas du tout la gentille nounou qu'elle semblait être de prime abord.

Tout en regardant d'un œil amusé la chatte grise roulée en boule sur le panier de linge qu'il avait posé par terre, il répliqua :

— Je suis très obstiné aussi, mademoiselle Hinkle.

— Pas autant qu'elle, sinon vous ne seriez pas là.

La chatte bâilla à se décrocher la mâchoire, puis se mit à pétrir le drap blanc avec ses pattes de devant.

— Mais elle vient avec moi, non ?

— Pour le bien de votre fille, jeta la vieille dame en mordant dans un scone. C'est tout.

— Non, ce n'est pas tout, répliqua-t-il, irrité. Je ne crois pas qu'elle ait accepté uniquement pour Isabel.

— Libre à vous de croire ce que vous voulez, milord.

Il la regarda droit dans les yeux.

— Vous ne me détournerez pas d'elle, mademoiselle Hinkle. Inutile de vous fatiguer.

— Eh bien c'est dommage, voyez-vous, car vous allez être déçu…

— Nanny ? Qu'es-tu en train de raconter ? les interrompit Kate du haut de l'escalier.

— Rien d'important, ma chérie, cria la vieille dame avec une force étonnante pour sa frêle corpulence.

Puis, baissant la voix, elle dit à James :

— Je me souviens du scandale que votre divorce a suscité dans les journaux.

Il se raidit.

— Qu'insinuez-vous, mademoiselle Hinkle ? Que je suis pas assez bien pour elle ?

Elle le regarda fixement.

— Vous êtes au courant pour ses parents, bien sûr ?

Surpris par ce brusque changement de sujet, il acquiesça.

— Ce fut un scandale aussi, continua-t-elle. Il fit la une des journaux, comme votre divorce. Tous leurs amis, des gens de la haute société comme vous, les laissèrent tomber. Ils ne pouvaient plus sortir sans susciter les railleries et les murmures de ceux qui les recevaient la veille encore. Ce genre de choses laisse des cicatrices.

— Certainement, admit James.

— Mais Katie a été marquée d'une autre façon.

— Mademoiselle Hinkle, où voulez-vous en venir exactement ?

— Elle n'y retournera pas, déclara la vieille femme sans ciller.

À ce stade de la conversation, James devina qu'elle savait ce qui s'était passé entre Kate et lui, et quelle proposition honteuse il lui avait faite. Mais il avait l'intention de s'amender. S'adossant dans son siège, il déclara :

— Je crois que vous me sous-estimez, madame.

— C'est vous qui sous-estimez Kate. Mais à quoi bon vous dire tout cela ? Je suis une vieille dame et personne n'écoute les vieilles dames.

Kate apparut dans l'escalier, une valise à la main et vêtue d'une tenue de voyage.

— Moi, si, affirma-t-elle. Nanny, tu es sûre de pouvoir t'en sortir en mon absence ? Je m'arrêterai chez Mme Barrow au passage, pour lui demander de s'occuper de toi. N'oublie pas le pâté en croûte de samedi dans le garde-manger. Le laitier passe demain…

Dès qu'elle entra dans la pièce, le visage de la vieille dame se métamorphosa en celui d'une douce nounou. Le regard coupant et inquisiteur qu'elle réservait au marquis avait disparu.

— Oui, répliqua-t-elle tandis qu'il se levait pour prendre la valise de Kate qui lui parut étonnamment légère. Mais tu oublies lady Babbie, ma chérie.

— Je serai de retour dans quelques jours, Nanny, répondit Kate en attachant les rubans de sa coiffe. Pas plus.

Nanny Hinkle jeta à James un regard triomphant avant que Kate ne la serre dans ses bras. La vieille dame lui donna quelques scones rapidement emballés, puis James lui saisit la main pour la baiser.

— Nous reviendrons, assura-t-il avec une confiance qu'il ne ressentait pas tout à fait. Pour le chat.

— *Elle* reviendra, rectifia la nurse alors que Kate était déjà dehors.

— Je ne crois pas, mademoiselle.

— Eh bien, vous n'avez pas fini de souffrir, milord.

25

Vous n'avez pas fini de souffrir... Quelques heures plus tard, ces mots résonnaient encore à l'oreille de James.

Certes, il ignorait ce que cette femme savait de ses relations avec Kate, mais cela ne l'autorisait pas pour autant à faire de telles prévisions.

Même si elle avait vu naître la jeune femme, lui la connaissait sous un autre jour.

Il savait par exemple que lorsqu'elle gardait les lèvres résolument serrées, comme en ce moment, assise en face de lui dans la voiture qui roulait depuis des heures, cela ne signifiait pas qu'elle était en colère mais qu'elle réfléchissait, ou qu'elle était préoccupée. Et il aurait mis sa main à couper que c'était Daniel Craven qui occupait ses pensées.

Depuis qu'ils étaient partis de chez Nanny Hinkle, ils avaient peu parlé, mais elle l'avait interrogé sur les circonstances exactes qui avaient abouti à la fuite d'Isabel, écoutant attentivement sa version abrégée – et partielle – des faits. Kate avait alors remarqué que si la jeune fille avait indiqué qu'elle partait pour Gretna Green, c'est qu'elle espérait que son père la retrouverait avant qu'elle se marie. Pour quelle autre raison aurait-elle mentionné sa destination ?

Et en cet instant, elle élaborait une stratégie pour faire revenir Isabel à la raison, il en était sûr. Il voyait clairement son visage, malgré la semi-pénombre. On se serait cru à la tombée de la nuit, avec ces nuages noirs qui obscurcissaient le ciel. Il n'était pourtant que quatre heures de l'après-midi, constata-t-il en jetant un rapide coup d'œil à sa montre. Kate portait une simple cape marron avec une coiffe assortie, dont la couleur rehaussait sa blondeur.

Allait-elle rester silencieuse pendant tout le voyage ? se demanda-t-il. Elle n'avait jamais été une pipelette, d'accord, mais tout de même.

Bien sûr, il était le seul responsable de cette situation, mais il devait trouver quelque chose pour y remédier, sinon il allait devenir fou.

— Je suis désolé, Kate.

Il devait parler fort pour être entendu malgré le bruit des roues et des sabots des chevaux.

Elle s'arracha à la contemplation du paysage, visiblement surprise :

— Je vous demande pardon ?

— Je suis désolé, répéta-t-il. Pour cette nuit, à Londres. Je croyais que... que c'était Bishop dans le jardin, avec vous. Je ne savais pas qu'il s'agissait de Daniel Craven.

Ses joues s'enflammèrent et elle détourna les yeux.

— Je vous en prie, oubliez ça, dit-elle d'une voix altérée.

Pourquoi ne le regardait-elle pas ?

— Comment pourrais-je oublier, Kate ? Comment ? Je ne cesse d'y penser. Pourquoi n'avez-vous rien dit ?

— Cela n'aurait pas changé grand-chose, répondit-elle en contemplant le paysage.

— Cela aurait tout changé, au contraire. Si seulement vous m'aviez un peu parlé de votre passé...

Elle tourna enfin la tête et l'observa, à l'ombre de sa coiffe.

— Je l'ai fait. Je vous ai parlé de l'incendie.

En l'espace d'une seconde, il se leva et s'assit sur le siège à côté d'elle.

— Mais pas de toute l'histoire, précisa-t-il en lui prenant la main. Vous m'avez laissé ignorer ce qui était arrivé, qui vous étiez...

— Quelle différence cela aurait-il fait ? rétorqua-t-elle en essayant de se dégager.

— Si j'avais su qui était votre père…

Elle plissa les paupières.

— Insinuez-vous que si vous aviez su que mon père était un gentleman, vous n'auriez pas…

— Non ! Non, je suis sûr que cela serait arrivé… Mais si j'avais su, Kate, je vous l'aurais demandé plus tôt.

— Quoi donc ?

— De m'épouser, bien sûr !

Cette fois, ses joues perdirent leur couleur.

— Lâchez-moi, jeta-t-elle d'une voix méconnaissable.

Il resserra son étreinte.

— Non. Écoutez-moi, Kate…

— Je vous ai entendu. S'il vous plaît, lâchez ma main et retournez sur votre siège.

— Kate, reprit-il plus doucement, s'apercevant que c'étaient les larmes qui changeaient le timbre de sa voix. Je sais que vous êtes en colère contre moi, et vous avez le droit de l'être. Mais je pense…

— Si vous ne lâchez pas ma main et si vous ne regagnez pas votre place, je demande au cocher de me déposer au prochain croisement.

— Kate, vous ne comprenez pas, je…

— C'est *vous* qui ne comprenez pas ! s'écria-t-elle en tremblant. Changez de place, ou j'ouvre cette portière et je saute en marche !

L'espace d'un instant, il se dit que c'était lui qui allait sauter. Ou lancer quelque chose à travers cette maudite portière. Mais cela ne les aurait menés à rien, alors il la lâcha et regagna sa place. Les bras croisés, il la considéra d'un air perplexe.

Qu'est-ce qui n'allait pas chez elle ? Il essayait d'arranger les choses, et elle réagissait comme s'il lui proposait de nouveau d'être sa maîtresse. Qu'elle lui en ait voulu, il le comprenait, mais pourquoi était-elle furieuse qu'il la demande en mariage ? Les femmes n'accordaient-elles pas plus de prix à une demande en mariage qu'à des diamants ? Peut-être était-elle vexée qu'il ne lui ait pas présenté une alliance… En fait, il se serait volontiers arrêté pour en acheter une, mais il n'avait pas le temps. Il devait d'abord empêcher sa fille d'épouser un voyou.

De son côté, Kate tournait la tête au maximum afin de lui cacher ses larmes. Il pleuvait dru à présent. Des éclairs déchiraient le ciel, suivis de roulements de tonnerre. L'eau dégoulinait sur les vitres, si bien qu'elle ne pouvait plus se perdre dans la contemplation du paysage – elle ne savait plus si c'étaient ses larmes ou la pluie qui l'aveuglaient. Et puis, des pensées l'assaillaient sans relâche.

Qu'as-tu fait, Kate? Cet homme te demande en mariage, ce que tu attendais désespérément depuis trois mois, et tu dis non? Pourquoi? *Pourquoi!*

Elle savait pourquoi, bien sûr. Elle était complètement idiote, voilà pourquoi. Elle l'avait été dès le début, en acceptant de travailler chez lui. Il suffisait de le regarder, Seigneur! Ne représentait-il pas tout ce qu'elle méprisait depuis toujours? La richesse, l'arrogance, cette façon d'être sûr de lui...

En six mois, elle n'avait agi intelligemment qu'une seule fois : en le quittant, avant que ses sentiments pour lui ne deviennent trop forts pour l'en empêcher.

Non qu'elle soit à l'abri, aujourd'hui. Lorsqu'il lui était apparu derrière ce drap blanc, elle avait eu l'impression de n'être jamais partie. À la seule différence qu'il lui avait semblé différent, totalement vulnérable et meurtri.

Mais c'était son inquiétude pour Isabel qui le mettait dans cet état. Son départ à elle ne lui avait pas brisé le cœur, comme elle l'avait brièvement espéré. Il lui avait fallu toute sa volonté pour ne pas se jeter dans ses bras et l'embrasser à perdre haleine, comme elle ne cessait d'en rêver depuis la nuit où elle avait quitté Londres.

Quand elle avait frappé à la porte de sa nounou, le soir qui avait suivi cette nuit merveilleuse – mais à l'issue regrettable – qu'ils avaient passée ensemble, elle n'éprouvait que du chagrin. Puis des jours s'étaient écoulés, des semaines, des mois, sans qu'il se manifeste... Elle s'était alors rendu compte de la chance qu'elle avait, une chance exceptionnelle, oui, d'avoir échappé à un destin sans aucun doute misérable.

Et voilà qu'il réapparaissait, comme poussé par le vent.

Or ce n'était pas le vent, mais Daniel qui l'avait ramené à elle. Seigneur, à quoi Daniel pensait-il ? Il ne pouvait être amoureux d'Isabel. Des hommes comme lui étaient incapables d'éprouver le moindre sentiment d'amour pour d'autres qu'eux-mêmes. Alors, que mijotait-il ? Quelle mauvaise action s'apprêtait-il à accomplir ? Certes, Isabel était riche, mais lui aussi, maintenant que cette mine lui avait tant rapporté.

Pourquoi l'avait-il enlevée, si ce n'était ni par amour ni pour l'argent ?

Un étau de glace s'était resserré sur son cœur depuis que James avait prononcé le nom de Daniel. Parce que, au fond, elle devinait ce qui avait motivé son acte.

Elle espérait se tromper. De toute son âme. Mais elle ne voyait aucune autre explication.

Elle ne partagerait pas pour autant ses craintes avec James. Non, il avait suffisamment de soucis. Mieux valait qu'il s'imagine que Daniel voulait vraiment épouser sa fille, parce que s'il savait la vérité...

Dieu du ciel, la vérité !

Il en avait découvert une petite partie, en apprenant qui était son père. Sachant qu'elle était la fille d'un gentleman, il l'avait demandée en mariage, alors qu'il aurait dû le faire même si elle avait été la fille de personne.

Mais elle ne l'épouserait pas. C'était impossible.

Restait à bien garder cela à l'esprit, ce qui n'était pas facile. En ce moment même où ses yeux de jade étaient fixés sur elle, elle ne pouvait s'empêcher de remarquer ses mains assombries par des poils noirs, tout comme ses bras, son torse, son ventre... Elle seule le savait – enfin, avec la moitié des comédiennes de Londres. Malgré elle, elle évoqua son corps nu et tout ce qu'elle avait délibérément choisi d'oublier. Elle ne s'était jamais sentie aussi pleinement vivante que pendant cette nuit qu'ils avaient partagée. Jamais. Il lui avait fait ressentir des choses qui resteraient gravées en elle.

Ses larmes redoublèrent.

— Kate, dit-il, presque invisible d'elle à cause de cette pluie diluvienne qui avait amené la nuit avant l'heure. La voiture avait considérablement ralenti à cause de la visibilité réduite et de la boue qui encombrait la route.

Elle ne répondit pas, car elle pleurait en silence. Si elle parlait, sa voix la trahirait.

— Il y a une chose que je ne comprends pas, poursuivit-il. Pourquoi avez-vous éprouvé le besoin de vous enfuir ? Si vous ne vouliez pas devenir ma maîtresse, il vous suffisait de le dire, Kate. Je n'aurais pas tenté de vous forcer. Vous ne croyez tout de même pas que je suis tombé aussi bas, n'est-ce pas ?

Elle se mordit les lèvres. Cette voix qui émanait de l'obscurité était d'une tendresse, d'une douceur de velours…

— Je peux concevoir que vous soyez en colère contre moi. Je vous demande seulement d'essayer de comprendre. Je ne savais plus ce que je disais, cette nuit-là. Le fait que vous soyez la fille d'un gentleman ne change rien à mes sentiments. J'aurais dû vous dire que j'étais amoureux de vous. Je m'en suis rendu compte dès le lendemain matin, quand j'ai découvert que vous étiez partie…

Il continua de parler, longtemps, mais Kate ne l'écoutait plus. Parce qu'il avait avoué qu'il l'aimait. *Il l'aimait…*

Oh, Seigneur ! Pourquoi avait-il dit la seule chose susceptible de briser ses défenses ? Comment allait-elle pouvoir se prémunir, à présent ? Ce n'était pas vrai. Cela ne pouvait l'être ! Il prétendait l'aimer uniquement parce qu'il savait que c'était la seule arme capable de la rendre vulnérable.

— J'aurais dû m'en rendre compte plus tôt, je l'avoue, reprit-il. Mais il y a si longtemps que je n'éprouve plus grand-chose d'autre que de la rage, que je n'ai pas reconnu tout de suite ce sentiment… Kate, vous savez comment s'est terminé mon premier mariage. Je n'étais vraiment pas disposé à renouveler l'expérience. Pourtant, depuis que vous êtes partie, j'ai fait tout ce que j'ai pu pour précipiter la fin de cette vie pesante et dépourvue de sens qui est la mienne…

Souviens-toi, se disait Kate, s'efforçant de réveiller toute son indignation. Il appartenait au monde de ses ennemis, ces gens qui avaient trahi ses parents et laissé son assassin vivre impunément. Elle ne pouvait lui faire confiance.

— Un phaéton noir à intérieur jaune, prononça-t-elle soudain.

— Kate !

Il bondit de son siège et se précipita de nouveau près d'elle, mais cette fois, ce ne fut pas sa main qu'il souleva, mais elle tout entière, dans ses bras, comme si elle n'avait pas pesé plus lourd qu'une plume.

— Que puis-je faire pour vous faire oublier ces choses que j'ai dites ? s'enquit-il en la secouant doucement. Que puis-je faire ? Ça ?

Et il s'empara de ses lèvres.

Aussi simplement que cela. Et elle… eh bien, elle fondit.

James Traherne embrassait à merveille. Elle le savait déjà, bien sûr, mais comme pour s'assurer qu'elle ne l'avait pas oublié, il promena sa bouche sur la sienne avec toutefois une pointe d'hésitation, comme s'il lui posait une question dont elle seule connaissait la réponse.

Ce fut seulement en sentant sa langue dans sa bouche qu'elle comprit qu'elle venait d'y répondre. Ses défenses s'écroulèrent tout d'un coup. À présent il passait à l'attaque, sans merci.

Il ne s'agissait pas d'un baiser ordinaire, comprit-elle alors, et elle ne contrôlait pas la situation. Elle tenta de résister à cet assaut étourdissant, mais comment se libérer du charme hypnotique de ses lèvres ? De l'étreinte d'acier dans laquelle il l'emprisonnait ? Dans ses bras, elle n'avait plus de forces, elle ne maîtrisait plus ses mains qui se mouvaient d'elles-mêmes pour se glisser autour de son cou, sur sa nuque, dans ses cheveux d'une douceur surprenante. Par quel mystère la présence de sa langue dans sa bouche éveillait-elle ces petits pincements entre ses jambes ?

Elle sentait qu'il partageait sa fièvre. Il se pressait contre elle avec fougue, à travers l'armature de la crinoline, gémissant contre sa bouche lorsqu'elle avait insinué ses doigts dans ses cheveux. La force de son érection tendait son pantalon. D'une manière possessive, il resserra le bras autour d'elle, la caressant à travers sa robe, tout près des seins. Si elle le laissait la toucher là, elle était perdue.

Perdue, oui... Ses doigts à la fois puissants et incroyablement doux se refermèrent autour d'un sein, dont la pointe durcit instantanément sous la caresse.

Parvenant à s'écarter un peu, elle plaça une main sur sa poitrine et le regarda d'un air accusateur, mais ce qu'elle vit lui coupa le souffle. Sa bouche frémissait de désir et ses yeux verts débordaient de... de quoi ? Kate ne put le définir, tant cette expression l'effrayait et l'émouvait à la fois.

Elle devait mettre un terme à cette folie.

— James... lâchez-moi.

Aussi hébété que s'il émergeait du sommeil, il la regarda en plissant les yeux, sans pour autant desserrer son étreinte. Quand il parla, sa voix était rauque, son articulation difficile.

— Pas question, dit-il. La dernière fois que je vous ai lâchée, vous vous êtes sauvée et je ne vous ai revue que trois mois plus tard.

Bon, et si maintenant elle prenait son visage entre ses mains et l'amenait vers le sien jusqu'à ce que leurs lèvres se touchent ? Qui l'en blâmerait ? Ce n'était pas comme si elle avait pu s'échapper, l'empêcher de la toucher – il lui suffisait de l'effleurer pour la rendre toute faible. Il la maintenait toujours fermement dans ses bras, et ses doigts, qui n'avaient cessé de se mouvoir sur son sein, descendaient plus bas, toujours plus bas... alors...

Alors le cocher frappa soudain à la porte et les informa que les routes détrempées ne leur permettaient plus de continuer le voyage. M. le marquis acceptait-il d'attendre la fin de l'orage dans cette auberge, devant laquelle il venait de s'arrêter ?

26

Ce fut le tonnerre qui la réveilla en faisant trembler les carreaux de la fenêtre, près du lit.

Kate s'assit dans l'obscurité et écarta le petit rideau. Il faisait nuit. Des trombes d'eau tombaient sans discontinuer. Il devait être tard car les lumières du pub, de l'autre côté de la rue, étaient éteintes. Le petit village où ils avaient été forcés de s'arrêter semblait assoupi, comme tout le reste de l'Angleterre, sans doute.

Sauf elle.

Le bruit de l'orage avait mis un terme à ce rêve terrible et merveilleux qui peuplait toutes ses nuits, depuis qu'elle avait surpris le marquis nu au sortir du bain. Ce rêve qui ne l'avait pas épargnée une seule fois, même après son départ. Ce rêve qui la laissait en nage et haletante, et dont elle émergeait invariablement avec une main entre les cuisses. C'était choquant. Une lady ne se conduisait pas de cette manière.

Pourtant, elle ne pouvait pas plus s'empêcher de rêver de lui que de respirer.

Tous ses efforts s'étaient révélés vains. Alors, quand elle se réveillait avec sa main entre les jambes, elle restait dans cette position. Mieux valait cela que de céder au désir de retourner à Park Lane et supplier le marquis de la reprendre.

Mais à présent, il n'était pas à des miles d'elle, à Londres, mais tout près. Dans la chambre voisine. Et il dormait, comme tout bon citoyen anglais à cette heure. Il s'était montré poliment attentif durant le dîner, mais sans renouveler ni ses avances ni sa proposition. Sans doute avait-il réfléchi, et compris que sa décision d'épouser la fille du tristement célèbre Peter Mayhew n'était pas la plus avisée.

Pouvait-elle l'en blâmer ?

Un éclair illumina la pièce. Dix secondes plus tard, le tonnerre retentit, mais moins violemment. L'orage qui les suivait depuis Lynn Regis commençait à s'éloigner. Avec un peu de chance, ils pourraient reprendre la route au matin.

Elle ferait mieux de dormir, se dit-elle. Un long et fatigant voyage l'attendait.

Elle venait à peine de fermer les yeux qu'un bruit l'alerta. Il n'était dû ni à la pluie ni au tonnerre. S'asseyant de nouveau, elle scruta l'obscurité. Un rat, peut-être ? Cette auberge paraissait pourtant bien tenue, comparée à beaucoup d'autres. Et elle avait remarqué la présence de plusieurs chats. Il est vrai que même lady Babbie en ratait certains, parfois. Tendant une main vers le sol, elle attrapa l'une de ses bottes et la jeta en direction du bruit.

— Aïe !

Aïe ? Les rats ne disaient pas « aïe ». Un nouveau bruit se fit entendre, indubitablement celui de sa botte retombant sur le sol. La voix de lord Wingate s'éleva alors dans l'obscurité.

— Bon sang, Kate ! Ce n'est que moi.

Il acheva d'ouvrir la porte de communication, qu'elle n'avait pas pris soin de verrouiller. Elle avait insisté pour qu'ils prennent des chambres séparées et il s'était incliné sans discuter.

Elle comprenait pourquoi, maintenant. Ils avaient bien des chambres séparées, mais communicantes.

Une allumette craqua et la pièce s'éclaira. Il avait apporté une bougie, qu'il leva pour la regarder à la lumière de la flamme. Elle se rappela trop tard qu'elle ne portait aucun vêtement et remonta vivement les draps sur sa poitrine.

— Que voulez-vous ?

Elle détourna les yeux en s'apercevant que son peignoir, noué à la va-vite, révélait sa poitrine nue.

— J'ai cru vous entendre m'appeler.

— Non, je ne vous ai pas appelé.

En réalité, elle n'en était pas tout à fait sûre. Elle rêvait de lui juste avant de se réveiller, et il était fort possible qu'elle ait crié son nom au moment le plus érotique.

— Kate, dit-il en posant le chandelier sur la table de nuit. Je vous ai entendue distinctement. Je lisais et...

Plus il approchait du lit, plus elle relevait les draps sur elle.

— C'est possible, mais c'était en dormant, admit-elle de mauvaise grâce. Excusez-moi si je vous ai dérangé.

Au lieu de battre en retraite et de retourner chez lui, lord Wingate s'assit au bord du lit, posa les coudes sur ses genoux et se prit le visage entre les mains.

— Ce n'est pas grave, je ne dormais pas de toute façon, dit-il en fixant le plancher. Avec cette pluie, nous n'arriverons jamais à temps, Kate...

Isabel. Voilà pourquoi il était venu. Pour lui parler d'Isabel.

— Mais non, nous la trouverons bien assez tôt, affirma-t-elle avec une conviction qu'elle était loin d'éprouver.

— Non. Il sera trop tard, et elle sera obligée de l'épouser.

Recroquevillé sur lui-même, il semblait ployer sous le poids de la culpabilité et du chagrin.

Émue malgré elle, Kate posa une main compatissante sur son dos. La situation était beaucoup plus grave qu'il ne le pensait : Daniel Craven n'épouserait jamais sa fille.

— Pas nécessairement, dit-elle, faussement optimiste. Isabel est têtue mais elle n'est pas stupide, lord Wingate.

— Pour l'amour de Dieu, Kate ! Appelez-moi par mon prénom ! Je ne supporte pas que vous m'appeliez lord Wingate. C'est tellement froid, distant...

— D'accord, concéda-t-elle après une hésitation. James... avez-vous expliqué à votre fille ce qui se passait... entre un homme et une femme ?

— Bien sûr que non, maugréa-t-il. Je croyais que vous vous en étiez chargée.

— Moi ? Certainement pas ! Comment avez-vous pu...

— Vous parliez de tout, avec elle. Vous lui avez appris à s'habiller, à se coiffer. J'ai supposé que...

— Lord... je veux dire, James. C'est aux parents d'instruire leurs enfants sur ces choses-là.

— Bon, eh bien je ne l'ai pas fait, d'accord ?

Il se tourna vers elle. À la lueur de la flamme, ses traits paraissaient plus virils que jamais et elle trouvait cette virilité... irrésistible.

— Cela ne m'est jamais venu à l'esprit, reprit-il. Je l'ai élevée depuis qu'elle est bébé. C'est moi qui veillais à ce qu'elle se baigne, s'habille, se nourrisse. Je ne pouvais pas tout faire. Et puis, vous la connaissez. Aujourd'hui, c'est tout juste si je peux vérifier si la robe qu'elle porte est convenable, alors évoquer un sujet aussi intime... De toute façon, elle n'a jamais manifesté la moindre curiosité à ce propos, et je me demande bien ce que j'aurais pu lui dire. Il y a des choses qu'un père peut difficilement aborder avec sa fille.

Elle faillit ôter sa main de son dos pour la poser sur sa joue et la caresser, malgré sa barbe naissante. Souviens-toi, se gourmanda-t-elle en baissant les yeux.

— Eh bien, espérons que si Craven tente quelque chose, Isabel sera tellement choquée qu'elle le quittera.

Elle sentait son regard sur elle, mais elle n'avait pas le courage de l'affronter.

— C'était Craven, dit-il soudain.

— Pardon ?

— Dans le jardin cette nuit-là, et non lord Palmer, comme je l'ai cru. Pourquoi ne m'avez-vous pas détrompé ?

Surprise par ce brusque changement de conversation, Kate déglutit avec peine.

— Cela n'a plus d'importance.

— Pour moi, si, insista-t-il. Pourquoi ne m'avez-vous rien dit ?

Elle passa la langue sur ses lèvres soudain très sèches.

— Je... je suppose que... je craignais... que vous le tuiez... que cela provoque un nouveau scandale. Il m'a semblé que vous n'aviez pas besoin d'un scandale de plus.

— Vous avez voulu me protéger ? demanda-t-il, incrédule. Vous m'avez laissé penser le pire de vous afin de me protéger ? Moi ?

Elle commit l'erreur de lever les yeux.

— Vous et Isabel, corrigea-t-elle pour ne pas qu'il pense qu'elle n'avait agi que pour lui.

Car il s'imaginerait alors qu'il comptait pour elle. Ce qui n'était pas le cas. Non. Pas du tout.

Mais à la façon dont il la dévisageait, elle douta qu'il continue longtemps à le croire. Son regard pénétrant semblait percer la façade d'indifférence qu'elle s'était soigneusement construite, tout comme il semblait voir à travers les draps qu'elle serrait bien haut sous son menton. Elle savait qu'ils ne la protégeraient pas contre ce qu'elle attendait à la fois nerveusement et impatiemment.

— Alors, vous deviez m'aimer un peu, Kate, murmura-t-il avec une grande douceur. Je veux dire, si vous vouliez me protéger du scandale...

Pourquoi ne parvenait-elle pas à détourner les yeux ? Maintenant qu'elle voyait les siens de si près, elle s'aperçut qu'ils n'étaient pas complètement verts. Des petits éclats d'or les parsemaient.

— Sans doute, concéda-t-elle. Je devais.

— Mais ce n'est plus le cas, dit-il en tendant la main vers les draps auxquels elle s'accrochait.

— Non, plus du tout, répondit-elle en s'y agrippant encore plus fort.

— Alors, pourquoi êtes-vous ici ?

Il tirait tout doucement sur les draps, à présent.

— Je vous l'ai dit. À cause d'Isabel...

Elle ne put ajouter un mot, car il couvrit soudain sa bouche de la sienne en un baiser totalement différent de ceux, dévastateurs, qu'il lui avait donnés cette nuit-là, dans la bibliothèque. Il ne ressemblait pas non plus à ceux, plus doux et prolongés, qui avaient suivi dans la chambre.

Elle ne pouvait non plus le comparer à celui qu'ils avaient échangé dans la voiture. Il n'était comparable à rien de ce que Kate avait connu jusqu'ici. Et tandis que James l'embrassait, elle comprit ce que ce baiser exprimait et qu'elle n'avait jamais su définir jusqu'ici.

C'était l'ardeur due au manque.

Elle en était certaine, car elle l'éprouvait aussi. Il traduisait le désir et le manque qui l'avaient rongée tout ce temps où ils avaient été séparés. Son corps avait gardé en mémoire l'odeur, la douceur, la ferveur de celui qui lui avait donné tant de plaisir. Et il n'aspirait plus qu'à revivre cette expérience.

Voilà pourquoi elle ne protesta pas lorsqu'il tira complètement le drap et força de sa langue la barrière de ses lèvres. Elle tendit aveuglément une main qui se posa sur sa poitrine nue, dans l'échancrure du peignoir. Elle palpa ce torse musclé et poilu, tandis qu'il s'emparait d'un sein.

Et voilà… elle était perdue.

Il lui était si facile de se donner à lui, de céder à ses baisers de plus en plus exigeants. Beaucoup plus facile que de se battre contre lui. À quoi bon se battre, d'ailleurs, sinon en vertu d'une maigre satisfaction morale ? À quoi bon, quand ses doigts lui procuraient ce plaisir si intense en pressant doucement ses tétons avant de descendre, descendre vers son ventre, lui arrachant des petits cris de protestation si faibles, si faibles… Elle était victime d'un véritable assaut sensuel, destiné à lui faire oublier tout ce qui s'était passé entre eux, en dehors du plaisir inouï qu'il lui avait procuré.

Elle retrouvait avec exaltation tout ce qui la rendait lascive, insatiable. Son odeur enivrante et incomparable, légèrement musquée, dont il lui suffisait de percevoir la note la plus légère pour vaciller. Les caresses étourdissantes que ses doigts lui prodiguaient…

Et non seulement elle se souvenait de tout mais elle passa à l'attaque à son tour, ouvrant plus largement le peignoir pour y glisser la main et détacher la ceinture qui le maintenait. Et qui résistait. Lui, bien sûr, ne connaissait pas les mêmes entraves, puisqu'elle était nue sous les draps. Sa bouche descendait maintenant le long de sa gorge, pour prendre le relais de ses doigts sur ses seins.

Elle ne s'avoua pas vaincue. Ne parvenant pas à défaire le nœud, elle contourna l'obstacle et referma sa main plus bas, sur son sexe. James, dont la langue s'activait sur le bout d'un sein, grogna sourdement avant de relever la tête et de plonger son regard dans le sien. Alors elle accentua la pression de sa main, juste pour voir ce qui arriverait.

Il lui saisit aussitôt le poignet et le plaqua sur l'oreiller, près de sa tête.

— Vous voulez que ce soit fini avant d'avoir commencé ?

De sa main libre, Kate s'attaqua de nouveau à sa ceinture.

— Enlevez ça.

Sans se faire prier, il se débarrassa du peignoir et insinua une cuisse entre les jambes de Kate, pour les écarter, tandis que ses mains revenaient sur ses seins. Il s'empara alors de ses lèvres avec feu, révélant l'urgence de son désir, comme si son érection qu'il pressait au bas de son ventre ne suffisait pas à exprimer l'intensité de sa passion.

Une fois de plus, le corps de Kate échappa à sa volonté et réagit instinctivement à son odeur, à la sensation de ce poids qui l'écrasait juste comme elle aimait. Elle s'arc-bouta contre lui, pour mieux sentir leurs sexes collés l'un à l'autre.

Il émit un son inarticulé et entra en elle, aussi profondément qu'il put, se perdant dans son ventre chaud, brûlant, délicieusement étroit. Elle en eut le souffle coupé, tout comme la première fois. Éperdue, elle enfonça un peu ses ongles dans ses épaules, s'y accrochant tel un naufragé à sa bouée.

Et peut-être représentaient-elles le seul point d'ancrage dans ce monde soudain balayé par les tornades du désir. Il entama un va-et-vient qui les rendit fous. Ce fut comme si une suite de vagues mues par le ressac déferlaient sur eux, avançaient, se retiraient, revenaient... À chaque retour, Kate se cambrait à sa rencontre, pour qu'il s'engouffre davantage en elle. Plus fort, plus loin. Toujours plus.

Sans se soucier de l'effrayer par la puissance de ses assauts, il perdit toute retenue. Il ne pouvait plus contrôler la violence de son désir, trop longtemps resté insatisfait. Chaque fois qu'il la pénétrait, le matelas de plumes se creusait un peu plus sous leur poids.

Elle fut la première à sombrer. Lâchant ses épaules, elle se laissa emporter par le courant. Les remous l'aspirèrent dans une spirale crépitante, avant de la propulser sur la rive de la béatitude.

Et elle resta là, pantelante, à peine consciente qu'il avait sombré avec elle et s'efforçait de retrouver son souffle, son cœur cognant à toute volée contre celui de Kate.

Quand elle rouvrit les yeux, la chandelle était morte. Étendus dans l'obscurité, ils écoutèrent le tonnerre gronder dans le lointain. La pluie ne battait plus les carreaux des fenêtres. L'orage s'était apaisé, aussi bien à l'extérieur qu'à l'intérieur de la chambre.

Comme s'il venait de prendre conscience de cette accalmie, James se retira d'elle et s'écarta. Kate faillit crier pour protester contre la fraîcheur de l'air qu'elle sentait sur sa peau, mais l'instant d'après, il ramenait la couverture sur elle et la blottissait contre son corps, l'enfermant dans son étreinte.

Il y avait des choses qui devaient être dites, songeat-elle, ensommeillée. Elle devait lui rappeler que, malgré le plaisir qu'ils venaient de partager, elle n'avait pas changé d'avis...

— Chut… murmura-t-il alors au creux de son oreille, comme s'il avait deviné ses pensées.

Il souffla sur une mèche tombée sur sa joue et y déposa un doux baiser pour lui souhaiter bonne nuit.

Trop fatiguée pour élever la moindre protestation, Kate ferma les yeux.

27

James rêvait. Ce ne pouvait être qu'un rêve, car il sentait un poids sur sa poitrine. Il ouvrit les yeux. Kate dormait contre lui, la tête sur son cœur. Ses cheveux se déployaient comme une coulée d'or. Une mèche lui chatouillait le menton.

Non, il ne s'agissait pas d'un rêve puisqu'ils ne se trouvaient pas dans son immense chambre de Park Lane, mais dans une pièce minuscule, à plafond bas, dans une auberge de village. Il entendait la femme de l'aubergiste préparer le petit déjeuner, au-dessous. Par la petite fenêtre, il constata que l'aube se levait, tout au moins lui semblait-il car c'était difficile à dire, avec l'épais brouillard qui était tombé. Il avait cessé de pleuvoir mais il faisait très gris dehors, et froid, apparemment. L'automne était vraiment arrivé. Raison de plus pour rester au lit.

Mais c'était impossible. Il devait retrouver Isabel. Plus le temps passait, plus elle s'éloignait hors de sa portée. Quoique, à cette heure et par un brouillard pareil, elle n'avait sûrement pas repris la route.

Son impuissance le rongeait, mais au moins il avait Kate.

Sa beauté ne cessait de l'éblouir. Ce n'était certes pas la beauté classique d'une Sara Woodhart. À l'exception de ses immenses yeux gris, on ne pouvait dire qu'elle correspondait aux critères traditionnels de beauté. Ses cheveux étaient d'un blond cendré difficile à définir, elle était toute petite, fine et menue, alors que la mode privilégiait les formes généreuses.

Et pourtant.

Pourtant sa peau était parfaite, lisse et satinée, pâle comme un bouton de rose blanche à peine éclos. Sa taille était si étroite qu'il pouvait l'entourer de ses mains sans effort. Elle avait de longues jambes minces, des chevilles fines et des petits pieds ravissants. Et entre ses jambes se cachait un triangle soyeux qui l'attirait plus que tous ceux qu'il avait connus. Quand il se trouvait bien serré dans ce nid chaud et doux, il n'avait plus envie d'en sortir.

Et ce n'était pas tout. Il y avait ses mains aussi, si petites qu'elles disparaissaient entre les siennes. Des mains d'artiste, de ballerine ou de musicienne. Lorsqu'elle les avait promenées sur son corps, la nuit dernière, il avait cru perdre la tête.

Quant à sa bouche, il pouvait en dessiner les contours parfaits les yeux fermés. En ce moment même où elle dormait paisiblement contre lui, il les traça du bout d'un doigt. Il aimait la sentir, ses seins pressés sur lui.

Un peu trop, même, car il sentait déjà son sexe grossir sous le drap. Pour une fois, il ne se réveillerait pas avec ce désir insatisfait.

Il décida d'y remédier tout de suite, mais au lieu de rouler sur Kate, il eut une autre idée. Il la fit glisser sur lui jusqu'à ce qu'elle soit à califourchon. Elle se réveilla, bien sûr. Elle leva la tête et cligna les yeux dans la lumière de l'aube.

— Que…

Il posa fermement les mains sur ses hanches et, lentement, entra en elle. Comme chaque fois qu'il la pénétrait, elle retint son souffle.

— Que faites-vous ?

Il lui montra comment bouger sur lui, et elle aspira l'air plusieurs fois, éberluée. Suivant bientôt ses leçons, elle remua son bas-ventre et un long grognement la récompensa, un grognement animal qui vibra jusque dans ses cuisses collées à la taille de James. Immobile, il se délectait autant de la sentir aller venir sur son sexe, de haut en bas, de bas en haut, que du spectacle qu'elle offrait avec ses cheveux déployés comme une cape derrière elle, ses petits seins pointés vers le plafond. Il eut envie de les toucher mais soudain, il fut incapable de rester inerte plus longtemps. Il lui empoigna les hanches et s'arc-bouta à sa rencontre, enchaînant une série de violents coups de reins au risque de la briser.

Mais Kate n'était pas aussi fragile qu'elle le paraissait. Elle lui répondait coup pour coup, gémissante, haletante, émerveillée de s'accorder aussi bien à son corps, à son rythme, bouleversée par ces sensations divines qu'elle ne connaissait pas.

Puis des ondes de plaisir la soulevèrent. Elle voulut les repousser, retarder le moment suprême. Elle chercha sa main aveuglément, son épaule, un ancrage susceptible de la retenir encore sur les rives de l'extase, mais c'était trop tard. Elle se cambra en renversant la tête en arrière et ses cheveux allèrent caresser les genoux de James.

Sous ses yeux fascinés, elle se laissa emporter par l'orgasme en étouffant un cri… Alors il la rejoignit dans le plaisir, grondant, tremblant de la tête aux pieds sous les ondes exquises qui le parcouraient, tout en la noyant de sa semence.

Quand Kate revint à elle, elle était étendue sur sa poitrine. Elle releva la tête et s'aperçut que ses cheveux s'étaient déployés autour d'eux comme un voile de soie. James souriait. Elle voulut les dégager mais il l'en empêcha.

— Non, j'aime vos cheveux.

Elle lui répondit par un long baiser.

Une demi-heure plus tard, lorsqu'il revint après être allé consulter son cocher sur l'état des routes, il trouva la jeune femme dans la position où il l'avait laissée, mais d'une humeur totalement différente.

Il ignorait que pendant son absence, elle avait été violemment malade mais sans avoir pu se soulager, puisqu'elle n'avait rien dans l'estomac.

— Kate ? Vous ne vous levez pas ?

— Sortez.

Stupéfait, il resta figé sur place, soigneusement vêtu et plein d'énergie, alors qu'elle dominait avec peine une nouvelle nausée.

— Kate, reprit-il patiemment. Nous devons partir...

— Sortez ! répéta-t-elle en empoignant la botte qu'elle lui avait jetée à la figure, la nuit dernière.

James se hâta de battre en retraite et descendit prendre son petit déjeuner, en se demandant quelle mouche la piquait et combien de temps elle allait les retarder. La route pour l'Écosse était mauvaise, selon son cocher, mais pas impraticable. S'ils voyageaient bon train, ils arriveraient presque à destination à la tombée de la nuit. Mais pas s'ils s'attardaient dans cette auberge...

Il venait à peine de finir son café qu'elle fit son apparition. Elle s'assit en face de lui sans donner la moindre explication sur son étrange conduite, et refusa l'assiette d'œufs brouillés au bacon qu'il lui proposa. Elle se contenta d'un toast et d'une tasse de thé. Dès qu'elle eut fini, elle se déclara prête à partir, mais sa voix manquait de conviction.

Il attribua cet étrange comportement à l'embarras qui résultait de la nuit qu'ils venaient de passer. Après tout, elle avait fait l'amour sans retenue, et plus d'une épouse légitime en aurait rougi à sa place. La présence des autres clients ne faisait qu'accentuer son malaise.

Il s'empressa d'aller régler la note et d'emmener Kate dans la voiture pour mettre à un terme à sa gêne. Mais quelle ne fut pas sa déception quand, s'installant à son côté, il la sentit se raidir lorsqu'il passa un bras autour de ses épaules.

— Je préfère que vous vous asseyiez en face, jeta-t-elle.

Il la considéra d'un air incrédule.

— Kate, vous n'allez pas recommencer, n'est-ce pas ? Je pensais que c'était réglé.

— Réglé ? Je ne crois pas que nous ayons réglé quoi que ce soit. J'ai accepté de vous accompagner pour venir en aide à votre fille, rien de plus.

— Alors pourquoi m'avez-vous appelé, cette nuit ?

— Je vous l'ai déjà dit, rétorqua-t-elle en se tournant vers la fenêtre. Je rêvais.

— Eh bien, vous devriez réfléchir à vos rêves, Kate. Ils essaient peut-être de vous dire des choses que vous êtes incapable d'exprimer : que vous m'aimez, par exemple, et que vous acceptez de m'épouser...

Elle secoua la tête sans un mot.

— Dois-je comprendre que, malgré la nuit dernière, sans parler de ce qui s'est passé ce matin, vous refusez toujours de m'épouser ?

— Effectivement.

Jamais il n'avait eu autant envie de casser quelque chose. Il serra les poings.

— Petite hypocrite.

Elle tourna enfin la tête et le défia de ses yeux gris.

— Hypocrite ? releva-t-elle.

— Oui, c'est le mot qui convient, répliqua-t-il avec un calme qui l'étonna lui-même.

— Qui convient pour quoi ?

— Pour qualifier une femme qui se conduit comme vous, Kate. Vous prétendez ne pas vouloir de moi, mais quand vous me faites l'amour, vous avez l'air d'aimer ça. Étant donné que je ne vous paie pas pour me rendre ce genre de service, j'en déduis que vous m'aimez au moins un peu. Voilà pourquoi je trouve votre attitude hypocrite.

Elle était pâle, ce matin, mais cette fois elle devint blême. Puis elle vira à l'écarlate.

— Je... C'est parce que vous... Si vous n'aviez pas...

Furieuse de bredouiller à ce point, elle s'interrompit et baissa les yeux.

— Tout est de votre faute. Si vous étiez reparti dans votre chambre quand je vous l'ai demandé... Comment voulez-vous que je vous résiste quand vous êtes si... si... irrésistible, acheva-t-elle dans un souffle.

— Kate.

Ses poings se desserrèrent et le nœud qui lui contractait l'estomac se détendit. Ce n'était pas tant ce qu'elle venait de déclarer qui l'apaisait, mais surtout sa façon de le dire, avec ce sanglot dans la voix, cette rougeur sur ses joues, son incapacité à soutenir son regard. Tout à coup, il crut comprendre les raisons de son animosité à son égard.

Il avait envie de lui prendre la main, mais il se retint. Il avait déjà obtenu une victoire en l'amenant à de tels aveux.

— Kate, répéta-t-il. Avez-vous entendu ce que vous venez de dire ? Si c'est vrai, comment pouvez-vous ne serait-ce que concevoir de ne pas m'épouser ?

À sa grande stupeur, la jeune femme laissa échapper un sanglot. Elle détourna la tête pour se cacher sous les bords de sa coiffe. Trop tard. Des soubresauts secouaient ses épaules.

Instinctivement, il se précipita près d'elle, mais elle se réfugia d'un bond dans l'encoignure, le plus loin possible de lui.

— Pour l'amour de Dieu, restez à votre place et laissez-moi tranquille !

James lui obéit, mais seulement parce qu'elle n'était pas dans son état normal. Il regagna sa place et l'observa en se demandant ce qui avait bien pu se passer dans la nuit, ou ce matin quand il l'avait laissée seule, pour que la douce et raisonnable Kate qu'il connaissait soit devenue aussi irrationnelle et imprévisible. Jusqu'ici, à la différence des autres femmes qu'il avait connues, et de sa propre fille, elle ne s'était jamais montrée d'humeur changeante et encline à bouder.

À moins, bien sûr, qu'il n'y ait une raison précise à sa conduite. Elle ne pouvait lui en vouloir encore de lui avoir proposé de devenir sa maîtresse. Non seulement il s'était excusé, mais il l'avait demandée en mariage. L'explication était ailleurs. Mais où ? Il ne la croyait pas rancunière. Si elle l'était, elle n'aurait jamais accepté de l'aider à retrouver Isabel.

Bon, elle allait se remettre. Quand tout serait terminé, quand – si Dieu le voulait – il aurait ramené Isabel à la raison avant qu'elle n'épouse ce voyou de Craven, il se rattraperait.

28

Il était plus de minuit lorsqu'ils arrivèrent à Gretna Green. Kate dormait depuis longtemps d'un sommeil agité et ne se réveilla pas quand la voiture s'arrêta. Au contraire, elle se blottit plus confortablement sur la banquette, soulagée que les secousses qu'elle endurait depuis des heures aient cessé.

Mais voilà qu'une main posée sur son épaule la secouait de nouveau.

— Kate, réveillez-vous, murmura le marquis contre son oreille. Nous sommes arrivés.

Elle lui tourna le dos avec humeur, ce qui n'était pas une entreprise aisée car le siège était étroit et sa crinoline fort volumineuse. Mais, au moins, elle était plus confortablement installée qu'elle ne l'avait été durant cet interminable voyage. Elle n'avait pas l'intention de bouger.

— Je m'en moque, répliqua-t-elle. Laissez-moi dormir.

— Vous ne pouvez pas dormir dans la voiture, Kate.

La voix de James exprimait quelque chose d'indéfinissable, une sorte d'indulgence amusée, lui sembla-t-il à travers les brumes du sommeil. « Je ne suis pas une enfant, eut-elle envie de lui répondre, même si elle se comportait comme telle. Je suis seulement fatiguée. » Pourquoi ne pouvait-il s'en aller et la laisser dormir ?

Il glissa alors un bras sous son dos, l'autre sous ses genoux, la souleva et sortit de la voiture.

Kate se réveilla sur-le-champ. Dans sa fureur d'être dérangée, elle envoya un coup de poing dans la poitrine du marquis.

— Posez-moi par terre ! Je ne suis pas une invalide. Je peux marcher.

Il jeta un coup d'œil sur le sol.

— Mais, Kate...

— Posez-moi par terre, je vous dis !

James soupira et s'exécuta. Kate s'enfonça immédiatement jusqu'aux chevilles dans une énorme couche de boue.

— Oh... s'exclama-t-elle en soulevant sa robe pour apercevoir ses pieds trempés.

James suivit son regard tandis qu'elle tournait une cheville d'un côté et de l'autre pour examiner les dégâts à la lumière provenant des fenêtres de l'auberge.

— J'ai essayé de vous prévenir, commenta-t-il, toujours amusé. Mais vous m'avez frappé...

— Je sais.

— Vous avez insisté pour que je vous pose par terre.

— Je sais.

— Si vous n'aviez pas trouvé mon contact aussi insupportable, je vous aurais portée jusqu'à l'auberge.

— Je sais, répéta-t-elle, les dents serrées.

Cette eau boueuse était vraiment glaciale.

Le marquis soupira, se pencha et la souleva de nouveau.

Cette fois, Kate ne protesta pas. Elle noua les bras autour de son cou et s'y accrocha solidement alors qu'il traversait la cour des écuries, gravissait les marches menant à l'auberge et pénétrait dans une pièce où un feu de cheminée dispensait une lumière dorée.

Quand la jeune femme vit tous les gens rassemblés dans la taverne tourner leur regard vers eux, elle cacha son visage contre la poitrine de James. Il se mit à rire doucement.

Eh bien, elle avait le don de l'amuser ! N'était-ce pas formidable ?

— Ce n'est pas drôle, grommela-t-elle, le nez dans son manteau.

— C'est vrai, admit-il en s'engageant dans l'escalier qui menait à l'étage. Mais vous, oui.

— Non, je suis gênée et… fatiguée. Et puis j'ai faim, je suis mouillée et… et dans un état lamentable. Je n'ai pas envie que les gens me dévisagent.

— Ne vous inquiétez pas. Ils croient que nous sommes mariés.

Elle leva aussitôt la tête.

— Vraiment ? Pourquoi ?

— Eh bien, c'est ce que je leur ai dit quand ils m'ont annoncé qu'il ne restait plus qu'une chambre… Ah, nous y sommes, justement.

Il ouvrit la porte et la déposa sur un divan moelleux, devant un bon feu de cheminée dont la chaleur lui fit prendre conscience qu'elle n'était pas seulement affamée, fatiguée et mouillée, mais qu'elle était aussi gelée.

— Le dîner arrive, annonça-t-il en enlevant ses gants et son manteau. Je ne sais pas s'il sera très conséquent, à cette heure de la nuit, mais l'aubergiste m'a affirmé que sa femme gardait toujours un ou deux pâtés en croûte en réserve, au cas où. Du moment qu'ils ne nous servent pas leur spécialité écossaise, la panse de brebis farcie…

Kate se réchauffait à la chaleur des flammes avec un plaisir indicible, s'émerveillant qu'un tel luxe puisque succéder aussi vite à l'inconfort le plus total. Elle devait enlever ses bottes trempées, mais cela risquait de prendre un certain temps car les lacets étaient mouillés.

On frappa à la porte.

— Ah, ce doit être le dîner, dit James.

Envahie d'une douce léthargie, Kate bâilla. Après tout, elle n'avait pas à s'inquiéter à l'idée de passer une deuxième nuit dans le lit du marquis. Elle dormirait ici, sur ce divan. Et pas besoin d'ôter ses bottes. Elles sécheraient devant le feu, ses pieds aussi.

— Tenez, buvez ça, dit-il en lui passant quelque chose sous le nez.

Il s'en dégageait une odeur délicieuse.

— Qu'est-ce que c'est ? s'enquit-elle en prenant la chope, prête à y tremper ses lèvres.

— Du rhum au beurre chaud.

Elle fit la grimace et lui rendit la chope.

— Cela vous fera du bien, insista-t-il.

— Je me sens très bien, mais je ne le serai plus du tout demain, si je bois ça.

Il emporta le breuvage avec un regard désapprobateur. Elle commençait à se détendre de nouveau qu'il revenait déjà. Cette fois, il s'agenouilla près du divan et saisit sa cheville gauche.

— Que… Mais qu'est-ce que vous faites ? s'écria-t-elle en se redressant d'un bond.

— Vous ne pouvez garder ces bottes mouillées, Kate.

Il posa son pied sur sa cuisse et se mit à délacer la botte consciencieusement.

— Vous risquez d'attraper froid, ajouta-t-il.

Il avait raison, et il lui avait fait des choses bien plus osées, après tout. Pourtant, elle se sentait… outragée.

— Vous ne pouvez pas…

Réalisant avec consternation qu'elle parlait assez fort pour réveiller tout l'hôtel, elle baissa la voix.

— Vous ne pouvez pas m'enlever mes bottes comme ça.

— Bien sûr que si, voyons.

— Non. Et vous ne pouvez pas non plus dire à tout le monde que nous sommes mariés, alors que vous savez pertinemment que ce n'est pas vrai.

— Qu'auriez-vous préféré que je fasse, Kate ? répliqua-t-il calmement.

— Eh bien, ce n'est sûrement pas la seule auberge de Gretna Green, non ? Vous auriez pu en trouver une avec deux chambres libres.

— Après minuit ? Par ce temps ? À cette époque de l'année où la chasse bat son plein ?

Il lui jeta un regard taquin et conclut :

— De toute façon, nous aurions fini dans le même lit.

— James ! La nuit dernière, nous avons commis une…

— Erreur. Oui, je sais. Ce matin aussi. Vous avez exprimé votre sentiment sur le sujet avec la plus grande clarté. Tournez un peu votre pied, voulez-vous, mon cœur ?

— Ah, voilà autre chose. Vous ne pouvez pas m'appeler « mon cœur ». Je ne suis pas « votre cœur ».

Il avait enlevé sa botte et à présent, il glissait sa main le long de son mollet, remontant vers la cuisse...

— Que faites-vous ! s'écria-t-elle en tentant de retirer son pied.

— J'enlève votre bas, expliqua-t-il en lui maintenant la cheville. Il est trempé.

Il avait raison. Sur ce point, elle ne pouvait le contredire, mais elle se pencha pour retirer son bas elle-même. Évidemment, elle connut quelque difficulté à atteindre les jarretelles reliées à son corset, avec sa crinoline qui se gonflait dans tous les sens. Et puis, elle était tellement fatiguée, et les doigts du marquis étaient si chauds...

De quoi parlaient-ils, déjà ? Ah oui, elle lui faisait comprendre combien il était vain de croire qu'ils pourraient trouver le bonheur ensemble...

— Je ne suis pas « votre cœur », crut-elle bon de lui rappeler, tandis qu'il s'occupait de ses bas, boutonnés à son pantalon bouffant. Je suis l'ancienne dame de compagnie de votre fille, vous m'avez débauchée et...

— Je ne vous ai pas débauchée, l'interrompit-il, concentré sur sa tâche. C'est vous qui m'avez débauché.

En même temps que la chaleur du feu, Kate sentait son souffle sur ses cuisses, à travers le lin du pantalon qui la protégeait un tant soit peu. C'était une sensation inhabituelle et... déconcertante.

Avec une hauteur un peu inattendue de la part d'une femme distraite par la présence de la tête de son amant entre ses genoux, elle déclara :

— Au cas où vous l'auriez oublié, j'étais vierge, donc incapable de débaucher qui que ce soit.

Il faisait maintenant rouler le bas sur sa cheville, effleurant au passage la peau lisse de sa jambe.

— Quel genre de vierge déambule en pleine nuit dans une maison, habillée comme vous l'étiez ce soir-là ?

— Insinuez-vous que je n'étais pas vierge ?

— Non, répondit-il en enlevant le bas. Je dis simplement que pour quelqu'un qui sauvegarde son innocence aussi farouchement, vous portiez des vêtements bien... affriolants.

Il posa son pied gauche dénudé sur un coussin et s'empara du droit.

— Affriolants ! C'est la chose la plus ridicule que j'aie entendue de toute ma vie.

— La personne qui entraîne l'autre dans le péché en se servant de sa sensualité mérite le qualificatif de « débauchée ». Ce qui vous range dans la catégorie des coupables, mademoiselle Mayhew. Et vous n'êtes pas seulement coupable de m'avoir attiré dans la luxure, mais surtout de m'avoir quitté dès le lendemain.

— Seulement parce que vous vouliez que je devienne votre maîtresse.

— De plus, quand je vous ai demandée en mariage, j'ai subi une cruelle rebuffade, continua-t-il.

— Vous ne m'avez demandée en mariage que lorsque vous avez découvert que je venais d'une famille convenable.

Il s'en sortait beaucoup mieux, avec le délaçage et le déboutonnage, maintenant qu'il avait acquis une certaine expérience en la matière.

— Je ne voudrais pas vous offenser, Kate, dit-il en soulevant ses jupes pour atteindre les jarretelles. Mais, bien que je sois certain que vous aimiez votre père et qu'il fut un temps où il était un gentleman, il est mort dans des circonstances quelque peu... compromettantes.

— Ce n'est pas vrai. Ce que les gens ont dit de lui n'est pas vrai.

— Pourtant, malgré ces « circonstances », je veux toujours vous épouser. Alors, comment expliquez-vous ça ?

— Par la folie.

Il lui était de plus en plus difficile de parler car ses doigts touchaient de nouveau sa peau, à l'intérieur de ses jambes. Cette sensation était hautement plus grisante que celle de la chaleur des flammes.

— J'ai pourtant gardé suffisamment de facultés pour nous permettre d'arriver en Écosse en un temps record, non ?

— Seulement parce que votre fille risque de connaître le même destin que moi.

— Pas vraiment, non. Si je pensais que Daniel Craven aime Isabel la moitié de ce que je vous aime, je ne serais pas opposé à leur mariage.

Kate eut soudain beaucoup de mal à s'exprimer. Elle dut s'éclaircir la voix.

— C'est... c'est...

— C'est la vérité, dit-il en déroulant doucement le bas mouillé le long de son mollet. Vous le savez.

— Non. Je ne...

Il la réduisit au silence en posant sa bouche là où se trouvaient ses mains l'instant d'avant. Quand Kate sentit la piqûre de ses favoris sur sa cuisse, elle sursauta si violemment qu'elle faillit tomber du divan. Mais la caresse de ses lèvres était infiniment délicieuse. Elle leva la main, sans savoir encore si elle voulait l'arrêter ou l'encourager. Mais ses doigts glissèrent dans ses cheveux, s'y agrippèrent comme pour l'amener plus près. Pas pour le repousser, en tout cas.

— James...

Au lieu de s'interrompre, le marquis s'enhardit. Il avait relevé le pantalon ourlé de dentelle jusqu'au milieu de ses cuisses. Sa bouche se mouvait sur ses jambes, les embrasant inexorablement.

Ses doigts s'immiscèrent sous le pantalon jusqu'à son entrejambe qu'ils effleurèrent comme accidentellement, d'abord, mais provoquant un éclair de plaisir à travers le corps de la jeune femme.

Puis ils s'y attardèrent, pressant cet endroit secret qui s'était si longtemps langui de ses caresses. Elle crispa les doigts dans ses cheveux, mais elle n'était plus en mesure de se demander si elle lui faisait mal. L'excitation la faisait suffoquer, son cœur cognait dans sa poitrine. Elle manquait d'air.

La bouche de James continua alors ce que ses mains avaient commencé, et Kate se rendit compte qu'elle avait encore beaucoup à découvrir. Jamais elle n'avait rien éprouvé de semblable. Cette bouche chaude à l'endroit le plus sensible de son corps, le frottement de sa langue sur le point le plus vulnérable, le contact râpeux de son menton contre la peau tendre de sa cuisse, c'était... c'était trop. C'était mal. Oui, ce qu'il lui faisait était si bon que ce devait être un péché.

Elle voulait lui dire d'arrêter. De plus, elle avait toujours sa coiffe sur la tête, Seigneur! Avoir la bouche d'un homme entre ses cuisses alors qu'on portait toujours son chapeau ne pouvait être que condamnable.

Mais il devenait difficile de réfléchir clairement, quand cette langue et ces lèvres s'activaient d'une façon qu'elle n'aurait jamais crue possible. Une part d'elle-même souhaitait le repousser, refermer ces jambes honteusement écartées et rabaisser la jupe en le toisant d'un air outragé. L'autre, en revanche, n'aspirait qu'à se rapprocher encore du paradis.

De toute façon, même si elle l'avait voulu, elle n'aurait pu le repousser. Ses bras lui maintenaient fermement les hanches, ses larges épaules pesaient sur ses cuisses. Elle s'accrochait à ses cheveux comme à son dernier point d'ancrage avec la terre ferme.

C'est alors que, presque défaillante de plaisir, Kate prononça son nom. Tout doucement, dans un murmure. Mais il l'entendit. Éperdu, il céda à cet appel. Lorsqu'il redressa la tête, le contact de ses favoris sur sa peau enfiévrée faillit la faire crier de volupté.

L'instant d'après, il la soulevait dans ses bras, ses jupes relevées autour de sa taille, son cœur battant à tout rompre. Elle se sentit voler en l'air et s'accrocha à ses épaules à travers des montagnes de tissu. Mais déjà, il l'allongeait sur le lit et insinuait une cuisse entre ses jambes. À travers une sorte de brouillard, elle le vit défaire frénétiquement son pantalon, libérant son sexe gonflé par le désir.

Je produis cet effet-là sur lui... se dit-elle.

Elle n'eut pas le loisir de penser davantage car, sans perdre temps, il la pénétra.

Elle retint un petit cri, comme si c'était la première fois. La puissance de son érection lui coupait le souffle.

Après la subtilité de ses baisers, il l'envahissait, la possédait presque violemment, pesant sur elle de tout son poids.

C'était comme si elle n'avait attendu que cela, qu'il comble ce vide de sa virilité. Il lui suffisait d'entrer en elle pour qu'elle soit au bord de l'extase. C'était à cause de ses lèvres et de sa langue qui l'y avaient préparée. Oui, et non parce qu'elle le désirait. Non parce qu'elle avait besoin de lui.

Sa bouche était dans son cou maintenant, juste sous son oreille. Il lui bloquait les mains sur le matelas pour l'empêcher de le toucher, comme si cela le mettait en danger. Il s'enfonçait en elle de plus en plus fort, et elle s'arc-boutait à sa rencontre pour mieux le sentir.

Bon, d'accord. Elle le désirait. Elle avait besoin de lui…

Désespérément.

Les vagues sensuelles l'enroulèrent, la soulevèrent, l'étouffèrent. Ses hanches s'arrondirent et un cri lui échappa. Aussitôt il libéra ses mains et lui prit le visage, tandis que le cyclone de l'orgasme le secouait à son tour.

Quand, au bout d'un moment, Kate retrouva l'usage de sa voix, elle se sentait beaucoup mieux qu'elle ne l'avait été pendant toute la journée.

— Je n'ai même pas eu le temps d'enlever mon chapeau, glissa-t-elle, comme si ce détail était plus choquant que tout ce qui venait de se passer.

James leva son visage resté blotti au creux de son cou. Il regarda ses lèvres meurtries, ses yeux gris d'orage. Une mèche de cheveux d'or s'était échappée de la coiffe. Il s'appuya sur un coude et l'approcha de ses lèvres.

— C'est indécent, répondit-il. À l'avenir, je veillerai à vous l'enlever d'abord.

— Je l'espère bien, répliqua-t-elle, oubliant qu'elle ne voulait pas songer à un avenir avec lui.

29

Le lendemain matin, Kate se réveilla en se demandant où elle était.

Une seule chose était sûre : il devait être tôt, car elle n'était pas encore malade. Les nausées la prenaient toujours aux alentours de huit heures.

Tendant le bras à la recherche de la douce fourrure de lady Babbie, elle en rencontra une beaucoup plus rêche et ouvrit les yeux. Sa main était posée sur le torse du marquis, étendu, à moitié nu, dans son lit.

Son lit à elle, ou celui de James ?

Les événements de la veille lui revinrent alors, et elle se laissa retomber contre les oreillers.

Ils étaient à Gretna Green, où ils devaient retrouver Isabel qui s'était enfuie avec Daniel Craven. Daniel Craven, celui qui lui avait pris tout ce qui lui était cher, et qui essayait maintenant d'en faire autant avec James Traherne.

Les propriétaires de l'auberge les croyaient mariés. D'ailleurs, ils s'étaient comportés comme tels, si toutefois les gens mariés se livraient à… à ces… Elle ne pensait pas une seconde que son père et sa mère avaient…

Ses joues s'échauffèrent, et elle décida de donner un autre cours à ses pensées, qui se portèrent tout naturellement sur James.

James. Elle tourna la tête vers lui. Quelques fils blancs se mêlaient à ses cheveux et aux poils de son torse. Il approchait de la quarantaine, après tout. Il avait une fille en âge de se marier. Quel âge avait-il quand elle-même était née ? Treize ans.

Treize ans d'écart, ce n'était pas si important, après tout. Et puis, il ne paraissait pas son âge. Pas du tout. On lui en donnait trente, tout au plus. Il était tellement vigoureux, tellement robuste. De toute façon, trente-six ans, ce n'était pas vieux. En tout cas, cela ne l'empêchait pas de faire… ce qu'ils avaient fait plusieurs fois ces derniers jours.

Mais ils allaient devoir cesser, se dit-elle en retirant sa main de sa poitrine. Une fois qu'ils auraient retrouvé Isabel, ils ne pourraient continuer. Cela ne marcherait pas. Elle ne pouvait l'épouser… même si elle en mourait d'envie.

Elle reposa la main sur sa poitrine. C'était un besoin constant chez elle, de le toucher. Elle était incapable de s'en empêcher. Voilà pourquoi elle avait voulu qu'il reste sur le siège en face d'elle, au cours du voyage. Dès qu'il était près, dès qu'il l'effleurait, elle était perdue. Il l'attirait terriblement, et cette puissante attirance charnelle la choquait.

C'était pathétique.

Songeant qu'il valait mieux s'éloigner de lui, elle décida de se lever, d'autant plus que les nausées n'allaient pas tarder. Elles ne duraient jamais longtemps, alors si elle pouvait s'habiller sans le réveiller…

Trop tard. Elle posait à peine un pied nu sur le sol glacé qu'il ouvrit les yeux. Tout à coup, il l'attrapa et elle se retrouva prisonnière du poids de son corps, ses deux mains réunies dans la sienne au-dessus de sa tête sur l'oreiller. Il la contempla, son visage à quelques centimètres du sien.

— Vous allez quelque part ? s'enquit-il tranquillement, comme s'ils avaient été à Park Lane et se rencontraient dans le couloir.

— Euh, non.

— Je suis heureux de l'entendre. Parce que je trouve que c'est une façon plutôt agréable de se réveiller, non ?

Kate ne pouvait le nier, quand son corps chaud était pressé contre elle et qu'il insinuait une jambe entre les siennes.

— En fait, c'est ainsi que je veux me réveiller chaque matin.

Avec le pouce de sa main libre, il dessinait le contour de ses lèvres.

— Sur vous, je veux dire.

— Cela risque d'être…

Il bougea un peu et elle s'aperçut que son membre était déjà en érection. Ce qui la surprit et lui plut en même temps.

— Inconfortable, acheva-t-elle.

— Inconfortable ?

Il posa ses lèvres sur les siennes, là où elles s'incurvaient en un renflement charmant.

— Qu'y a-t-il d'inconfortable ?

— Eh bien, vous êtes un peu lourd.

— Ah, dit-il en lui embrassant les paupières. Je peux y remédier.

L'instant d'après, il avait roulé de côté, et elle se retrouva à califourchon sur lui sans même savoir comment. Lorsqu'elle dégagea ses cheveux de ses yeux, elle constata qu'il semblait très content de lui.

— Alors ? Cela vous déplairait de vous réveiller ainsi chaque matin ? Sur moi ?

Elle sentait son érection presser ardemment contre son ventre et, à sa grande honte, une onde de chaleur lui parcourut le bas des reins. Profitant de cette réaction plus qu'encourageante, il se glissa en elle sans effort.

Elle retint son souffle en lui jetant un regard de reproche. Mais comment lui en vouloir, quand la vie et le plaisir se répandaient dans tout son être ?

— Ou mieux : avec moi en vous ? Comme cela, ajouta-t-il en soulevant ses hanches de façon à s'introduire plus profondément en elle.

Elle faillit lui rappeler qu'ils n'étaient pas venus ici pour faire l'amour, mais pour chercher Isabel. Seulement, elle ne parvenait plus à réfléchir de manière cohérente.

Il cueillit ses seins et se mit à les caresser, tout en se mouvant en elle avec une lenteur diabolique. Lorsqu'il glissa une main sous ses cheveux et l'attira vers lui jusqu'à ce que leurs bouches se rejoignent, elle oublia tout le reste.

Sa langue força le barrage de ses lèvres, l'obligeant à les ouvrir. Ses poils lui chatouillaient le bout des seins. Alors elle commença à bouger sur lui. Pas beaucoup. Inconsciemment, sans doute, mais suffisamment pour qu'il glisse les mains sous ses fesses afin de l'inciter à poursuivre.

Ce n'était pas ainsi qu'elle avait prévu de commencer la journée. Cet homme était-il insatiable ?

Apparemment, oui.

Et elle aussi, semblait-il. Parce qu'elle s'accrochait à lui sans retenue à présent. Pas seulement avec ses mains et ses lèvres, mais en l'enserrant de ses cuisses, comme si elle montait un étalon.

Mais il ne s'agissait pas d'une monture ordinaire. Plutôt d'un... cheval ailé. Oui, elle avait l'impression de voler, de plus en plus haut, vers les étoiles accrochées dans un ciel de velours noir. Il lui suffisait de tendre le bras pour les toucher.

Brusquement, son ascension s'accéléra et elle se retrouva sous une pluie d'étoiles, une cascade de diamants qui roulaient sur elle en diffusant des ondes de plaisir céleste. Elle écarta les bras pour en attraper le plus possible en riant de plaisir...

Puis elle ouvrit les yeux, et s'aperçut qu'elle s'était écroulée sur la poitrine de James et qu'il riait. Ou tout au moins essayait-il de rire, car il avait du mal à reprendre son souffle et son cœur battait à un rythme effréné.

— Ça va ? demanda-t-il.

Elle se redressa tant bien que mal, écarta ses cheveux de son visage et feignit l'étonnement.

— Bien sûr. Pourquoi cela n'irait-il pas ?

Il semblait fort content de lui.

— Eh bien, vous avez tellement crié que je m'attends à ce que l'on vienne frapper à notre porte en croyant que je vous ai assassinée.

Indignée, Kate se dégagea de côté.
— Attention ! protesta-t-il. Vous risquez de compromettre nos chances de fonder une famille.
— Je ne crois pas que nous ayons à nous en soucier, rétorqua-t-elle sèchement en remontant les draps sous son menton.
Il la saisit aux épaules.
— Vous n'allez pas me dire que vous refusez toujours de m'épouser ? Après ce qui vient de se passer ? Après la nuit dernière ?
Il ne devait pas être loin de huit heures. Kate commençait à ressentir les premiers signes de la nausée.
— Vous ne pensez pas que vous devriez vous occuper de retrouver votre fille, plutôt que de savoir si je veux ou non vous épouser ?
Il ouvrit la bouche, mais aucune réponse n'en sortit. Alors il la lâcha et se leva.
Kate se sentait de plus en plus mal, mais elle ne put s'empêcher d'admirer cet homme superbe qui récupérait ses vêtements et se rhabillait en jurant. Il quitta la pièce sans lui jeter un regard, ce qui lui convenait parfaitement.
Une demi-heure plus tard, quand il revint, elle était toujours en proie à la nausée. Il apportait un immense plateau d'où s'échappaient des odeurs de bacon et de café, appétissantes en temps normal, mais affreusement écœurantes en cet instant pour Kate.
Il referma la porte avec le pied.
— Venez manger, Kate. C'est drôle, je n'aurais pas cru que vous aimiez paresser au lit.
Elle remonta les draps au-dessus de sa tête.
— Allez, venez, insista-t-il. Nous n'avons pas toute la journée, vous savez. Il faut que je trouve Craven, et ce n'est pas gagné. La ville n'est pas immense, mais tout de même…
L'odeur, la vue du bacon… c'en était trop pour elle. Elle rejeta les draps, s'assit d'un bond et se pencha sur le côté du lit. Elle ne pouvait vomir puisqu'elle n'avait rien mangé, mais une série de haut-le-cœur la secoua et

elle se tordit en deux, pleurant d'humiliation. D'autant plus qu'il s'était précipité près d'elle. Posant une main fraîche sur son front, il écarta ses cheveux de son visage tout en la soutenant, lui murmurant des paroles apaisantes tandis qu'elle continuait d'endurer les spasmes.

Elle voulut le repousser, mais il ne bougea pas.

— Tout va bien. Je suis désolé, Kate, je ne savais pas...

Tout en parlant, il soulevait ses cheveux de son front en sueur, de son cou, laissant passer un peu d'air frais. Au bout d'un moment, elle commença enfin à se sentir mieux. Une fois de plus, elle le repoussa et dès qu'il l'eut lâchée, elle retomba contre les oreillers. Mais il s'assit à son côté, ses beaux yeux verts assombris par l'inquiétude.

— Pourquoi ne m'avez-vous rien dit, Kate ?

Elle secoua la tête sans répondre.

— J'aurais dû le deviner, quand vous avez eu tant de mal à vous lever, hier...

Il la regarda sans plus aucune compassion et ajouta :

— Ce qui me ramène à ma question : pourquoi ne m'avez-vous rien dit ?

Elle voulut se retourner, mais il était assis sur le drap. Alors elle tira dessus, et il finit par se lever avec un soupir. Immédiatement, elle s'enroula dans le drap et lui tourna le dos. C'était le seul moyen qu'elle avait trouvé pour endurer cette conversation qu'elle redoutait depuis l'instant où il était apparu derrière la corde à linge, à White Cottage.

— Je ne voulais pas vous le dire, murmura-t-elle en fixant le mur.

— Pourquoi, Kate ? demanda-t-il, perplexe.

Elle gémit sans pouvoir s'en empêcher. Cela devait arriver, elle le savait. Si seulement elle n'avait pas dormi avec lui, elle aurait pu continuer à lui cacher la vérité. Furieuse contre elle-même, elle s'essuya les yeux avec le revers de la main.

— Vous ne comprenez pas ?

— Non.

Sa voix était toujours tendre, mais emplie d'incompréhension. Il ne fit pas un geste pour la toucher, ce dont elle lui sut gré.

— Non, je ne comprends pas. Vous portez mon enfant et vous n'aviez pas l'intention de me le dire ?

Elle ne pouvait pas répondre, au risque d'éclater en sanglots.

— En aviez-vous oui ou non l'intention, Kate ?

— Je voulais le faire, mais... je n'ai pas pu. Parce je ne peux...

— Vous ne pouvez pas *quoi* ?

— Vous épouser. C'est impossible, James.

Il ne semblait plus inquiet, tout à coup, mais exaspéré au plus haut point.

— Mais pourquoi, que diable ?

— Je n'y retournerai pas.

— Où ?

— Dans votre monde... celui où je vivais avant.

— Mon monde ? Mais de quoi parlez-vous, bon sang ?

— De Londres. Vous ne pouvez pas savoir ce que cela a été, quand mon père a été accusé d'avoir escroqué ces gens, dit Kate en secouant la tête, le regard perdu au loin. Ils étaient nos amis, tout au moins le prétendaient-ils, mais ils nous ont tourné le dos. Tous ! Personne n'a cru en l'innocence de mon père. Personne n'a cru que c'était Daniel et pas mon père qui...

Elle s'interrompit en réprimant un sanglot. Tout en l'observant, James se souvint alors que Mlle Hinkle avait prononcé la même phrase :

— Elle n'y retournera pas...

Il ouvrit la bouche pour dire quelque chose, mais elle continua dans un murmure rageur.

— Et quand ils sont morts... bien que l'incendie ait été déclaré accidentel, tout le monde a cru la rumeur disant que mon père l'avait allumé à dessein, pour se tuer et tuer ma mère avec lui. Ils ont cru qu'il n'avait pas supporté la honte.

Elle tourna enfin les yeux vers lui.

— Mais il n'a rien fait de tel, affirma-t-elle avec conviction. Il n'avait pas volé l'argent et n'a pas mis le feu. Ils n'avaient pas le droit de l'accuser ! Vous comprenez, James ? Je ne peux pas retourner parmi eux. Il a fallu que vous m'offriez trois cents livres pour que j'accepte de le faire pour vous. Mais maintenant... il y a ce bébé auquel je dois penser. Je ne retournerai pas dans ce monde-là. Et je sais que je ne peux vous demander de le quitter.

— Vraiment ?

— Vraiment. Je préfère élever mon enfant toute seule, dans la disgrâce, plutôt que parmi ceux qui ont laissé Daniel Craven...

Elle se tut.

— Qui ont laissé Daniel Craven faire quoi, Kate ? s'enquit-il doucement.

Cette fois, lorsqu'elle le regarda, il ne vit aucune froideur dans ses yeux, pas de colère non plus, mais une émotion qui ressemblait à... de la frayeur.

— Rien, répondit-elle trop vite.

— Kate, insista-t-il en posant une main sur ses doigts crispés. Dites-moi. Les gens qui ont laissé Daniel Craven faire quoi ?

Elle s'exprima dans un souffle de voix, mais un souffle qui sembla déchirer le silence comme un cri.

— Commettre un meurtre.

30

Ils se promenaient à pied dans une rue étroite. Pour un observateur inconnu, ils auraient pu passer pour un couple rendant visite à des amis. Mais en les regardant de plus près, on se serait rendu compte que l'homme avait le visage tendu, la mâchoire serrée, et que la femme s'accrochait nervcusement à son bras.

— C'est ici, dit Kate en regardant la feuille de papier qu'elle tenait dans sa main gantée, puis les numéros en cuivre accrochés sur la porte, sous la lampe à gaz éteinte. Vingt-neuf.

Ce n'était pas une rue si minable, songea James. Mais pas pour autant le genre de rue où il espérait trouver sa fille et son amant.

En fait, il n'existait pas de rue où il aurait aimé trouver sa fille avec son amant.

Que cet amant soit ou non un assassin.

Une chose l'intriguait : il avait été facile de les trouver. Pour un homme traqué, Daniel Craven s'était fait un peu trop remarquer, comme s'il s'était assuré qu'il ne passerait pas inaperçu. Kate était en train d'avouer, en larmes, que c'était lui qui avait allumé l'incendie responsable de la mort de ses parents, quand des coups frappés à la porte l'avaient interrompue. Il s'agissait d'un homme auquel James avait posé quelques questions sur les nouveaux venus dans le voisinage, pendant qu'il commandait le petit déjeuner.

L'homme s'était souvenu qu'un couple, correspondant à la description de Craven et Isabel, s'était installé dans une maison toute proche.

— Ils viennent de la louer, avait dit James à Kate qui s'était aussitôt hâtée de s'habiller. Et ils étaient là ce matin. Un livreur de lait les a vus il y a une heure.

— Bien, avait-elle répondu avec une bravoure qu'elle était loin de ressentir. Nous ferions mieux d'y aller tout de suite.

Mais à présent, elle se sentait beaucoup moins courageuse. James, quant à lui, avait une furieuse envie de casser quelque chose.

— Supposons, dit-il en regardant la porte, qu'elle refuse de nous suivre.

— Elle nous suivra, affirma Kate avec une conviction un peu défaillante.

— Et si nous arrivons trop tard ?

Elle leva les yeux vers lui. Malgré l'angoisse, elle avait les joues roses et le bout du nez tout rouge. La pluie avait cessé mais il faisait gris, froid et humide.

— Si c'est le cas, vous ne le tuez pas, d'accord ? Nous sommes peut-être en Écosse, mais la loi existe. Vous ne devez pas commettre un meurtre. Pensez à Isabel, James.

Le son de son prénom dans sa bouche lui donna envie de la soulever dans ses bras et de la couvrir de baisers. Une envie folle qu'il avait du mal à réprimer.

Mais le souvenir de leur conversation le refroidit. Elle s'était rendu compte qu'elle était enceinte de lui il y a deux mois environ. Deux mois ! Et si Isabel ne s'était pas enfuie, s'il n'était pas venu la chercher...

Elle tira sur la sonnette dont le bruit résonna à l'intérieur de la maison. Après une minute ou deux, des pas se firent entendre, et la porte s'ouvrit. Une toute jeune servante en tablier, affublée d'une coiffe trop grande pour elle, apparut.

— Oui ? Monsieur ? Madame ?

James aurait voulu parler, prendre les choses en main, mais il ne parvenait qu'à penser au moment où il écraserait le visage de Daniel Craven dans la poussière.

— Bonjour, dit aimablement Kate. M. Craven est-il là ?

— Non, madame. Il est reparti à Londres.

James ne découvrit à quel point il était tendu que lorsque sa compagne émit un petit cri de douleur et retira sa main, qu'il était en train d'écraser entre son biceps et son avant-bras.

— Reparti à Londres, répéta Kate en se reprenant.

— Oui, madame. Il y a à peine une demi-heure. Vous l'avez manqué de peu.

Le soulagement que cette nouvelle lui apporta fit comprendre à Kate combien elle redoutait cette confrontation avec Daniel. James, lui, semblait stupéfait.

— Et… Mme Craven ? continua-t-elle. Est-elle rentrée à Londres avec M. Craven ?

— Mme Craven ? répéta la fille, perplexe.

— Il y avait bien une jeune lady avec lui, n'est-ce pas ?

— Oh… oui, vous voulez parler de… la lady Isabel ?

Kate perçut une lueur de mépris dans le regard de la servante.

— Oui. « La » lady Isabel. Est-elle rentrée à Londres avec M. Craven ?

— Ben, non alors ! s'indigna la fille, comme si cette idée était aussi incongrue que celle d'une Mme Craven.

Kate commençait à perdre patience. Cette gamine n'avait sûrement pas été engagée pour sa vivacité d'esprit.

— Pouvez-vous nous dire où nous pourrions trouver lady Isabel ?

La soubrette jeta un rapide regard vers l'étroit escalier derrière elle. James n'en demandait pas plus pour passer à l'action. Il poussa violemment la porte, ignora le cri de la servante qu'il bouscula sans ménagement et s'engouffra à l'intérieur.

— Où est-elle ? gronda-t-il en scrutant un couloir peu engageant.

— Non mais, vous ne pouvez pas entrer comme ça ! Où vous vous croyez ? Le maître ne sera pas content, pas content du tout…

Mais déjà, James grimpait l'escalier quatre à quatre. Kate se précipita derrière lui en s'aidant de la rampe.

— James ! Attendez...

La première pièce qu'il découvrit était vide. Dans la seconde, il distingua une silhouette enfoncée dans un fauteuil, devant un feu poussif. À la faible lueur des braises, il ne parvenait pas à distinguer ses traits.

Mais les sanglots qui secouaient ses épaules ne pouvaient être que ceux d'Isabel.

Pourtant, au grand étonnement de Kate, James ne courut pas au côté de sa fille. Il demeura figé sur le seuil, à scruter l'intérieur obscur. Au regard interrogateur de la jeune femme, il répondit en murmurant :

— Je ne peux pas.

— James...

— Non. Elle ne veut plus me voir. Allez-y, vous.

— Mais...

— C'est mieux, je vous assure.

— James, enfin...

— Notre dernière entrevue a été... catastrophique. Elle ne veut plus me voir, je vous assure. Allez-y, insista-t-il.

Une lueur dangereuse venait de s'allumer dans ses yeux. Kate ne discuta plus.

Elle entra lentement dans la pièce en enlevant ses gants, s'agenouilla près du fauteuil et posa la main sur celle de la jeune fille.

Isabel cessa de sangloter et tourna vers elle des yeux bouffis par les larmes.

— Oh !.... Oh... mademoiselle Mayhew !

Elle bondit soudain du fauteuil dans un bruissement d'étoffe et se jeta à son cou, la serrant à l'étouffer en répétant son nom entre deux sanglots.

Kate caressa ses cheveux emmêlés, s'efforçant de la réconforter de son mieux. Au bout d'un moment, Isabel parvint à parler et à évoquer sa lamentable histoire d'une manière confuse.

— Oh, mademoiselle Mayhew ! Si seulement je vous avais écoutée ! J'aurais dû deviner que vous aviez de bonnes raisons de ne pas l'aimer. Mais il était tellement plus attentionné que Geoffrey, et il disait qu'il était amoureux de moi… J'étais si malheureuse quand vous êtes partie… Il s'est conduit comme un gentleman, nous avons toujours pris des chambres séparées… Il n'y a pas une heure, il m'a annoncé qu'il rentrait à Londres, sans moi ! Il n'a pas voulu que je l'accompagne et il a dit qu'il ne reviendrait pas, qu'il en avait assez de mes exigences, que je me comportais comme une enfant gâtée. Pourtant, ce n'est pas vrai, mademoiselle Mayhew. Je vous le jure ! Mais il m'a abandonnée ici, en Écosse !…. Dieu merci, vous êtes là. Je me demandais quoi faire… Papa ne voudra jamais que je rentre à la maison, après ce que… Oh, mademoiselle ! Comment Daniel a-t-il pu être aussi cruel ? Pourquoi a-t-il fait ça ?

Kate essayait d'apaiser la jeune fille, mais elle se posait la même question. Pourquoi avait-il fait cela ? Parce que si Isabel disait la vérité – ce dont elle ne doutait pas, étant donné l'état dans lequel elle se trouvait –, non seulement il ne l'avait pas épousée mais il ne l'avait pas touchée, puisqu'ils n'avaient jamais partagé la même chambre.

Contrairement à ce qu'Isabel pensait, l'attitude de Craven n'avait rien de « chevaleresque » : elle était suspecte. Daniel n'était pas un gentleman. Elle le savait mieux que personne. Au début, elle avait cru qu'il était peut-être vraiment attiré par la jeune fille, et non par son argent, et qu'il l'avait enlevée parce que c'était sa seule chance d'obtenir sa main.

Mais il semblait que ce ne soit pas le cas. Alors quelles sombres motivations avaient pu le pousser à faire ce voyage pour abandonner finalement cette pauvre enfant ?

— Pourquoi pensez-vous que votre père ne voudra plus de vous, Isabel ? lui dit-elle en la secouant doucement. Il était fou d'inquiétude, ces derniers jours.

Isabel appuya le mouchoir qu'elle lui avait donné au coin de ses yeux.

— Oh… je savais bien que je commettais un acte répréhensible, mais je ne pouvais plus supporter d'être à la maison avec lui. Il est devenu comme un ours en cage après votre départ, mademoiselle Mayhew. Je sais à quel point il a été horrible cette nuit-là, quand il vous a surprise dans le jardin avec… avec Daniel. Il a été encore pire avec moi, ensuite. Je suppose qu'il vous a engagée pour me retrouver, puisqu'il ne veut plus me voir…

Consciente que James les entendait, Kate se hâta d'interrompre la jeune fille :

— Pas du tout. Votre père est là, sur le pas de la porte.

Dans un frémissement de dentelle, Isabel se précipita vers le seuil.

— Papa ! s'écria-t-elle en se jetant dans ses bras.

Les retrouvailles furent si joyeuses et émouvantes que Kate préféra se retirer, pour ne pas troubler l'intimité du père et de la fille. Elle regagna le hall où la petite servante arpentait le sol d'un pas rageur.

— Écoutez, dit celle-ci, vous n'avez pas à entrer ici comme ça. Dan… je veux dire, M. Craven n'a rien fait de mal.

— Bien sûr qu'il n'a rien fait, répondit Kate d'un ton doucereux. Personne n'a rien suggéré de tel.

— Je ne sais pas ce qu'elle vous a dit, continua l'autre en désignant le haut de l'escalier, mais ce n'est pas vrai. M. Craven est un gentleman, il n'a pas posé un doigt sur elle.

— C'est ce que j'ai cru comprendre, en effet.

Kate se posta devant un miroir encadré de similor, et remit quelques mèches en place sous sa coiffe. Derrière elle, la soubrette parut se détendre un peu.

— Elle vous a raconté, alors. C'est la vérité, elle ne l'intéressait pas. Pas de cette façon, en tout cas.

De toute évidence, elle savait à qui allaient les préférences de Daniel Craven…

— Vraiment ? fit Kate en se retournant. Je ne crois pas m'être présentée. Kate Mayhew.

La fille considéra la main gantée qu'elle lui tendait pendant quelques secondes, avant de la serrer brièvement.

— Martha.

— Comment allez-vous, Martha ? s'enquit Kate en fouillant dans son réticule comme si elle cherchait quelque chose.

— Je vais bien.

— Ne trouvez-vous pas étrange que M. Craven vous ait quittée aussi soudainement ?

Martha afficha un air pincé.

— Il est seulement allé régler quelques affaires urgentes. Il sera de retour à la fin de la semaine. Il me l'a assuré.

Isabel ne lui avait pas donné la même version des faits.

— Et lady Isabel ? Doit-elle attendre son retour ?

— Elle ? Sûrement pas ! Il a dit qu'elle serait partie d'ici là, que sa famille viendrait la chercher…

Comprenant tout à coup qu'elle avait trop parlé, Martha écarquilla les yeux en mettant une main sur sa bouche, mais le peu qu'elle avait lâché suffisait à Kate. Elle ignorait toujours ce qui avait motivé Daniel, mais ce soi-disant enlèvement cachait autre chose.

— Montez emballer les effets de lady Isabel, je vous prie. Nous partirons aussitôt après.

Hésitante, Martha se balança d'un pied sur l'autre.

— Vous… vous êtes sa famille, alors ?

— Oui, nous sommes sa famille, confirma Kate.

31

La fumée.

C'était une odeur de fumée qui avait réveillé Kate cette nuit-là, des années auparavant. Une odeur qui l'avait poursuivie pendant des mois, et pas seulement parce qu'elle imprégnait tout ce qu'elle possédait – tout au moins ce qui lui restait, ce qui n'avait pas brûlé ou que les huissiers n'avaient pas emporté, après la mort de ses parents. Elle était restée si sensible à cette odeur qu'un simple scone qui roussissait un peu la faisait courir aux cuisines.

Mais à présent, quand elle ouvrit les yeux, il lui sembla tout à fait improbable que quiconque fasse cuire des scones à trois heures du matin.

Car c'était l'heure qu'indiquait la pendulette posée sur la table de nuit. Trois heures du matin. Elle avait dormi d'un sommeil agité, et pas seulement parce qu'elle partageait son lit avec quelqu'un qui ronflait.

Pas le marquis de Wingate, non. Il ne ronflait jamais. C'était sa fille, lady Isabel. Et elle ronflait bruyamment.

Kate tourna la tête sur l'oreiller, se demandant si elle devait réveiller la jeune fille. Isabel s'était assoupie, tout habillée, au milieu d'une des nombreuses crises de larmes qui la prenaient depuis qu'ils l'avaient retrouvée. Elle avait sa propre chambre dans l'auberge, bien sûr, mais elle semblait préférer celle de Kate.

Alors, cette odeur de fumée ? Était-elle réelle ou issue d'un rêve ?

Elle essaya de se remémorer le sujet qui l'avait tenue éveillée longtemps après qu'Isabel se fut endormie.

Qu'allait-elle faire ?

Pas à propos de Daniel Craven. James avait décidé de le retrouver et de l'expédier dans l'autre monde. Kate avait eu beau lui faire remarquer que, malgré sa conduite impardonnable, il n'avait pas causé de dommages irréparables, cela n'avait rien changé. Il se débarrasserait de lui dès qu'il aurait ramené Isabel à Londres.

Kate ne pouvait lui donner tort, bien sûr. Daniel s'était surpassé, cette fois. Pourtant, elle ne parvenait toujours pas à comprendre pourquoi il avait enlevé Isabel. Ses desseins lui échappaient complètement.

Enfin, pas tout à fait. Elle avait bien une idée sur la question, mais c'était tellement ridicule – tellement effrayant – qu'elle chassait cette pensée dès qu'elle effleurait son esprit.

Il y avait une explication plus plausible et plus supportable : Daniel avait voulu s'emparer de la fortune d'Isabel, puis il avait renoncé à ses projets pour une raison connue de lui seul.

Mais pourquoi s'interroger sur les motivations d'un tel individu, quand un autre occupait tellement ses pensées qu'elle ne parvenait pas à dormir ? Car c'était James qui l'empêchait de trouver le sommeil.

Qu'allait-elle faire ?

Elle se rendait compte maintenant qu'ils formaient vraiment une famille, comme elle l'avait dit à Martha. C'était irrémédiable. Elle aimait James aussi désespérément que James l'aimait, et jamais elle ne connaîtrait le bonheur sans lui.

Comment tourner le dos à l'amour ? La seule chose qui la retenait jusqu'ici – sa répugnance à affronter le milieu où il vivait – lui semblait dérisoire, comparée à un sentiment aussi profond, aussi puissant. À présent, elle se sentait de taille à endurer les sourires moqueurs, les sarcasmes, les regards méprisants. Au côté de James, elle irait au bout du monde. Même Isabel lui inspirait un amour protecteur et tendre, un peu comme si elle était sa propre fille.

Pourtant, depuis qu'elle avait pris conscience de tout cela, qu'elle avait compris que son amour pour James était plus fort que sa haine pour son ancien milieu, elle n'avait pas trouvé le moyen de le lui faire savoir.

Après avoir retrouvé Isabel, ils n'avaient pas eu un seul moment d'intimité, et l'attitude de James à son égard n'avait plus été celle d'un homme amoureux. Il était courtois et agréable, certes, mais cela s'arrêtait là.

Pas une seule fois il n'avait évoqué sa demande en mariage.

Comment l'en blâmer ? Le matin même, non contente de lui annoncer qu'elle était enceinte, elle lui avait expliqué qu'elle ne voulait pas l'épouser, puis elle lui avait dit la vérité sur Daniel Craven. Une vérité qui l'avait laissé sceptique. Mais personne ne l'avait crue, après tout. Pourquoi James aurait-il fait exception à la règle ?

Quoi qu'il en soit, il n'avait plus fait allusion à ses révélations et ne lui avait plus adressé la parole de la journée, si ce n'est pour le strict nécessaire. Toute son attention était focalisée sur Isabel, dont l'état fragile l'avait incité à rester à Gretna Green une nuit de plus. Ils rentreraient à Londres le lendemain. James avait soudoyé la patronne du plus élégant hôtel de la ville pour qu'elle lui donne ses trois meilleures chambres.

Il était maintenant trois heures du matin, et malgré le grand confort dans lequel elle était installée, Kate ne parvenait pas à dormir. Elle s'était comportée comme une idiote et elle récoltait les fruits de sa bêtise. Il ne lui restait plus qu'à retourner à Lynn Regis, chez Nanny Hinkle. Le marquis lui donnerait de quoi subvenir aux besoins de l'enfant, et elle serait obligée d'accepter car elle n'avait pas d'autre moyen de subsistance. De plus, il voudrait sans doute le voir de temps en temps, ce qui ne l'aiderait pas à l'oublier.

Malheureuse comme les pierres, elle se retourna…

… et perçut de nouveau cette odeur.

Une odeur de fumée. Cette fois, c'était indubitable.

Il ne s'agissait pas de celle du feu, non, plutôt celle… du tabac. Quelqu'un fumait, et tout près.

Perplexe, Kate saisit son peignoir et se leva. Les trois chambres attribuées au marquis se situaient au premier étage. Elles donnaient toutes sur une terrasse où les clients avaient le loisir de déjeuner, quand le temps le permettait. La porte-fenêtre, restée entrouverte, laissait passer le vent froid de l'automne où flottaient ces notes de tabac.

Le cœur de Kate s'accéléra. Se pouvait-il que ce soit James qui soit sorti sur la terrasse pour fumer un cigare, comme il aimait le faire de temps à autre ? Peut-être souffrait-il lui aussi d'insomnie ?

Elle n'hésita pas une seconde de plus et sortit.

Il ne pleuvait plus, mais le ciel demeurait chargé de nuages. La lumière de la lune parvenait toutefois à s'y infiltrer suffisamment pour que Kate pût distinguer une petite table en fer forgé et une fontaine en contrebas, dans la cour.

En tout cas, la source du puissant arôme de tabac était clairement visible : le bout du cigare rougeoyait dans la nuit et le fumeur exhalait des nuées d'un gris bleuté. Il était sur la terrasse adjacente, accoudé à la balustrade.

Il ne manifesta aucune surprise lorsqu'elle apparut. Au contraire, il dit d'un ton doucereux :

— Eh bien, c'est incroyable. J'étais en train de réfléchir à la façon de vous réveiller sans alerter cette maudite gamine, quand vous sortez de vous-même. Bravo, très chère !

Glacée jusqu'aux os, la jeune femme s'agrippa à son peignoir, le serrant contre son cou.

— Daniel... prononça-t-elle. Que... que faites-vous ici ?

Sa question était inutile. Elle connaissait la raison de sa présence, qui n'avait aucun rapport avec Isabel.

— La chambre du marquis est là, dit-elle très vite, sans savoir si celle qu'elle lui montrait était la chambre de James ou celle qu'il avait prise pour sa fille. Il est furieux après vous, il vous tuera s'il vous trouve ici.

— Je sais, répliqua tranquillement Daniel en soufflant

de nouvelles volutes de fumée. Je me suis assuré qu'il s'était retiré pour la nuit avant de monter. C'est fou ce que l'on peut apprendre, dans les cuisines d'un établissement, précisa-t-il, pensif.

— Il faut reconnaître que vous savez vous y prendre. Je suis sûre que Martha mettra des mois à se remettre de votre irruption dans *son* établissement.

— Martha ? Oh, oui, Martha… Charmante petite. Pas autant que la femme du propriétaire de cet hôtel distingué où nous nous trouvons, remarquez, mais à peu près aussi… malléable.

— Et c'est cette charmante et malléable personne qui vous a donné la clé de la chambre voisine de la mienne ?

— Absolument, jeta nonchalamment Daniel. Il n'est pas commode de vous localiser, Kate. J'ai essayé d'entrer en contact avec vous après cette intéressante conversation que nous avons eue, il y a… combien déjà, trois mois ? C'était au bal de lady Tetmiller. J'ai essayé de poursuivre cette discussion dans le jardin de lord Wingate, mais… j'ai dû vous quitter précipitamment. Lord Wingate ne voit pas nos tête-à-tête d'un bon œil, n'est-ce pas ? Comme je n'ai aucune envie de me faire trouer la peau et que je savais qu'il ne tirerait jamais sur vous, j'ai préféré ne pas m'attarder.

Kate l'observait en songeant que son comportement n'aurait pas dû la surprendre, pourtant elle s'étonnait un peu.

Tout est ma faute, songea-t-elle. Tout. Du début à la fin. Pauvre Isabel…

Un grand froid l'avait envahie, un froid qui n'avait rien à voir avec la température extérieure.

— J'ai eu un mal fou à savoir ce qui vous était arrivé, quand vous avez disparu de Londres aussi soudainement, continua Daniel. Je ne voudrais pas me flatter, mais je n'ai pu m'empêcher de me demander si notre petite conversation et votre disparition étaient liées. Vous n'êtes pas du genre à vous enfuir pour échapper à un affrontement, mais enfin, il y avait longtemps que je ne vous avais pas vue et… j'ai pensé que nouer une amitié avec lady Isabel me permettrait peut-être d'en apprendre un peu plus sur le sujet.

— Une *amitié* ? Vous la séduisez, et vous appelez cela une amitié ? Espèce de vil...

— Mon Dieu ! Tout de suite les grands mots ! Mesurez vos paroles, d'accord ? Je ne l'ai jamais touchée, cette gamine... ou si peu. En tout cas, « séduction » est un bien grand mot. D'ailleurs, quand je me suis rendu compte que non seulement cette petite sotte ignorait l'endroit où vous étiez, mais qu'elle ne comprenait pas pourquoi vous l'aviez abandonnée du jour au lendemain, j'en ai conclu que vous aviez quitté Londres à cause de moi.

Kate ne dit rien. Elle n'avait pas l'intention de lui avouer qu'en vérité, depuis cette nuit-là, elle n'avait plus accordé une seule pensée à leur conversation, jusqu'à ce que James vienne lui annoncer qu'Isabel s'était enfuie avec lui. Elle avait d'autres soucis.

— Alors j'ai imaginé un plan inspiré de la devise : « Si tu ne vas pas à Dieu, Dieu ira à toi. » Je savais combien vous étiez attachée à la fille de Traherne, cette gamine insipide. J'étais sûr que si vous la croyiez en danger, vous courriez à son secours, même au risque de me revoir. Et vous voyez, j'avais raison. Vous êtes là... conclut-il avec ce sourire de fourbe qu'elle lui connaissait.

Kate tremblait de tous ses membres, à présent. Elle s'efforça d'affermir sa voix pour lui répondre.

— Vous ne vous imaginez tout de même pas que je vais rester là, à vous écouter tranquillement, comme si rien ne s'était passé ? Franchement, je crois que vous êtes fou et je n'ai pas envie de parler avec des fous. Bonne nuit, monsieur.

Elle pivota dans l'intention de se réfugier dans sa chambre, mais elle n'avait pas fait deux pas qu'il bondit par-dessus la balustrade et lui saisit le bras.

— Pas si vite, Kate, jeta-t-il, le cigare coincé entre ses dents.

— Lâchez-moi !

— Voyons, voyons. Où allez-vous comme ça ? Nous n'avons pas terminé notre conversation.

Il parlait doucement, mais le danger couvait sous ce calme apparent. Cet homme était comme l'eau qui dort. On ne pouvait jamais se fier à lui.

— Lâchez-moi, Daniel, s'il vous plaît, le pria-t-elle, comprenant qu'essayer de lui échapper serait inutile.

Elle essaya une autre tactique.

— Si vous me lâchez, je ne dirai à personne que vous étiez là, je vous le promets. Personne ne m'a crue la dernière fois, n'est-ce pas ?

Une violente émotion altéra soudain les traits du jeune homme.

— La dernière fois ? répéta-t-il en approchant son visage à quelques centimètres du sien.

Elle sentit le souffle chaud de son haleine où dominait l'odeur du cigare.

— Seigneur ! Il n'y a pas eu de dernière fois, vous comprenez ? Je n'avais rien à voir avec cet incendie, vous comprenez ? Rien ! insista-t-il furieusement en la secouant.

Des larmes coulaient sur le visage de Kate, mais elle ne s'en souciait pas.

— Vous mentez, osa-t-elle rétorquer dans un murmure.

Plus rien n'importait, sauf la vérité. Et cette vérité devait être dite. Sortir enfin de cette chape de silence et de mensonges qui l'avait bâillonnée.

— Vous savez parfaitement que vous étiez là, ajouta-t-elle. Je vous ai *vu*. Vous étiez là, et vous les avez regardés brûler vifs.

Son regard s'était perdu dans les ombres du passé. Elle n'était plus sur cette terrasse, mais dans le couloir enfumé de la maison de son enfance. Elle venait d'ouvrir la porte de sa chambre et découvrait, horrifiée, que d'immenses flammes s'échappaient de celle de ses parents.

— Vous étiez là, répéta-t-elle. Dans la cage d'escalier, sur le côté. Et vous teniez quelque chose. Une sorte de boîte en fer-blanc qui répandait une odeur épouvantable. Une odeur de pétrole. J'ai cru un instant que père avait accidentellement renversé sa lampe, mais cela n'expliquait pas la présence de flammes si hautes et si soudaines. Tout, absolument tout était en feu. Vous aviez aspergé les rideaux du baldaquin, le tapis, tout le reste. Alors j'ai essayé d'aller vers eux, mais vous... vous m'en avez empêchée.

Daniel lâcha soudain son poignet, jeta son cigare et se mit à la secouer comme pour l'obliger à sortir de sa transe.

— Les choses ne devaient pas se dérouler ainsi, gronda-t-il avec une expression qu'elle ne lui avait encore jamais vue.

Le désespoir.

— Votre mère et vous étiez censées avoir quitté Londres. Votre père voulait vous éloigner à la campagne pour vous protéger des retombées du procès.

— Mère estimait que cela aurait été considéré comme une fuite, comme de la lâcheté.

— Et elle en est morte, lâcha durement Daniel. Je devais empêcher votre père de témoigner, vous comprenez ? Il avait la preuve que je savais depuis le début que les mines étaient vides. Je ne pouvais pas le permettre. Je n'ai jamais voulu vous faire de mal, ni à votre mère. Seulement, vous étiez là !

Il prononça cette dernière phrase en la secouant à chaque syllabe, mais sans parvenir à faire sortir Kate de l'espèce d'hébétude qui l'avait envahie. L'assassin de ses parents était devant elle, et il venait de passer aux aveux... Elle n'était pas folle. Elle n'avait rien imaginé. Elle avait bien vu Daniel Craven chez elle, le soir de l'incendie.

— Je croyais que vous étiez inconsciente, continua-t-il sur un ton qui ressemblait singulièrement à de l'accablement. Que vous étiez évanouie. Mais, pour plus de sûreté, j'ai préféré partir. Pendant sept ans. Sept ans dans ce misérable pays où l'on meurt de chaleur. Je n'ai pas pu supporter d'y rester plus longtemps. Je pensais qu'après tout ce temps... Mais non. Rien. Vous n'aviez rien oublié. Comme ces maudits éléphants, vous n'aviez rien oublié ! Vous continuiez de m'accuser.

Kate sortit brusquement de sa torpeur. Des flammes s'allumèrent dans ses yeux.

Qu'essayait-il d'insinuer ? Que tout cela n'était qu'un accident ?

— Vous ne pensiez tout de même pas que j'allais vous… pardonner ? siffla-t-elle. Vous pardonner d'avoir tué mes parents et détruit ma vie ?

Ses mains se durcirent sur ses épaules et il rétorqua en riant :

— Bien sûr que non. Croyez-vous que j'aurais fait tout cela, que je me serais encombré de cette péronnelle, que j'aurais traversé tout le pays avec elle dans le seul but d'obtenir votre pardon ? Certainement pas.

La jeune femme plissa les yeux.

— Alors, que voulez-vous… ?

— Oh, je veux seulement vous tuer aussi, Kate, laissa-t-il tomber d'un ton léger.

32

— J'aurais dû vous laisser mourir avec vos parents, continua-t-il sous son regard horrifié. Mais j'étais bêtement sentimental, à l'époque. Je vous ai sauvé la vie, au lieu de vous la retirer. Si j'avais su que sept ans ne suffiraient pas à chasser cette navrante histoire de vos pensées et qu'en outre, vous continueriez de m'en vouloir…

— Comment ne pas en vouloir à l'homme qui a tué vos parents, en faisant croire que votre père s'est donné la mort en entraînant sa femme avec lui ? Avez-vous la moindre idée de ce que cela a été pour moi de surmonter tout cela ? L'enterrement ? L'enquête ? Mon Dieu, il m'est même arrivé de regretter que vous ne m'ayez pas laissée mourir. Cela aurait été plus facile. Mais vous vous êtes sauvé comme un voleur, comme un lâche que vous êtes…

— Voilà, c'est exactement le genre d'attitude que je ne supporte pas.

Avec une vitesse qui la prit totalement au dépourvu, il la plaqua contre lui en la faisant pivoter et enroula un bras autour de son cou. Kate essaya de desserrer l'étau, tenta de lui donner des coups de pied, de coude dans l'estomac, de poing. En vain. Plus elle se démenait, plus il l'étranglait.

— Vous savez, Katie, c'est une faveur que je vous fais là. Vous ne devriez pas avoir une si mauvaise opinion de moi.

La jeune femme étouffait. Sa vision commençait à se brouiller.

— Quelle vie avez-vous eue, depuis ? En être réduite à jouer les chaperons d'insupportables jeunes filles de bonne famille comme Isabel Traherne... quelle pitié ! Vous devriez me remercier de mettre un terme à une telle misère. Pauvre petite Isabel. Elle va être désolée de vous avoir donné tant de fil à retordre, quand elle vous retrouvera avec le cou brisé demain matin, au fond de cette cour...

Kate regretta de ne pas lui avoir dit qu'elle était enceinte. Peut-être l'aurait-il épargnée ? Il avait eu l'air tellement désolé d'avoir été obligé de tuer sa mère...

— Ils croiront que vous étiez somnambule, comme je l'ai cru moi-même cette nuit-là, lorsque vous êtes apparue dans le couloir au milieu de toute cette fumée. Vous aviez l'air d'un fantôme, dans votre chemise de nuit blanche. Puis vous vous êtes mise à crier, et j'ai compris...

Kate luttait désespérément pour respirer. Elle voyait des étoiles partout, mais c'était sans doute une illusion puisqu'elle était en train de mourir...

Tout était sa faute. Elle avait senti le piège depuis que le marquis avait prononcé le nom de Daniel Craven, à Lynn Regis. Cela ne l'avait pas empêchée d'y tomber, alors qu'elle savait qu'il avait enlevé Isabel dans un but précis.

Et elle était partie à sa recherche avec James, parce qu'il le lui avait demandé.

Les étoiles dansaient devant ses yeux. Elle était en train de mourir. Ce n'était pas si terrible, finalement...

Brusquement, un miracle se produisit. L'étau se desserra et elle se retrouva libre.

Projetée en avant, elle vit le sol se rapprocher tandis que l'air, froid et mordant, revenait dans ses poumons. Ses paumes et ses genoux heurtèrent une surface dure et elle se retrouva par terre, suffoquant.

D'étranges bruits sourds lui parvenaient. Elle ne voyait plus d'étoiles, tout était noir à présent. On aurait dit que quelqu'un dansait derrière elle, mais il n'y avait pas de musique.

Puis elle perçut de nouveau l'odeur de la fumée. Encore et toujours. La fumée.

Mais il ne s'agissait plus de la senteur âcre du tabac. Non, c'était autre chose. Quelque chose qui n'était pas destiné à brûler était en train de se consumer.

Le noir qui avait envahi sa vision commençait à s'estomper et elle distingua, comme dans un éclair, les rideaux de la porte-fenêtre rongés par les flammes. Quand Daniel avait jeté son cigare, celui-ci avait dû rouler dans l'entrebâillement et mettre le feu aux tentures.

Et Isabel était à l'intérieur.

Kate tourna la tête. Elle voyait, à présent. Elle était étendue sur la terrasse, les mains et les genoux écorchés. Sa gorge lui faisait horriblement mal, et non loin d'elle se trouvait... Daniel.

Mais il n'était pas seul. Quelqu'un l'avait pris à la gorge, exactement comme elle un moment plus tôt. James. C'était James !

Elle se souvint alors de la fumée. Isabel dormait paisiblement à l'intérieur d'une chambre dont les rideaux étaient en feu. Elle devait la sauver. À tout prix.

Se relevant tant bien que mal, elle s'accrocha à la balustrade et trébucha vers la porte-fenêtre. Les rideaux n'étaient pas les seuls à brûler. Le tapis était en flammes, lui aussi. Kate attrapa la tenture et tira d'un coup sec. Elle céda aussitôt et se retrouva sur le sol humide de la terrasse. La seconde suivit le même chemin. Le tapis, à présent. Elle le piétina vivement, mais comme il fumait toujours, elle saisit la cuvette de toilette et l'aspergea d'eau. Le reste échoua sur les rideaux.

À travers l'épaisse fumée grise qui s'éleva dans la nuit, Kate distingua vaguement une silhouette, sur la terrasse. Une seule. Il faisait trop sombre pour qu'elle puisse discerner les traits de l'homme qui s'approchait d'elle. L'espace d'un instant, elle se dit, affolée, que c'était peut-être Daniel.

Elle cassa la cuvette contre le montant de la fenêtre, saisit un morceau de porcelaine brisée et la brandit d'un geste menaçant.

Arrêtez ! tenta-t-elle de dire à l'homme qui continuait d'avancer. Oui, tenta-t-elle, car elle ne réussit qu'à émettre une sorte de coassement. Sa gorge la faisait trop souffrir.

Heureusement, une voix familière s'éleva, une voix qui lui était chère.

— Kate, c'est moi. Ça va ?

Et elle se retrouva dans l'étreinte la plus tendre, la plus merveilleusement réconfortante.

— James ! coassa-t-elle.

— Ça va ? répéta-t-il en lui prenant les bras pour l'écarter de lui afin de l'examiner. Mon Dieu, Kate, j'ai cru qu'il allait vous tuer...

Elle avait envie de rire et pleurer à la fois. Elle voulut capter son attention en saisissant les revers de sa robe d'intérieur, mais il captura ses mains au passage, pour observer ses paumes.

— Ce n'est pas trop grave. Cela ne saigne même pas. Et votre gorge ? Elle vous fait mal ? Mon Dieu, vos doigts sont glacés. Nous devrions rentrer.

— James, l'appela-t-elle en s'accrochant à lui. Isabel !

— Oh, dit-il en tournant les yeux vers ce qui restait des rideaux, comme s'il les voyait pour la première fois. Isabel n'est pas là. Quand elle s'est réveillée, elle a entendu un homme parler sur la terrasse et elle a couru me chercher. Elle ne s'était pas rendu compte que c'était Craven.

Un immense soulagement submergea la jeune femme. Pauvre Isabel ! Ce serait horrible pour elle, lorsqu'elle apprendrait la vérité.

Elle parcourut alors la terrasse d'un regard interrogateur.

— Il est mort, Kate, dit-il d'une voix dont la dureté contrastait avec la tendresse de son geste, quand il écarta quelques mèches de ses yeux. Il ne vous importunera plus jamais.

Comme cette réponse ne semblait pas suffire à Kate, il lui montra, d'un geste, l'endroit où gisait le corps de Daniel, la tête tordue en un angle anormal.

Elle détourna les yeux.

— Il a tué vos parents, Kate, et il vous aurait tués, vous et notre enfant, si je n'étais pas intervenu. Je n'ai pas eu tort d'agir ainsi, et je ne vous dirai pas non plus que je suis désolé.

— Non, admit-elle contre sa poitrine. Non…

Elle ne se sentait pas la force de parler davantage, avec sa gorge douloureuse. Alors il la souleva dans ses bras et traversa la chambre enfumée jusqu'au couloir, où attendaient les propriétaires et de nombreux serviteurs armés de bougies, l'air soucieux.

— Tout va bien, annonça James avec sa brusquerie habituelle. Mlle Mayhew va bien.

— Oh, papa ! s'écria Isabel, dans la robe froissée dans laquelle elle s'était endormie. J'étais tellement inquiète ! Es-tu sûr que…

— Tout le monde peut retourner au lit, maintenant, affirma James. Excepté vous, ajouta-t-il en s'adressant au propriétaire. Il y a un certain nettoyage à faire sur la terrasse. Et dès que le jour se lèvera, il faudra aller chercher les autorités.

L'homme parut comprendre tout de suite à quelle sorte de « nettoyage » il faisait allusion, mais sa femme regardait anxieusement Kate.

— Il faudrait peut-être aller chercher le médecin, pour la jeune dame…

Kate secoua vigoureusement la tête.

— Mlle Mayhew n'a pas besoin d'un médecin, intervint James. En revanche, lady Isabel aimerait sans doute regagner sa chambre…

Il fallut que Kate se montre persuasive pour convaincre la jeune fille qu'elle allait bien. Elle alla se coucher dans son propre lit, cette fois.

Le couloir se vida ensuite lorsque, usant de son autorité naturelle, James invita tout le monde à se retirer sur-le-champ.

Il emmena Kate dans sa chambre, une pièce confortable au décor masculin. La lumière du feu de cheminée révélait un grand lit à baldaquin.

Il coucha Kate sous les couvertures où elle se réchauffa peu à peu, après qu'il eut remis quelques bûches dans la cheminée.

Sans écouter ses protestations, il la soigna, lava ses écorchures, soulagea sa gorge en lui faisant boire du thé, tel un amant attentionné, un mari. Et pourtant…

Pourtant, il fallait qu'il sache que tout était sa faute. La façon dont Daniel avait séduit Isabel, dont il l'avait « enlevée » et emmenée à l'autre bout du pays. Tout. Si James ne l'avait pas haïe plus tôt – et Dieu sait qu'elle l'aurait mérité, étant donné la façon dont elle l'avait traité –, il avait de bonnes raisons de la haïr maintenant.

Elle n'aurait que ce qu'elle méritait. Cependant, il fallait aussi qu'il sache qu'elle regrettait. Oui, elle était tellement désolée…

Elle ouvrit la bouche…

33

— Je…

Ce n'était pas facile à dire, surtout sous ce regard pénétrant qui la sondait. Et puis, elle avait du mal à penser de façon cohérente.

— Je… suis…

Bon, c'était un début. Elle retrouvait un peu sa voix. Le thé avait fait des miracles. Où en était-elle ? Ah, oui.

—… désolée.

Voilà. Parfait.

Mis à part le fait que James la regardait maintenant d'un air interrogatif. Peut-être n'était-ce pas si parfait, après tout.

— Je suis désolée, à propos de Daniel Craven… Ce qui s'est passé entre Isabel et lui est entièrement ma faute.

Il pencha la tête, comme s'il n'était pas sûr d'avoir bien entendu.

— Votre faute, répéta-t-il.

— Oui. Daniel avait compris que je l'avais vu – vraiment vu – la nuit de l'incendie. Il a eu peur que j'en parle à quelqu'un et il a décidé de me tuer. Comme il ne savait pas où j'étais, il s'est servi d'Isabel comme d'un appât…

— Mais vous en aviez parlé, à de nombreuses personnes.

— Oui, il y a sept ans. Mais personne ne m'a crue.

— Craven l'ignorait.

Kate fronça les sourcils.

— En réalité, j'avais moi-même quelques doutes. Freddy était persuadé que j'avais imaginé avoir vu Daniel, et je m'efforçais parfois de lui donner raison. C'était plus facile que d'admettre la vérité.

— Alors vous êtes disculpée, dit-il doucement.

— Disculpée ? Moi ?

— Bien sûr. Vous allez prouver à tous ces gens qui vous ont tourné le dos qu'ils se trompaient. C'est Daniel Craven, et non votre père, qui a disparu avec leur argent. C'est lui qui a mis le feu, comme vous l'aviez toujours soutenu.

Surprise, elle se redressa lentement.

— Oui, vous avez raison, mais... je n'ai aucune preuve.

James s'assit au bord du lit et haussa les épaules.

— Je l'ai entendu l'avouer, tout à l'heure.

— Vous... ?

— Eh oui ! Je ferai une déposition dès demain matin. Les gens vont avoir du nouveau à lire dans les journaux londoniens. À la fin de la semaine, le nom de votre père sera aussi pur que celui de la reine.

Incrédule, Kate secoua la tête. Elle n'osait croire à sa chance. Elle était certes aussi pauvre qu'avant, mais son père serait réhabilité, sa réputation blanchie. Cela valait tous les diamants du monde.

— Bien sûr, cela ne changera rien pour vous, continua James.

Elle lui jeta un regard ébahi.

— Comment ? Qu'est-ce qui ne changera rien ?

— Que votre famille soit réhabilitée.

— Êtes-vous fou ? Mais cela change tout, au contraire. Tout !

— Je croyais que vous ne vouliez plus avoir le moindre rapport avec mon milieu, remarqua-t-il d'un ton égal. N'est-ce pas ce que vous me disiez ce matin ? Que vous ne vouliez plus y retourner ? Que vous préfériez élever notre enfant seule, dans la disgrâce, plutôt que parmi ceux qui ont condamné votre père avant même qu'il soit jugé, laissant son assassin en liberté ?

Kate se sentit rougir et s'étonna d'en être encore capable, après tout ce qu'elle avait vécu avec cet homme. Apparemment, elle demeurait timide sur certains points.

— James, je sais. C'est ce que j'ai dit ce matin. Mais j'avais compris, avant le retour de Daniel, que je me trompais. Que la seule chose qui importe, c'est…

— Ce sera gratifiant de prouver à tous ces gens qu'ils étaient dans l'erreur, l'interrompit-il. J'aurais bien aimé en faire autant, à un certain moment de ma vie.

— Vous ? s'étonna-t-elle.

— Oui, moi, répondit-il en regardant ses mains posées sur ses cuisses. Vous devez avoir entendu ce que l'on disait de moi, Kate.

Elle acquiesça.

— Bien sûr que j'ai entendu des choses, mais je n'ai jamais cru aux ragots. C'est pourquoi je veux que vous sachiez que…

— Les ragots sont parfois utiles, vous savez. Particulièrement en ce qui me concerne.

Il l'observait avec une expression d'amertume et de compassion mêlées. Gênée, elle détourna les yeux.

— Je ne sais pas ce que vous voulez dire, James.

— Bien sûr que vous savez. Je suis sûr que votre ami Freddy vous a parlé du marquis de Wingate, cet être insensible qui a défenestré l'amant de sa femme et a tout mis en œuvre pour empêcher celle-ci de voir sa fille. N'est-ce pas ce qu'il vous a raconté, Kate ?

— Eh bien, peut-être m'a-t-il…

— Pas peut-être, non. Sûrement. Et je préfère que vous connaissiez ces rumeurs, parce qu'elles sont parfois moins cruelles que la réalité.

Il remarqua son expression perplexe et continua avec un soupir :

— Je n'ai jamais empêché la mère d'Isabel de voir sa fille. J'ai jeté son amant par la fenêtre, d'accord. Mais pour le reste… Si Elizabeth avait manifesté la moindre intention de voir son enfant, j'aurais fait le voyage jusqu'en Italie pour la lui amener. Mais elle se moquait éperdument d'Isabel. Durant le procès du divorce, elle ne s'est battue que pour l'argent que j'allais lui allouer.

C'était la seule chose qui l'intéressait. À aucun moment elle n'a prononcé le nom de sa fille.

« Voilà pourquoi j'ai finalement préféré qu'Isabel entende les rumeurs et les croie. Et voilà pourquoi je ne les ai jamais démenties. Mieux valait que les gens me fassent passer pour un ogre, plutôt qu'ils racontent que mon ex-femme n'aimait pas sa fille et ne se souciait même pas de la voir.

— Oh, je... je comprends.

Il la regarda d'un air lointain.

— Voilà, reprit-il. Vous connaissez ma triste histoire. Intéressant, n'est-ce pas ? Vous détestez la haute société londonienne pour son hypocrisie et son amour des ragots, et moi, je l'apprécie pour les mêmes raisons.

Il se leva soudain.

— Mais tout cela ne change rien. Vous avez pris votre décision, il n'y a plus rien à dire. Dommage que nous n'ayons pas trouvé un point d'accord, vous et moi, parce que nous aurions pu nous amuser à leur glisser à l'oreille deux ou trois petites choses. Non, c'est mieux ainsi, vous avez raison. À présent, je crois que nous avons eu assez d'émotions pour cette nuit. Je ferais mieux de vous laisser dormir, acheva-t-il en se dirigeant vers la porte.

Kate rejeta les draps et se leva.

— Attendez !

Il se retourna, le regard insondable.

— Kate, vous avez reçu un choc. Vous avez besoin de repos. Retournez vous coucher.

— Non, répliqua-t-elle sans bouger, se tordant nerveusement les doigts. Vous voulez bien revenir vous asseoir, juste une minute ou deux ?

Il sembla sur le point de dire quelque chose, se ravisa et reprit la place qu'il venait de quitter. Son visage était presque à hauteur du sien.

— Alors ? Je vous écoute.

La jeune femme avait du mal à soutenir son regard. Ils ne se touchaient pas, mais sa proximité la troublait. C'était comme s'il l'enveloppait dans son étreinte. La seule vue de ses cuisses puissantes, de sa poitrine velue dans l'échancrure de sa robe d'intérieur, mettait ses sens en émoi. Et puis son odeur, cette virilité qui émanait de lui, cette force on ne peut plus masculine, et en même temps cette vulnérabilité...

— Je... commença-t-elle.

Mais son regard était trop perspicace. Elle baissa les yeux, qui tombèrent malencontreusement entre ses jambes, là où sa robe d'intérieur s'ouvrait. Ce qui s'y cachait était dans l'ombre, mais elle sentit cette chaleur au bas de son ventre que lui seul savait faire naître.

— Je... je voudrais vous présenter mes excuses.

— Ne l'avez-vous pas déjà fait ?

Elle osa enfin le regarder dans les yeux et perçut quelque chose d'indéfinissable dans son regard. Un jour, il y a longtemps, son père lui avait donné une bague pour son anniversaire. Une émeraude de la couleur exacte des yeux de James. Au cœur de la pierre se cachait une minuscule fêlure, et elle crut voir la même dans ses prunelles. Au fond, tout au fond de cette faille, apparaissait son âme.

— À propos de Daniel, oui, acquiesça-t-elle en posant une main sur son épaule. Je ne saurais dire à quel point je suis désolée pour ce qu'il a fait à Isabel. Mais je le suis aussi pour... pour ce que j'ai dit ce matin.

— Eh bien, j'en suis désolé moi aussi. Mais être désolé ne change rien, non ?

— Sans doute pas, murmura-t-elle.

Voilà. Il venait de réduire ses espoirs à néant avec une facilité déconcertante.

Pourtant, elle s'obstina :

— Mais j'ai peut-être été un peu... hâtive.

— Hâtive, répéta-t-il, ses yeux verts fixés sur elle.

— Oui, en refusant de...

Il haussa un sourcil.

— En refusant quoi ?

Il n'avait pas l'intention de lui faciliter la tâche. Il savait parfaitement à quoi elle faisait allusion, mais il paraissait disposé à la torturer un peu avant de l'admettre.

Bon. Elle le méritait.

— James, reprit-elle en laissant courir ses doigts sur les revers de sa robe d'intérieur. Je veux rentrer à Londres avec vous et Isabel, demain.

L'autre sourcil se dressa.

— Vraiment ? Remarquez, il est naturel que vous souhaitiez entendre de vive voix les excuses de tous ceux qui vous ont rejetée jadis.

— Ce n'est pas pour cela. Vous ne pensez pas sérieusement que je me soucie d'eux, quand même ?

— Ah non ? Ce n'est pas ce que vous avez laissé entendre, ce matin. L'opinion des gens semblait vous importer beaucoup, au contraire. Enfin, si vous désirez rentrer à Londres, nous devrions pouvoir arranger cela. En revanche, si vous projetez de reprendre votre place de dame de compagnie auprès d'Isabel, je vous conseille d'y renoncer.

Elle inclina la tête. À quel jeu jouait-il ?

— Pourquoi ? s'enquit-elle.

— Je crains qu'elle ne soit plus invitée nulle part, après s'être enfuie aussi scandaleusement avec Craven. Sa réputation est complètement ruinée. Un chaperon ne lui sera plus d'aucune utilité.

— Non, en effet, admit Kate. Mais elle a toujours besoin d'une mère.

— Vous croyez ? Auriez-vous une candidate convenable à me proposer pour ce poste ?

— James, dit-elle fermement. Je suis désolée de ne pas vous avoir parlé plus tôt de mon... de notre bébé. D'avoir dit que je ne voulais pas vous épouser. De m'être conduite comme une... hypocrite.

Un coin de sa bouche, un seul, se releva.

— J'aime assez les hypocrites de ce genre.

Puis, comme s'il ne pouvait s'en empêcher plus longtemps, il la saisit fermement par la taille et l'amena entre ses jambes, là où s'ouvrait sa robe d'intérieur.

Tout en soutenant son regard, elle laissa courir ses mains vers sa ceinture, puis vers une partie de son anatomie qui suscitait chez elle un vif intérêt.

— Moi aussi, admit-elle, sans savoir très bien ce qu'elle admettait.

Elle se demandait ce qu'il penserait si elle défaisait ce maudit nœud de ceinture. Sans doute la trouverait-il plus « hypocrite » que jamais.

Elle dut toucher un endroit particulièrement sensible, car James frissonna soudain et resserra la pression autour de sa taille. Dans ses yeux, l'expression indéfinissable qu'elle avait décelée était toujours là.

— Kate, commença-t-il.

Au lieu de le laisser finir, elle écarta l'un des pans de la robe sous laquelle le marquis était aussi nu que le jour où elle l'avait surpris au sortir du bain. Et cette chose qui l'avait alors tellement captivée avait pris des proportions qui la surprirent, bien qu'elle l'eût déjà vue dans divers états.

— Kate...

Elle ne l'écoutait plus. Comme prise d'une transe, elle referma ses doigts sur le membre dressé.

Pour une fois, ce fut James qui retint son souffle. Il lâcha sa taille, la saisit aux hanches et l'attira à lui en émettant un son inarticulé. Kate posa une main sur sa poitrine mais garda l'autre où elle était, même quand il captura sa bouche et y enfouit sa langue.

Ils tombèrent à la renverse sur le lit dans un enchevêtrement de dentelle et de satin. Les longs cheveux d'or pâle de Kate formaient comme une tente autour d'eux. James voulut rouler sur elle, mais elle l'en empêcha.

— Pas encore, murmura-t-elle.

Les lèvres de la jeune femme prirent la place de sa main sur sa poitrine. Elle l'embrassa tout en frottant son nez dans ses poils, avant d'entamer une lente descente vers son ventre.

James se sentit alors obligé de l'arrêter.

Non qu'il n'eût envie de la laisser continuer et poser ses lèvres sur son sexe, comme elle en rêvait secrètement depuis des semaines. Mais il brûlait tellement de désir pour elle, après avoir failli la perdre, qu'il ne parvenait plus à réfléchir.

Kate ne semblait pas disposée à renoncer. Elle contempla son érection impressionnante.

— Ce qui est bon pour moi est bon pour vous, non ?

James ne put répondre, car sa bouche était déjà sur son sexe. Cette bouche qui l'avait tant irrité, tant fasciné, se trouvait maintenant là où il avait toujours rêvé qu'elle soit.

Mais pas pour longtemps. Au bord de l'orgasme, il prit son visage entre ses mains et, tout en mêlant ses lèvres aux siennes, l'attira lentement sur le lit. Seulement quelques heures s'étaient écoulées depuis qu'ils avaient fait l'amour, mais il avait l'impression que c'étaient des années. Il fallait qu'il entre en elle tout de suite, sinon il allait mourir.

Il souleva sa chemise de nuit sans lâcher ses lèvres, glissa une main entre ses jambes et les caressa, des cuisses jusqu'aux pieds, lentement. Il prit ensuite un sein dans sa bouche et l'aspira avidement à travers la fine étoffe de la chemise. Soudain, il lui écarta les jambes, abandonna son sein et la regarda dans les yeux.

Kate vit alors le fond de la fêlure, y découvrant un désir nu, possessif. Et aussi l'angoisse, le désespoir. Et, par-dessus tout, l'amour. Un amour si profond, si infini qu'elle se demanda comment elle avait pu l'abandonner, comment elle avait pu ne serait-ce qu'imaginer la vie sans lui.

Il reprit sa bouche. Il ne l'embrassait plus, mais la dévorait. Ses mains se glissèrent sous ses fesses, les soulevèrent jusqu'à ce que leurs sexes enflammés se touchent. Se collent.

Il la pénétra en grognant de plaisir. Comme toujours, elle retint son souffle, se contracta comme si elle avait peur de ce désir violent, peur qu'il ne la déchire. Mais quand elle s'aperçut que tout allait bien, elle s'ouvrit à lui, l'enlaça et le laissa entrer plus loin, peu à peu, comme dans un bain brûlant.

James voulait la pénétrer totalement, se perdre en elle. Il interrompit leur baiser et, tout en la regardant dans les yeux, il s'immisça en elle jusqu'au bout.

Elle s'arc-bouta vers lui en renversant la tête en arrière, exposant son cou d'albâtre. Ses seins gonflés, aux pointes durcies par le désir, s'écrasaient contre sa poitrine. Elle était en feu, ivre de volupté, et lui communiquait cette ardeur indomptable. Aucune femme ne s'était jamais offerte à lui à ce point, aussi bien physiquement qu'émotionnellement. Aucune ne l'avait à ce point rendu fou de passion.

Kate partageait totalement son désir dévorant, le décuplait en se montrant si réceptive, si directive. Il se mit à aller et venir. Il aurait préféré davantage de douceur, de lenteur, mais elle lui faisait perdre tout contrôle. Il bascula quand elle le serra soudain plus fort, en même temps que ses muscles se contractaient autour de son sexe. Elle céda à l'orgasme comme le soleil irradie un ciel d'été, l'entraînant avec elle, tremblant de plaisir et d'émotion, dans ce feu merveilleux.

Ensuite, il resta longtemps en elle, et elle ne protesta pas. Elle n'en aurait pas eu la force, de toute façon. Enchevêtrée dans la chemise de nuit qu'il avait négligé de lui enlever, elle semblait sans vie mais il sentait son cœur battre contre sa poitrine, signe qu'elle était toujours de ce monde.

Au bout d'un moment, il leva la tête et la contempla. Ses joues étaient rouges, une lueur rieuse dansait dans ses yeux.

— James, il y a une chose que je voulais vous demander…

— Ah ? dit-il en frottant ses lèvres sur les siennes. Quoi donc ?

— Voulez-vous m'épouser ?

— Hmm… J'ai peur que les gens jasent si nous ne nous marions pas. Vous n'êtes pas d'accord ?

Elle lui montra qu'elle l'était, d'une manière sans détour.

34

— James, ce n'est qu'une histoire de bonnes femmes, dit Kate en riant.

Elle marchait près de lui, une main sur le landau, l'autre au creux de son bras.

— Quoi qu'il en soit, nous ne devrions prendre aucun risque, répondit-il, l'air soucieux. Il s'agit de mon héritier.

— Mais c'est ridicule !

Elle portait son nouveau chapeau de printemps qu'on lui avait livré de Londres, la veille.

— Avez-vous jamais vu lady Babbie s'approcher du berceau ?

— Tous les matins, quand j'arrive, elle est assise à côté.

— Oui, parce qu'elle adore votre fils. Mais vous noterez que vous avez dit *à côté,* pas *dans* le berceau.

— Néanmoins…

— Néanmoins, ce n'est pas vrai. Demandez à Nanny. Les chats ne se couchent pas sur les bébés et ne les étouffent pas pendant leur sommeil, James. Comment pouvez-vous prêter l'oreille aux racontars ?

Elle désigna la jeune fille qui marchait un peu plus loin, au bras d'un grand jeune homme blond.

— Vous êtes pire que votre fille.

James suivit son regard.

— À propos, comment de temps allez-vous laisser cela continuer ? grommela-t-il.

— Quoi donc ?

— Ce… ce flirt entre Isabel et Freddy Bishop.

Kate s'arrêta un instant et se pencha pour remettre en place le bonnet du bébé.

— Franchement, James, ils vont très bien ensemble. Vous devriez être content. Quand Isabel a appris la vérité sur Daniel Craven, j'ai cru qu'elle ne regarderait plus jamais un autre homme. Elle a pleuré pendant des jours, vous vous souvenez ? Aujourd'hui, elle n'est plus la même. Cela aurait pu être pire.

— Pire ? Qu'est-ce qui pourrait être pire que d'avoir votre ancien prétendant pour gendre ?

— Geoffrey Saunders, dit-elle en se redressant et en glissant de nouveau les doigts au creux du bras de son mari.

Cette fois, James poussa le landau et ils continuèrent leur promenade dans les allées de Wingate Abbey.

— Au moins, Geoffrey Saunders était assez jeune pour elle. Bishop pourrait être son père.

— Il a seulement dix ans de plus, James. Vous-même en avez treize de plus que moi. Et cela se voit, d'ailleurs…

Il lui coula un regard de biais.

— Que voulez-vous dire, exactement ?

L'amusement pétillait dans les yeux de Kate.

— Que vous devriez vous préparer à l'inévitable : Duncan va devoir commencer à vous proposer des gilets en flanelle. Maintenant que vous vous mettez à croire aux histoires de bonnes femmes et que vous êtes jaloux des prétendants de votre fille, je ne serais pas étonnée de vous voir en proie aux rhumatismes d'ici peu. Et le lait chaud avant de vous coucher, qu'en pensez-vous, James ?

— Je vous ferais remarquer, lady Wingate, que je n'ai pas davantage besoin de gilets en flanelle que vous d'une canne pour marcher. Et ce n'est pas du prétendant de ma fille que je suis jaloux, mais de l'homme qui fut l'un de vos admirateurs.

— Beaucoup d'eau a coulé sous les ponts, depuis, répliqua-t-elle négligemment. Tout cela appartient au passé, tout comme sa soprano. Il m'a juré qu'Isabel était tout ce qui comptait dans sa vie, désormais.

James semblait sceptique et elle se retint de lui dire, pour le taquiner, que sa réaction était celle d'un homme de son âge. Après tout, à trente-sept ans, il était plus que vaillant. Ne lui avait-il pas démontré, le matin même, qu'il était déterminé à tenir sa promesse de la réveiller tous les jours en lui faisant l'amour ?

— Et puis, si l'idée d'avoir Freddy pour gendre vous déplaît, pensez à ce que doit ressentir lady Palmer à l'idée que je devienne la belle-mère de son fils. Même maintenant que la vérité à propos de papa est connue, elle continue à lui en vouloir d'avoir précipité la mort de son mari. Quelle ignominie, pour elle, de se voir apparentée à moi par alliance ! Sans parler de ce que vous avez fait dans son salon...

— Son petit salon, corrigea-t-il. Et elle y avait prononcé des paroles fort désagréables sur votre compte... Enfin, je crois que vous avez raison. Bishop n'est pas aussi mauvais que cela. C'est lui qui m'a révélé votre cachette, non ?

James sourit et berça son fils dans le landau.

— Ah, les dames de compagnie, dit-il au bébé. Une source de complications. Au moins, je n'aurai pas le souci de devoir t'en trouver une.

— Non, admit Kate. Mais il pourrait avoir une sœur, un jour ou l'autre. Ou peut-être deux.

James arrêta de bercer son fils.

— Oh, non ! s'exclama-t-il, abasourdi.

Kate se mit à rire en lui pressant le bras.

— Oh, si !

Découvrez les prochaines nouveautés
de la collection

Aventures et Passions

Le 1er avril

L'espion de la couronne

de Celeste Bradley (n° 7583)

Avec pour seul indice une lettre signée « le Griffon », Agatha Cunningham part à Londres à la recherche de son frère, James. Pour pouvoir voyager sans choquer la bonne société, elle s'invente un mari, mais elle comprend avec angoisse qu'elle va bientôt devoir présenter aux ladies londoniennes un homme en chair et en os. Elle engage à cet effet un ramoneur peu conventionnel, et pour cause ! Simon Montague Raine appartient à un « club » d'espions, au même titre que James…

Le 8 avril

Un voyou sous surveillance

de Pamela Britton (n° 7603)

Le contrebandier Thomas Brown attend depuis des années de pouvoir se venger de celui qui a ruiné son trafic, Alexander Drumming, marquis de Warrick. Et ce moment arrive enfin lorsque le marquis fait savoir qu'il cherche une gouvernante pour sa fille, Gabriella. Thomas envoie alors Mary, sa propre fille, postuler pour le poste ! Malgré ses réticences, Mary est engagée. Elle le trouve trop figé, il la trouve trop libre et pourtant, bientôt, la passion les consume…

Le 15 avril

L'homme qui ne savait plus aimer

de Robin Lee Hatcher (n° 5232)

Homestead, 1898. Sarah McLeod rêve de quitter cette petite ville qui, elle en est persuadée, ne lui permettra jamais de concrétiser ses rêves. Mais son grand-père a besoin d'elle et elle doit attendre. C'est alors que revient au pays Jeremy Wesley, le seul homme qu'elle ait aimé. Toutefois les choses ont changé : Sarah est à présent fiancée à Warren, le frère de Jeremy. Et Jeremy n'est plus le même : la mort de sa femme l'a laissé désemparé et terrifié à l'idée d'aimer…

Le 25 avril

Les trésors de Daphné

de Laura Lee Guhrke (n° 7604)

Anthony Courtland, duc de Tremore, fasciné par les antiquités, décide de construire un musée pour exposer ses découvertes. Mais lorsque le spécialiste qu'il avait engagé meurt, c'est sa fille, miss Daphné Wade, qui prend sa place. La brillante jeune femme, dissimulée sous d'amples vêtements, ne retient pas l'attention du fascinant duc… jusqu'à ce que la sœur d'Anthony décide d'aider la jeune fille à faire son entrée dans la haute société et à révéler sa beauté…

Ce mois-ci, retrouvez également les titres de la collection

Amour et Destin

Des histoires d'amour riches en émotions déclinées en trois genres :

Intrigue ***Romance d'aujourd'hui*** ***Comédie***

Le 3 mars *Romance d'aujourd'hui*

Dans ses bras

de Jill Mansell (n° 7568)

Lorsque Maddy Harvey, traiteur, accepte l'aide d'un séduisant jeune homme sans savoir qui il est, elle commet un crime impardonnable : son sauveur s'appelle Kerr McKinnon ! Depuis que le frère de Kerr a tué dans un effroyable accident la petite sœur de Maddy, leurs familles sont ennemies. La mère de Maddy préférerait détruire les siens de ses propres mains plutôt que de voir quelqu'un de son sang associé à un McKinnon. Mais Maddy pourra-t-elle lutter contre son attirance pour cet homme ?

Le 10 mars *Intrigue*

Un danger si proche

de Tina Wainscott (n° 7569)

Après le suicide de sa mère, la fillette Katie Malloy est placée en foyer. Elle grandit en tentant d'être une fille bien et aspire à une vie tranquille. Dix-huit ans plus tard, elle pense y être parvenue : épouse du vétérinaire local, Ben Ferguson, elle semble être heureuse. C'est alors que ressurgit Silas, son ami d'enfance télépathe, devenu écrivain, sur les traces d'un tueur en série dont il perçoit les pensées. Katie et Silas retrouvent cette attirance qui les unissait autrefois, et ce n'est pas pour plaire à tout le monde…

Le 24 mars *Comédie*

Rencontre du deuxième type

de Jane Heller (n° 7570)

Lynn Wyman est considérée comme la reine de la communication depuis qu'elle a inventé la méthode Wyman. Son but ? Enseigner aux hommes à dialoguer avec les femmes ! Mais, lorsque l'infidélité de son mari fait la une, sa crédibilité chute à une vitesse folle. Il lui faut trouver une solution, et vite ! Elle se met donc à la recherche d'un client célèbre susceptible de redorer son blason. Et elle choisit Brandon Brock, génie des affaires, bien connu pour son machisme. Lynn se donne six mois pour transformer le lion en agneau. Tout un programme !

Amour & Mystère

NOUVELLE COLLECTION

Sous le charme d'un amour envoûtant

Le 10 mars

- *Baiser fatal* de Susan Sizemore (n° 7682)

Domini Lancer, jeune femme aux pouvoirs psychiques très développés, est employée dans une entreprise de sécurité. Lorsque l'homme dont elle rêve depuis des mois débarque à l'agence pour travailler avec elle, elle n'en croit pas ses yeux. Surtout lorsqu'elle apprend qu'Alex Reynard est un vampire !

Le 10 mars

- *À la lueur de la lune rousse* de Shannon Drake (n° 7683)

Sean Canady, inspecteur de police, enquête sur plusieurs meurtres commis à La Nouvelle-Orléans. Ce qui retient son attention, c'est l'étrange absence de sang dans le corps des victimes. Ses investigations le conduisent dans la boutique de la belle Maggie Montgomery. Maggie, qui cache un terrible secret qui les met tous les deux en danger…

Découvrez la prochaine nouveauté de la collection

Le 15 avril

- *La communauté du Sud (1) – Quand le danger rôde* de Charlaine Harris (n° 7684)

Sookie est jolie, mais célibataire. C'est le problème lorsque l'on est télépathe. Lorsque Bill, un séduisant vampire, se présente, les choses changent : Bill est la seule personne au monde dont Sookie ne peut lire les pensées. Tout aurait pu être parfait, si quelqu'un n'assassinait pas systématiquement les filles qui sortent avec les vampires. Bill saura-t-il la protéger ?

Passion intense

NOUVELLE COLLECTION

Quand l'amour vous plonge dans un monde de sensualité

Le 10 mars
- *Passion à nu* d'Emma Holly (n° 7680)

Londres, 1875. Les parents de Merry Vance veulent qu'elle épouse Althorp, mais Merry, elle, tient à garder son indépendance. Lorsqu'elle est secourue un soir par le peintre Nicolas Craven, elle voit là son salut : un retentissant scandale éloignerait les vœux de mariage d'un aristocrate. Et si elle posait nue pour le séduisant artiste ?

Le 10 mars
- *Chloé l'impertinente* de Susan Johnson (n° 7681)

Chloé, exténuée après trois semaines de travail intense, n'aspire qu'à une soirée de détente. Par politesse, elle garde l'ascenseur pour un inconnu qu'elle qualifierait de sexy. Will, subjugué par la sensualité et le sens de l'humour de la jeune femme, propose de la raccompagner malgré l'heure tardive…

Découvrez la prochaine nouveauté de la collection

Le 15 avril
- *Séduction en ligne* d'Erin McCarthy (n° 7657)

Kindra Hill comble son vide affectif en échangeant des e-mails très chauds avec des correspondants anonymes. Jusqu'au jour où le beau Mack la surprend...

Jared et Candy travaillent ensemble, mais se détestent cordialement. Leur patron leur fait suivre une séance de thérapie de couple par Internet...

Halley Connors est terrifiée : elle découvre sur le site web de sa société une image d'elle entièrement nue. Evan Barrett, qui s'occupait de son site, lui promet de retrouver les coupables !

[illegible]

[illegible] n° 7850

[illegible]

[illegible]

• Chloé [illegible] de Sarah Johnson (n° 7061)

Chloé [illegible] de [illegible] [illegible] de [illegible]

[illegible]

Rendez-vous à la prochaine aventure de la collection

[illegible]

• [illegible] (n° 7677)

[illegible]

[illegible]

[illegible]

7572

Composition Chesteroc Ltd
Achevé d'imprimer en France (Manchecourt)
par Maury-Eurolivres
le 10 février 2005.
Dépôt légal février 2005. ISBN 2-290-34362-5

Éditions J'ai lu
84, rue de Grenelle, 75007 Paris
Diffusion France et étranger : Flammarion